高子平◎著

U0117101

民营企业家

人力资本形成研究

MINYINGQIYEJIA

RENLIZIBEN XINGCHENGYANJIU

上海社会科学院出版社

谨以此书献给贤妻温俊萍教授，献给我倾心矢志的人才学。

序

改革开放 30 多年来，民营企业家作为新兴社会阶层，无论在经济体制改革领域，还是在社会文化领域，都扮演了非常显眼的角色。相应地，无论是媒体报道，还是学术研究，对民营企业家的成长过程，以及民营企业的发展前景，也都给予了高度的关注。当然，这其中，既洋溢着褒扬与仰羡，也少不了批评与疑惑，甚至是对所谓"原罪"的追讨。姑且不论民营企业自身的发展轨迹，以及在制度变迁过程中的是非得失，纵观整个近代中国工商业发展的兴衰起落，民营企业家群体的崛起，都不啻是一个奇迹。

遗憾的是，相对于民营企业而言，对民营企业家的关注虽多，但不时夹杂着一些炒作，或者是传统意识形态的偏见，而严谨的研究较少。比如：民营企业家是人才吗？如果是，为什么？如果不是，是什么？这种看似非常简单的问题，背后隐含的是社会政策制定的基本思路问题，以及民营企业家的定性与定位问题。进而言之，可以溯及千年以来"士农工商"的先后排序及根深蒂固的文化心理问题。如果是人才，那么，在上海、北京、天津等大城市，就必然要纳入到"人才引进政策"的考虑范围之内去。事实是：除非他们已经创业成功，腰缠万贯，否则，哪个城市会将那些怀揣梦想却不名一文的农民兄弟纳入到"人才引进计划"之中呢？尽管早期的大部分民营企业家都是泥腿出身,在"二次转型"期,肯定也还会再出现一批。

这就是中国社会的"身份"问题,包括两层含义:一是以前的身份是什么,或者说,"出身"问题。当下的中国,虽然不再需要在简历上注明每个人的家庭出身,世俗评判的眼光却是非常务实的,甚至已经制度化。一个普通的创业者,即使磨破了嘴皮,如果没有实实在在的财产作抵押,银行是不会受理他的贷款请求的,但如果换了一个国有企业的老总呢? 二是现在的身份是什么,如果是成功者,就必须在穿着打扮、举手投足等方面体现出成功后的新"身份",否则,你的朴素和节俭只会让人怀疑你的真实财产状况。换言之,一旦成了民营企业家,首先必须通过显性的修饰体现自身的成功,并通过 MBA 学习、出国考察等方式,与自己相对平淡的过去进行区分隔离,向社会公布某种信息:我创业成功了! 也就出现了洋酒比拼、高调征婚、高速飙车,等等。

这就需要慎重分析一个基本问题:中国的制度变迁过程为民营企业家的成长提供了一个什么样的制度环境,以及在这样的环境当中,民营企业家是如何成长并取得成功的。

第一,在充满"不确定性"的制度变迁过程中,扮演"不确定性"的承担者。归根到底,企业家就是不确定性、主要是市场不确定性的承担者,成熟的制度环境、规范的市场操作将大大降低创业成本,而这恰恰是中国制度变迁的目标,而不是现实。在这一创业过程中,创业行为不仅仅是张维迎笔下的物质资本与人力资本的契约,实际上,通常是物质资本、人力资本与社会资本的三维契约,社会资本在其中扮演了至关重要的作用。一方面,在制度变迁过程中,创业者必然会努力改变公共政策制定与发布过程中的信息不对称状态,想方设法地获取相关的政策动向,以有效降低市场选择中的不确定性;另一方面,在市场主体培育过程中,成为政府的"优先培育"对象,甚至维持与体制内的某种稳定的商业联系(如:政府定向购买服务)往往是规避市场风险的较优选择。

如今,经过30多年的改革开放,当整体性的制度变迁基本到位、现代市场经济运行所需的各种要素基本齐备之后,企业家能力的重要性变得日益突出。只有当企业家能力成为企业家人力资本的核心内容,真正意义上的创业(而不是"闯业")才能成为可能。值得关注的是,自"一次创业"之后,中国的创业比例未能得到持续提高,创业带动就业的倍增效应未能继续扩散。根据国家统计局的普查,我国每千人拥有的企业数量只有2.5个,比一般发展中国家还少22~27个。相比之下,墨西哥男性创业率高达46.6%,女性创业率也高达38.7%。不仅如此,近年来,尽管我国的经济规模在扩张,市场空间在拓展,但民营企业总数却不增反降,创业比率持续走低。无论是产业结构的调整,还是就业机会的增加,都需要更多、更优质的民营企业家成长起来。

企业家参与市场竞争的实践,或者说"干中学",是企业家人力资本形成的基本路径,只有通过"干中学"创业实践,才能真正培养出企业家能力。当然,这种"干中学"创业实践对制度环境是高度依赖的,包括社会层面的宏观制度环境,也包括企业层面的微观制度环境。奥利弗·E. 威廉姆森为相关问题的研究提供了一般性框架。具体到中国经济转轨、社会转型、文化转生的特定背景,就需要首先对前30年来我国民营企业家人力资本的形成过程进行归纳和描述,概括出这一历史进程的一般规律与基本模式,并对其与制度变迁之间的互动关系进行梳理,在此基础上,探寻未来民营企业家人力资本形成的路径选择。《民营企业家人力资本形成机制研究》这本书正是沿着这样的思路写成的,并充分反映了高子平同志在博士后研究期间的很多独到视野和比较前沿的观点,具有显著的学术价值和一定的现实价值,并希望这一研究能继续深入下去。

左学金

2010 年 3 月 28 日

引　子

　　自改革开放以来,随着我国市场化和民营化进程的推进,一个全新的名词——民营企业家出现了。他们,或者贵为红顶商人,或者纯属泥腿出身,或者不负重托,万里迢迢,苦学成才后,回到了祖国,裹挟着一身的欧语西文。有的低调节俭却腰缠万贯,有的张扬奢华却千金散尽,有的斯文典雅却壮志难酬。伴随着频频的惊羡与质疑,伴随着屡屡的褒扬与贬抑,也伴随着种种的心酸与心仪,走出了三条路,洒下了三种情,跨过了三个坎,树起了三座碑。冲将者倏然倒下,发迹者隐归众生,打拼者姗然走来,一路风雨一路尘,尘尘卷起一片埃。

　　蓦然回首,斗胆遥望渐趋依稀的背影,恰恰是他们,曾一度:身陷浪中,志在浪头。而如今,却没空踟躇在过往的激荡风云之中,因为:他们,依然是他们,经过 30 多年的大浪淘沙之后,再一次,站在了,不进则退的十字路口。也许,通过探究他们的来路,可以更清晰地分辨他们的前程:二次创业,以及他们参与引领的中国市场化之路。而这,正是我们大家的路,仅有的路。

　　但是,由于市场扩张与制度构建的失衡,城市化与二元化的对撞,体制内与体制外的差异,对于初具雏形的民营经济体和民营企业家队伍而言,经济转轨、社会转型、文化转生留下的不仅是市场空间和商机,还有数不尽的悬崖、恶浪与滩涂,"一次创业"的路也就不可复制,不可延续,更不可神话。喧嚣已毕,仍需继续攀登,并沿着创业带动就业的方向,谨记"劳动创造财富"的朴实道理,谨防曾经的拉美化,警惕华尔街的虚荣。否则,我们还将陷入第五象限,如巽他南侧、大安第列斯群岛两边、拉普拉多草原上所发生的那样。而这,正是你我共同的忧,最大的忧。

念兹在兹,孜孜于此。

目　录

第一章 绪 论

一、研究的缘起

1. 民营企业家：中国经济改革的重要驱动力

20 世纪 70 年代末，改革开放的大幕拉开了。在历经几十年的社会主义计划经济体制之后，早已跃跃欲试的中国以东方人特有的隐晦与睿智，隐忍与坚毅，一步一个脚印地走向了市场经济。一个浑然庞大的市场突然跃现在世人眼前，无数的机会出现了，但也伴随着数不尽的艰辛与无法数的风险。

对于承受着巨大压力的全民所有制企业和"大集体"来说，按部就班地完成政府下达的生产指标已经难以维持生计了。实际上，市场的大门是首先向他们打开的。借助于现有的物质资本和社会资本，只要敢于承担风险，并善于灵活应对出现的新问题，机遇是绝对大于挑战的，甚至没有多少太大的挑战，关键是能否勇敢地面对市场，并跨出决定性的一步。在传统的计划体制内，一批敢做敢当的企业家破茧而出，他们曾经是政府任命的官员，摇身一变，陡然成了市场化初期最有底气的弄潮儿，通过承包车间、柜台等形式，当起了体制内的承包人。这是改制型民营企业家的雏形，但他们一直努力置身于体制内，而不是全身心地投身于市场之中。自 20 世纪 90 年代以来，随着我国国有企业的改制浪潮，一些国有企业的领导人最终以优先参与股权分配的形式，成为了中国改制型民营企业家的初创者和见证者。他们,虽然没有承受物质资本原始积累的艰难,但承担了超越体制束缚的政治和社会风险,并且以特殊的方式,引导中国国有和集体企业直面市场,而不是继续从"体制内"吸氧。

同时,在计划经济体制之外,放松市场管制所留下的巨大市场空间使很多不名分文的农民毅然决然地离开了贫瘠的土地,以罕见的勇气和无比的睿智探求商机,开辟销路,并通过赚差价、粗加工等方式,挖得了"第一桶金"。他们没有西方原始积累那样的血迹斑斑,却也经受了难以想象的苦涩与苦难。虽然也曾经过多地设法钻空子,但鲜见当初西洋的那种险恶与刁蛮,更多彰显的却是中国农民自古的质朴与憨然。他们是中国改革开放之后最原生态的民营企业家,也是经济转轨进程中最具有代表性的民营企业家。通过自己创业、自主经营、独立核算、自负盈亏,他们为中国民营经济的成长立下了一座丰碑,而外在的形式却朴实无华:家族式管理、作坊式经营。

自 20 世纪 90 年代中期以来,"人才匮乏"的窘境得到了缓解,国内高等院校培养的很多经营管理人才开始出炉,土生土长的 MBA 一度炙手可热,远赴海外深造的许多见多识广的企业精英也开始反哺家乡,回报故土。很多"体制内"的政府官员、科研工作者、高校教师也不安于已有的职称与职务,以及现有体制的约束,战战兢兢地"下海"。由此,中国出现了又一个特殊的群体,他们的工作是:当经理。起初,经过几十年"戒骄戒躁、谦虚谨慎"教育的中国人很不习惯这一称呼:专门当经理?长期噤若寒蝉的学术界再次联想到了"买办"和"帮办"们早已沉寂的梦。于是,中规中矩地给他们取了个小名:经营管理类人才。这也是官方文件迄今对这一群体唯一的称呼。无论如何,职业经理人诞生了,他们中的绝大多数都流向了民营企业,成为了中国第一代的职业型民营企业家,也是迄今唯一被纳入"人才"范畴的民营企业家。自此,中国民营企业家群体的三路大军各就各位,共同谱写着中国民营企业家成长、成才、成功、成熟的华丽乐章,共同引领着中国民营企业的发展方向。

诺贝尔奖获得者、经济学家阿罗(Kenneth J. Arrow)曾说过:"市场经济培养了企业家,企业家发展了市场经济,市场经济是企业家的经济。"[1]从 20 世纪 80 年代中期开始,一个又一个鲜活的民营企业家形象跃入了人们的眼帘。1987 年,全国第一次评出了 20 位优秀企业家,他们在中南海受到党和国家领导人的亲切接见。据统计,1987～1995 年,全国共评选出 7 届 159 名优秀企业家。他们的创业历程,或充满了艰辛,或洋溢着激情,或历经了坎坷,或展现了睿智。一个基本事实是:一个全新的社会群体出现在中国社会的各个层面,并与下岗工人、进城农民工并列为中国改革开放以来最大的三个新兴群体。

中国民营企业家成长和成熟的过程,也是中国民营经济成长和成熟的过程。自 20 世纪 80 年代以来,中国民营企业产值每年平均增长 71%,而且是用 1/3 的社会资源创造了 2/3 的劳动产值,这就与国有企业形成了强烈的反差。如今,在我国企业界,中小企业占到了 99%,其中的 80% 属于民营性质。不仅如此,从 1980 年至 1995 年,也就是中国民营经济发展的第一、第二阶段交替之际,浙江省的综合经济竞争力便从全国排名第 12 位跃居第 6 位,江苏省从第 7 位跃居第 5 位,福建省从第 15 位跃居第 8 位,广东省从第 5 位跃居第 2 位。[2] 无疑,上述省份主要依仗着民营经济的快速发展,实现了省级竞争力和省域经济的大幅度跃升,并使产业结构、所有制结构和劳动力结构趋于合理。

2. 民营企业家:中国民营经济提升的人才保障

企业家是企业的灵魂,民营企业家是民营企业的灵魂。从企业发展的角度来看,企业的兴衰成败与企业家紧密相连。例如,微软公

---

[1]　郑健壮:《"企业家"理论的综述与启示》,《哈尔滨学院学报》,2003 年第 5 期。
[2]　王忠明:《民营企业家:人力资本理论的最佳实践者》,《杭州金融研修学院学报》,2002 年第 5 期。

司的奇迹般崛起与比尔·盖茨敏锐的市场洞察力直接相关,通用汽车公司的百年兴盛受益于杰克·韦尔奇的改革才能,松下电器的辉煌更是得益于松下幸之助杰出的管理才能等。中国民营企业家也在经济体制市场化、所有制结构多元化的进程中,破土而出,并成为引领中国经济发展的一支新秀。但是,中国私营企业的"一次创业"是在短缺经济和经济增长以数量扩张为主的发展阶段上展开的,还属于传统的粗放型增长方式。在这一阶段,为了实现自身利益的最大化,中国的民营企业不断进行自身积累,竞相扩大投资和生产规模,生产能力迅速增强,市场供应日益充足。但由于各地民营企业投资结构相近,重复建设随处可见,加之地方保护主义和同行业厂家的无序竞争等因素的影响,传统产品的生产能力出现过剩,以满足温饱为主的传统消费品需求趋于饱和,中国经济已经完成了由计划经济决定的"短缺型经济"向市场经济决定的"过剩型经济"的转变,"扩大内需"首次成为了中国刺激经济增长的重要目标,也理所当然地成为了民营企业产品和服务升级换代的强大外力。尤其进入 21 世纪以来,中国顺利加入世界贸易组织(WTO),跨国公司在中国内地排兵布阵,在拼命抢占市场份额的同时,努力实现本土人才的就地使用。随着国内市场经济体制的初步建立和游戏规则的初具雏形,劳动力成本持续攀升,以至于似乎取之不竭的劳动力大军也开始出现局部性的"民工荒",市场竞争在不断加剧,依靠寻找市场空隙发家的时代已经随着平均利润率的形成和普遍降低而一去不复返,凭仗着市场扩张和压缩成本而发家致富的民营企业家只能改弦易辙了。

"二次创业"的号角早已吹响,却一度曲高和寡。民营企业经营中的不确定性和复杂性增加,客观上迫切需要一大批具有特殊才能与专业素养的优秀企业家作为中国企业的灵魂和脊梁,使中国的企业在激烈的国际市场竞争中立于不败之地。问题是:他们有足够的智慧吗? 他们有足够的志向吗? 尤其是:他们有足够的能力吗? 遗憾的是,20 世纪 80~90 年代的那些优秀的民营企业家,有的踏上了

仕途,有的归于了平淡,有的陷入了困境,还有少数住进了班房,真正
能够继续在民营经济中掌门的,恰恰是极少数;能够在国际市场上叱
咤风云的,更是凤毛麟角。中国民营企业是在由计划经济体制向市
场经济体制转轨过程中出现的一种新型企业形态。全球化、信息化、
经济知识化,所有的这一切,都需要足够的人才和足够的才智,并且
从彰显企业家精神转向培育企业家能力。

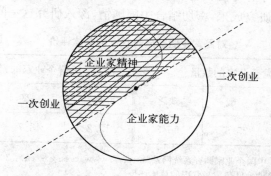

图 1-1 企业家精神与企业家能力的位次变化

事在人为。对于中国的民营经济而言,最需要的就是一支既有
知识、又有胆识的民营企业家人才队伍。正在重重疑虑之际,一场金
融风暴来袭,波澜诡谲的国际市场平添了一声嘶吼,回音久久未能散
去。事实上,珠三角、长三角、环黄渤海,中国民营企业家的大考这才
正式开始。中国民营企业家们的才智是否足以撑起民营经济的
明天?

3. 如何产生民营企业家:严肃而重要的研究课题

中国的民营企业家是改革开放后凸显出来的一个社会群体,是
中国的稀缺资源,他们的创业与创新行为成就了自己,发展了企业,
为经济社会发展贡献了自己的力量,他们的作用是其他类型企业家
及其他人群无法代替的。无疑,企业家的成长是一个十分宽泛的概

念,对此研究要涉足经济学、管理学、社会学、心理学、教育学等领域。① 但是,学术界缺乏对民营企业家成才问题的深入研究,特别是缺乏对民营企业家的理论定位、现实定位与认知定位的研究。只有搞清楚中国民营企业家的相关问题,中国社会主义经济理论才可能是完整的;也只有搞清楚中国民营企业家的成长问题,中国民营经济的未来发展才有可能获得相应的人才保障。因此,我们应该借鉴国内外已有的研究成果,密切结合中国国情,深入研究这一问题。

表 1 - 1 对民营企业家成长状况的总体评价 单位:%

民营企业家的数量			民营企业家的素质		
充足	一般	缺乏	高	一般	低
18.2	25.5	56.3	12.2	48.7	39.1

资料来源:中国企业家调查系统网站(http://www.cess.gov.cn);2002 年企业经营者对目前中国企业家队伍成长状况的总体评价。

尤其是在现阶段,中国的民营经济不是充分发展了,而是发展得很不充分;中国的民营企业家不是太多,而是太少了。德国、日本等在第二次世界大战后迅速崛起的例子都表明,一个国家必须有一个以成熟的企业家群为核心的经济发展机制,才能在全球范围内吸收、整合各种生产要素,以获得最大的经济效益。资本也好,劳动也好,技术也好,自然资源也好,充其量只是经济增长的生产要素;只注意这些增长要素本身,并不能真正解释经济增长的奥秘。在发达国家,企业家是真正的精英,但在我国,企业家长期以来的社会地位低下,舆论环境不佳,迄今还没有形成一个真正独立的阶层,更没有实现职业化和市场化。

在理论上,我们需要明确民营企业家是中国经济社会发展中不

---

① 李垣:《转型时期企业家机制论》,中国人民大学出版社 2002 年版,第 10 页。

可缺少的一个重要阶层,消除对中国民营企业家成长的顾虑,并深入探讨他们的成才之道;在实践上,我们应该大力培育民营企业家,并积极引导中国民营企业家和民营经济的发展。这就需要通过民营企业家成长的机制创新,并加强社会舆论引导,改善民营企业家成长的内外部环境,促进我国民营企业家阶层的形成,壮大民营企业家队伍。

4. 民营企业家:学术关注的欠缺

无论是近代西方轰轰烈烈的工业化进程,还是当代中国紧追不放的经济转轨,都与企业及企业家血脉相连。就西方而言,企业家拥有"异质型人力资本",是产业革命的生产力载体。企业家凭借自己拥有的异质型人力资本不断发动着生产率革命。但是,西方经济学在企业家研究方面的发展与突破,在对产业革命的诠释上,深化到了"经济人"的地步,也就是说,认识到了由于建立现代产权制度,调动了"经济人"的积极性,从而促发了产业革命。但在"经济人"的一般范畴中,究竟是什么样的社会阶层充当了主体、主导了产业革命?这并未引起西方主流经济学的足够关注。因此,在人力资本理论诞生之前,西方经济学在企业家问题的研究方面,有以下几点特征:第一,主要关注企业,而不是企业家,两者之间的关注程度严重失衡;第二,对企业家的关注主要集中在他们的职能定位与行为过程上,很少涉足企业家的成长与成才问题,也就是说,企业家是怎样产生的?这并未引起足够的关注;第三,在探讨企业家的职能和行为时,是将其置于企业研究和"经济人"假定的架构下,亦即,将对"人"的研究硬塞到了"物"的研究的冷冰冰的框架之中,结果是:只见物,不见人。即使见到企业家这一"经济人",这样的企业家也是完全理性的、充分供给的、信息完全对称的、以帕累托最大化为己任的。不仅如此,"经济人"假定还建立在"陌生人社会"的隐喻之上,并突出强调了产权清晰与责权明确,从而与"一次创业"中的中国民营企业和民营企业家风马牛不相及。

在中国,企业家的研究更是打上了深深的意识形态的烙印。中国传统的经济学理论内在地把企业家与资本家混合在一起,又把资本家与(物质)资本混合在一起,结果,同样是见物不见人,忽视了对企业家作为"人"的本质及其历史作用与地位的发掘,在批判资本主义的同时,也把企业、企业家、市场等概念像脏水一样地泼掉了。改革开放之后,中国学术界对企业家尤其是民营企业家的关注更多的是他们的财富,以及支配和运用财富的方式与方法,而不是他们如何具有获得财富的能力,以及能否将这种能力进一步提升和传承。一种风气,猎奇的风气,始终洋溢在这一领域。结果,学术界对民营企业家在经济发展中的作用虽然有了一定认识,但认识远远不足,对中国民营企业家这样一个更为具体的社会群体的全面研究就更为少见,更多的是对其财富积累过程的传奇般的描述,并夹杂着惊羡与鄙夷的复杂心态,以至于于光远先生不无愤慨地说:"我观察到这样一个现象,多年来学者对企业家写得不少,报刊上发表的关于企业家的文章和报道也不少,并且还出版了不少以'企业家'为名的刊物。但是作为对企业家进行研究所取得的成果的报告和文章几乎没有,使我留下印象的文章说不出一篇。"[1]

造成这种局面的原因是多方面的。改革开放以来,随着市场经济的发展和市场机制作用的扩大,中国企业家队伍开始形成。但在企业家成长过程中也存在一些问题,这些问题,既有企业家自身方面的,也有外部环境方面的;既有认识方面的,也有机制方面的。为了提高认识,解决问题,促进中国现代企业家队伍的形成,经济学界主要研究分析了企业家成长中存在的问题及解决对策,但忽视了从体制转型、社会制度演进的角度来研究其成长的社会背景。实际上,外部制度环境及社会文化背景对企业家成长所起的作用很大,学术界

---

[1]　张志雄:《企业家的空间》,学林出版社 1996 年版,第 21 页。

却很少从根本上分析各种环境如何促进企业家的形成与成长,忽视了对企业家成长制度的系统研究。同时,中国缺乏企业家成长的制度。计划经济时代的实践使中国企业家职能被政府替代,其结果是阻碍了经济的健康发展。

20世纪70年代末开始的体制转型给中国经济的发展注入了巨大的活力,企业家的成长获得了一定的制度空间。然而,在企业家主导经济的时代,中国企业家的成长仍令人担忧。一方面,正式制度的安排依旧阻碍着中国企业家的成长;另一方面,非正式制度的安排影响了企业家成长的精神特质和价值取向。正式制度与非正式制度联动,导致了中国企业家成长不足。相应地,从对中国企业家成长的现有研究成果来看,对制度因素和社会文化环境缺乏全面、深入、系统的研究。

总之,中国企业家理论的研究,一方面受制于西方经济学中企业家理论的有限成就,虽然取得了一些成果,但对于在中国的特殊历史发展阶段、特殊的国情、特殊的文化背景下、特别是在世界经济全球化的背景下,中国企业家成长特殊规律的探讨还很欠缺。现有研究侧重于单方面的研究和提出单一的政策建议,缺乏对问题的较为深入和协调一致的分析,更没有从机制或运行层面构建可以运行的制度。例如:中国企业家成长最需要解决的问题是什么? 又如何解决? 如何把企业改革与企业家群体的利益诉求联系起来? 如何创新企业家成长的企业制度、文化和社会环境? 企业家成长的内在机制又是什么?

迄今为止,关于企业家成长模式的研究,通常包括资本模式、代理模式、创新模式。自西方人力资本理论创立以来,把对企业家本质的考察从"物"的角度转移到"人"的角度,转移到了作为经济主体的"人"这个主体上来,并形成了企业家研究的人力资本模式。该模式的理论出发点是:企业家的地位是什么? 其突出的贡献是:明确了企业家与人力资本的相关性。其方法是:人力资本→经济发展的源泉→主宰地位。这无疑是一个重大突破,为中国学术界的企业家研究提供了一个全新的视角和思路,主要的代表性学者是周其仁[①]和方竹兰[②]。中国人力资本模式学派的结论,重要的不是重新提出"企业家是人力资本的所有者"这个新古典主义命题,而是指出,人力资本所有者可以成为企业家。这就把企业家人力资本提高到了与企业家的物质资本同等重要的地位,否定了中国传统的物质资本所有者型的企业家模式,从而避免了各种将企业家重新精心描摹成"资本家"的可能。

二、关于民营企业家人力资本的文献回顾

1. 西方经济学关于企业家的相关研究

"企业家"一词最早出现于 16 世纪的法国。法国经济学家康替龙(Cantillon)(《商业性质概论》,1755 年)首先将"企业家"引入经济学理论中,是指当时领导军队远征的人,包括远航海外开拓殖民事业的冒险家,带有冒险、拼搏的意蕴。后来,在法国重商主义思潮的影响下,商人在国民经济中发挥着重要的作用,因为商人不仅要承担市场上买价和卖价波动的风险,而且他们还被认为是国民财富的主要创造者,这样,"企业家"一词便逐渐用来专指商人。约翰·斯图亚特·穆勒(John Stuart Mill,1848)在英国推广了这一概念。"企业家"一词的英文译法多种多样,常被译为"商人"、"冒险家"或"雇主",但它确切的含义是某项事业的实施者。19 世纪中叶,随着市场规模日益扩大,竞争也愈加激烈,针对市场与竞争的变化,新古典主义经济学派的创始人马歇尔(Alfred Marshall)用"Undertaker"代替了"Entrepreneur"这个词。

---

① 周其仁:《市场里的企业:一个人力资本与非人力资本的特别合约》,《经济研究》,1996 年第 6 期。
② 方竹兰:《人力资本所有者拥有企业所有权是一个趋势》,《经济研究》,1997 年第 6 期。

最早认识到企业家在市场经济中的突出地位的是萨伊（J. B. Say）。他沿袭了亚当·斯密（Adam Smith）关于劳动力、（物质）资本、土地的三分法，但将劳动力而不是（物质）资本置于关键性要素的地位，认为可以进一步将劳动力划分为企业家、研究人员和工人三类。其中，企业家充当的是不同生产要素之间和不同生产阶段的"协调者"角色。在生产过程中，企业家需要从多方面搜集整理各种市场信息，作出判断和决策，并努力整合好各种生产要素，提高生产效率和质量。在分配过程中，企业家必须按照市场价格全部支付各种投入要素所需的相应报酬，并获得"企业的剩余"，也就是说，拥有企业的"剩余索取权"。可见，虽然萨伊并未完全超越亚当·斯密的基本假设，也没有得出与其不同的太多结论，但他将劳动力进行分解，充分意识到了智力劳动与体力劳动的差异，实际上是对企业作为"劳动者与物质资本的合约"这一古典判断的质疑，并第一次对企业家自身的才能给予应有的关注，可惜，这并未引起后来者及时的足够重视。

马克思对资本主义生产方式的研究很少涉及企业家问题。在马克思的著作里，《1844 年经济学哲学手稿》首次提及"企业家"一词。他在论述"资本的积累和资本家之间的竞争"时指出，大资本家比小资本家处于更优越的竞争地位，从而会使"中等资本家食利者变为企业家"，转而去"亲自经营实业"。① 可见，马克思讲的企业家是作为资本家的企业家，是（物质）资本的人格化。

有关企业家能力在企业成长中的关键作用的最早论述是在马歇尔的《经济学原理》一书中，他把"能干、辛勤、富于进取心、有创造性和组织能力"的企业家看成企业成长的根本动力，他论述道："能力薄弱而掌握大资本的，将很快地损失资本，他也许是一个能够很好地经营一个小企业的人，这企业在他离开时比他初去时资本较为雄厚，但是如果他没有处理重大问题的才能，企业

---

① 马克思：《1844 年经济学哲学手稿》，人民出版社 2000 年版，第 26～28 页。

越大,他搞糟企业就越快。"①马歇尔把生产和销售两者统一的观点纳入经济学中,认为企业家的作用不仅由生产产品的制造商来承担,而且还由销售产品的商人来承担,认为企业家充当了生产要素卖方和产品买方之间的中介人,是把生产要素结合在企业中、使之成为产品并送到消费者手中这一组织化过程的核心。与萨伊一样,他也将企业家视为重要的协调者,不仅组织调配各种资源,指挥管理生产过程,而且不停地使用边际替代原理,追求成本最小化。为此,企业家还必须是创新者,创新各种新技术,尝试各种新思想。同时,在马歇尔看来,企业家才能的扩张是影响企业扩张的关键因素,只要企业家的能力能随着企业规模扩大而持续扩大,企业就会不断地成长。他认为:"的确,当他的营业扩大时,如果他接连许多年保持他的创造性、多才多艺的创始力、毅力、机警和好运气,则他也许会把在他的区域内的这个行业部门的全部生产量集中到他的手中。"②钱德勒(Alfred D. Chandler)强调了企业家的管理能力的关键作用,他是这样论述的:"只有当这些设备和技能得到合理的整合和协调的时候,企业才能达到国内国际市场竞争以及企业发展所需的规模经济和范围经济……高级管理人员的能力是工业企业长期健康发展的最关键因素。他们负责招聘和激励中级管理人员,定义和分配他们的责任,监督其工作并对其进行协调,此外,他们对企业整体进行计划和资源分配。"③尽管马歇尔对企业家的研究在某种程度上是对前人成果的"集大成",存有诸多折中的印记,但他对于企业家在整个企业运营过程不同阶段的角色进行了准确的定位,所进行的论述是最为全面、最具有代表性的,后来的很多学者正是从中取其一,进一步深化发挥,从而形成了不同的支流。其中,最具有代表性的就是熊彼特(Joseph

---

① 马歇尔:《经济学原理》,商务印书馆 1991 年版,第 336 页。
② 马歇尔:《经济学原理》,商务印书馆 1991 年版,第 331 页。
③ [美] 钱德勒:《规模与范围——工业资本主义的原动力》,华夏出版社 2006 年版,第694 页。

Alois Schumpeter)的企业家"创新者"角色理论。

熊彼特是创新理论的创立者。在探讨企业家的地位与作用时，他将企业家视为企业的创新者，认为企业家才是企业发展最重要的驱动力。企业发展之所以出现周期，也正源于企业家的各种创新行为。在他看来，创新就是建立一种新的生产函数，把一种从未有过的有关生产要素和生产条件的新组合引入生产系统。具体来说，这种新组合或创新包括五种：引进新产品（或改进现有产品质量）；引进新技术，即新的生产方法；开辟新市场；控制原材料的新供应来源；实现企业的新组织形式（特别指组成托拉斯或某种其他类型的垄断组织）。因此，熊彼特所谓的企业家本质上是进行创新决定的决策者或管理者。按他的逻辑，企业家首先制定创新决策，其次执行创新决策，其结合会产生所谓的新组合，从而打破了原来的经济均衡状态，实现"建设性的破坏"，也就是所谓的"创新"，给企业家带来利润。由于示范效应会产生许多模仿跟进者，互相竞争的结果使获得利润的机会逐渐丧失，从而又产生了新的均衡，新的一轮"破坏"与创新再次找到了着力点。因此，企业家作为创新者，其作用是通过创造性地破坏市场均衡，推进经济发展。可见，熊彼特的企业家"创新者"角色是超越市场结构的，加之他所塑造的企业家形象十分鲜明，因而其理论影响也最为深远和广泛①。

创新是熊彼特对企业家的一种正面判断，但无论能否创新，企业家始终对企业的"不确定因素"承担了主要责任，这是不争的事实，也是企业家与一般企业管理者和劳动者、科研工作者的本质区别，是企业家获得"剩余索取权"的合法性的主要源泉。18世纪，康替龙最早把企业家引入经济学时赋予了企业家投机商的角色，认为企业家借助于对市场信息的精准判断和正确决策，将"不确定性"变成了商机，通过买进与卖出之间的差价，获得了企业利润。19世纪末、20世纪

---

① 黄群慧：《西方经济理论中企业家角色的演变和消失》，《经济科学》，1999年第1期。

初,美国经济学家豪莱(Frederick. B. Hawley)同样根据企业家的这一特殊职能定位,认为企业家不是一般性的生产要素,而是"不确定性"的承担者和一种激励要素,各种生产要素和方法是由企业家控制和指挥的。企业家需要制定生产什么、如何生产和生产多少等决策并承担决策的不确定性和风险,只有企业所有者才能履行这些职责,并有能力承担相应的不确定性和风险。经济学家奈特(Frank H. Knight)在他的著作《风险、不确定性与利润》中,进一步发展了企业家的有关理论,并直接将企业家的职能界定为"承担不确定性和进行决策"。奈特认为,在理想化的市场均衡状态,价格体系便解决了经济系统所面临的所有有关生产和分配的问题,纯利润是不存在的,即使存在风险,也是可以予以规避的。但是,"不确定性"是现实存在的,也是任何理想模型所无法预知的。承担这一"不确定性"的显然只有企业家,但企业家如何承担这一"不确定性",则是另一回事,也是后来相关学科的研究任务之一。

金纳(Israel Kinner)将企业家定义为:具有一般人所不具有的、能够敏锐地发现市场获利机会的、有洞察力的人;是市场的均衡器,通过典型的"中间商"逐利行为使市场逐渐趋于均衡①。换言之,企业家就是"中间商"。他们认为,均衡只是一种理想状态,市场是不可能实现均衡的,而在努力实现均衡的过程中,获取利润的机会将始终存在。因此,企业家会不断地搜集信息、制定市场策略、谋求利润。在金纳看来,企业家具有一般人所不具有的能够敏锐地发现市场获利机会的洞察力(alertness),也只有具有这种洞察力的人才能被称为企业家。企业家不是一种生产要素,他不需要组织协调、选择最优投入产出比之类的特殊技能,"他所需要的是发现哪里的购买者的买价高,哪里的销售者的售价低,然后以比其售价略高的价格买进,以

---

① Kirzner, Israel M. , *Competition and Entrepreneurship*, Chicago: University of Chicago Press, 1973, p. 79.

比其买价略低的价格卖出。发现未被利用的机会需要洞察力,计算能力无济于事,节俭和追求最大产出也不是企业家所需具备的知识。"①企业家这种典型的"中间商"逐利行为使市场逐渐趋于均衡,企业家成为市场的均衡器。

英国女经济学家彭罗斯(Penrose)②认为,企业家为企业的利益而引进和接受新观念,尤其在其产品、企业地位和技术上的重要变化等方面,对企业的经营作出贡献;物色新的经营者,从根本上改革公司的管理组织;筹集资金,定出发展计划。因此,企业家的管理经验和管理能力决定了企业所有其他资源所能提供的生产性服务的数量和质量,并最终制约企业成长的速度。彭罗斯强调了企业家在企业内生成长中的作用。她认为,企业生产的根本问题在于有效地组织企业内部资源和外部资源以创造利润,而生产则是在企业家所发现的生产性机会(productive opportunity)指引下进行的。随后,熊彼特(J. A. Schupeter, 1997)从创新的角度,将企业家誉为经济增长的国王,认为正是企业家把各种要素组织起来进行生产,并通过不断地创新、改变其组合方式带来了经济增长。

美国经济学家卡森(M. Casson, 1982)在对已有研究进行综合的基础上,借助社会学、心理学,给出了一个企业家从内生性偏好和内生性实施为特征的制度分析框架,借助于企业家市场均衡模型来研究企业家的角色与功能,运用了"企业家判断"这一概念,将企业家定义为专门就稀缺性资源作出判断性决策的人。所谓判断性决策是指完全依赖于决策者个人判断的决策,决策过程中不存在任何一条明显正确的、而且只使用公开可获信息的规则供决策者使用。他认为,企业家阶层可以凭借其优于一般人的信息优势和能力优势,来对稀缺资源进行有效协调和判断,从而利用企业组织有效降低交易费用。

① Barreto, Humberto, *The Entrepreneur in Microeconomic Theory: Disappearance and Explanation*, London and New York: Routledge, 1989, p. 18.

② 彭罗斯:《企业发展理论》,上海人民出版社 2007 年版,第 19 页。

说法各异,但归根到底,企业家对于市场运作和企业的组织运营,都具有至关重要的作用,是市场经济发展的重要驱动。

如前所述,在整个西方的企业家研究历程中,企业家的成长模式主要包括经营模式、资本模式、人力资本模式、创新模式、决策模式、组织模式、交易费用模式、团队生产模式、代理模式等。① 但是,西方的企业家研究有一个明显的薄弱点,这就是对企业家成长与成才问题的深入探析偏少。在占统治地位的新古典主义经济学中,企业与企业家被简化为一个假定:即实现利润最大化的"黑箱"或称为一种"生产函数"。结果,西方经济学始终是基于"物"的角度,只强调企业家的职能和行为,将企业家本身作为外在的、附带的要素,而不是内在的、甚至核心的要素进行探讨。

实际上,迟至 19 世纪末,马歇尔才较为深入地探讨了企业家问题,并成为了西方企业家理论的起源。尽管如此,到了 19 世纪末叶,"企业家"这一概念已几乎从其他理论著作中消失了(虽然在马歇尔1890 年出版的《经济学原理》一书中仍可看到这一术语)。正如鲍莫尔(W. J. Baumol)在《美国经济评论》企业家特刊号上所说的那样,"近年来,尽管企业家作用的重要性越来越明显,并不断地被人们所认识,但事实上,企业家(entrepreneur)的形象却从经济理论文献中消失了。"② 在新古典主义经济学,特别是以瓦尔拉斯(Leon Walras)为代表所建立的市场一般均衡理论中,企业家的作用是静态的和被动的,这反映了该理论强调的是完全的市场,这种市场会自动进行一切必要的协调,无须企业家的干预,也根本没有考虑企业家的影响。实际上,一直到人力资本理论诞生之前,这一局面延续了好几个世纪,因为企业家的能力从此不再是一个抽象的概念,更不是同质性存在。当然,关于企业家能力的零零碎碎的论述也是有的:比如,萨

---

① 丁栋虹:《制度变迁中企业家成长模式研究》,南京大学出版社 1999 年版,第 98 页。
② Baumol, W. J., "Entrepreneurship in Economic Theory", *American Economic Review*, 1968:58, pp. 47 – 64.

伊、马歇尔等强调企业家的资金筹措与资本运营的能力,奈特与彭罗斯强调企业家对行业的预测能力及劝服他人的能力,熊彼特则强调企业家的创新能力,钱德勒强调了企业家建立与管理大型人类组织的能力,大前研一、德鲁克(Peter F. Drucker)等更多的学者则强调企业家的战略决策能力和用人能力①。

人力资本具有异质性。根据人力资本内容的差异,可以划分出不同的人力资本类型。这些差异通常体现为可观察的能力。舒尔茨在《应对不平衡的能力之价值》(*The Value of the Ability to Deal with Disequilibria*)中将能力分为五类:学习能力(to learn)、完成有意义工作的能力(to do useful work)、进行各项文娱体育的能力(to play)、创造力(to create something)和应付非均衡的能力(to deal with disequilibria)。这就引出了一个新的问题:既然能力分类别、有差异,那么,这些能力是怎么形成的?"人力资本形成"问题由此正式成为一个新的命题。

2. 民营企业家:中国学术界的新领域

1987 年,全国推行企业承包制之际,一些经济学家提出,中国企业改革未能取得成功的基本原因,在于没有一个企业家阶层,因而需要建立一套与承包制相呼应的竞争招标机制,以选拔一批"能人"构成中国企业家阶层,并让他们去搞活企业,这就提出了企业家的社会需求及形成问题。1989 年初,中国社会科学院工业经济研究所与香港中文大学工商管理学院在香港联合召开"中国式企业管理研讨会"第七次年会,会议议题为"企业家精神",会上对企业家及社会主义企业家问题进行了广泛、深入的交流和研究。这是我国较早对企业家进行的专门研究。

但是,在中国学术界,企业家研究首先面临的是不同方向和类型

---

① 李博:《中国企业家成长模式分析——基于企业家资本角度》,《经济问题》,2006 年第 5 期。

的选择,这是西方企业家研究所从未遇到的新问题,而这些问题,恰恰是转轨中的新兴市场所面临的。具体而言,研究中国企业家,对象的重点应当如何定位,是国有企业的企业家,还是"三资"企业的小老板,或者是民营企业家? 实际上,研究国有企业的企业家理论已经很多,但由于体制所限,通常都很难深入,只能点到为止。研究"三资"企业的企业家理论,更是沉醉于"三资"老板的成功经营之道,甚至于说"三资"企业的小老板根本就不具有什么共性,他们只是特定历史条件下的一个统称而已。民营企业家是中国改革开放和市场化浪潮的产物,也是中国市场经济的重要引领者,将民营企业的企业家作为研究重点成为了学界和经济界的共识。

　　科尔曼在《人力资本形成过程中的社会资本》(*Social Capital in the Creation of Human Capital*)一文中,从内容的角度区分了三种资本类型: 物质资本、人力资本和社会资本。我国学者刘平青发表了《企业家成长三维机制与家族企业家》的论文,遵循了科尔曼对三种资本类型的划分,提出了企业家成长的三维机制: 物质资本维、人力资本维和社会资本维(见图1-2)[1]。企业家人力资本角度更多关注企业家是如何不断改变或提升自身的个人能力,引导企业发展;企

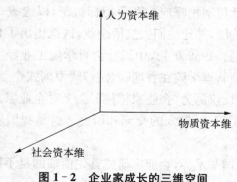

图1-2　企业家成长的三维空间

---

① 刘平青:《企业家成长三维机制与家族企业家》,《经济管理》,2002 年第 2 期。

业家社会资本角度则更多地关注企业家网络对企业成长的作用,企业发展的不同阶段,企业家网络的性质、范围等也会随之发生变化。企业家人力资本和社会资本是紧密联系的,并且可以相互转化。

自从这一群体产生以来,相关的研究便一直在进行,但尚存在如下几个问题:一是对人力资本及其抽象的企业家性质、内涵、职能等研究较多,而对中国转型体制中"草根经济"崛起的背景下,民营企业家的特殊性及其成长特征研究较少;二是从定性的角度研究民营企业家及其作用较多,而相应的定量分析相对较少。[①] 无论是在社会层面,还是在学术层面,关注最多的还是民营企业家的人力资本形成问题,或者说,民营企业家的成长、成才、成功与成熟之路。

人力资本模式的代表人物有刘茂松、周其仁、丁栋虹。刘茂松认为:(职业型)企业家是通过产权市场的竞争过程将自己的知识财产(即人力资本)与企业的物质财产结合起来,从而在经营中占有企业的整体财产,独立、创造性地组织和指挥企业,根据市场需要进行生产、流通、服务等商品经济活动,并承担经营风险的专门经营者群体。周其仁认为,企业是一个人力资本和非人力资本共同订立的特别市场合约。企业合约在事前没有或不能完全规定各参与要素及其所有者的权利和义务,而总要把一部分留在执行过程中再加规定。企业合约的这个特别之处,来源于企业组织包含着对人力资本尤其是企业家人力资本的利用。

迄今为止,关于民营企业家研究的主要著作有:张厚义主编的《中国民营企业家列传》,李华刚的《民营企业为何难以长大》,邓国政和尹良荣主编的《社会主义企业家论》,程承坪和魏明侠的《企业家人力资本开发》,郑江淮的《企业家行为的制度分析》,张义厚和陈光金的《走向成熟的中国民营企业家》,李观来的《中国企业家研究》,刘小

---

① 张小蒂:《转型时期中国民营企业家人力资本特殊性及成长特征分析》,《中国工业经济》,2008 年第 5 期。

玄的《转轨过程中的民营化》，焦斌龙的《中国企业家人力资本：形成、定价与配置》，支树平的《转轨时期企业家成长的制度环境研究》，中国企业家调查系统编著的《企业家价值取向——中国企业家成长与发展报告》。纵观我国学术界迄今已有的研究成果，主要涵盖以下几个方面：

第一，关于企业家人力资本内涵的研究

我国学者关于企业家的系统研究起步很晚，到 20 世纪 80 年代中期才冒着意识形态的风险，拐弯抹角地涉及"企业家"的概念。张维迎在《企业的企业家——契约理论》一书中，最早对企业家理论作了比较深刻的阐述，他把拥有资本的人才称为合格的企业家，这在本质上是一种物质资本模式研究的延续。① 显然，这一界定只是分析了 20 世纪 90 年代中期之前的两种民营企业家类型，而没有触及当时才初露端倪的职业型民营企业家，而这恰恰是未来中国民营企业家的主体。

刘茂松认为，"企业家是以企业资产增值为经营目标，通过产权市场竞争的过程将自己的知识财产与企业的物质财产结合在一起，从而在经营中占有企业的整体资产，独立、创造性地组织和指挥企业，根据市场需要进行生产、流通、服务等商品经济活动，并承担经营风险的专门经营者群体"。② 这一界定较早地从企业生产与交易角度，将企业家置于企业发展的核心地位，充分反映了中国学术界经过 15 年改革开放之后，对企业家的基本认识的一种质变。与之相应，越来越多的学者将企业家与创新联系在一起，强调了企业家在市场运营和企业兴旺中的创新精神和创新能力。比如，韩岫岚认为，"企业家应当是具有创新意识，能承担经营风险，并能采取措施和利用风险为社会创造财富的经营管理专家"。③ 周叔莲也认为，"具有创新

---

① 张维迎：《企业的企业家——契约理论》，上海三联书店 1995 年版，第 16 页。
② 刘茂松：《培育职业企业家型阶层》，《经济研究》，1994 年第 4 期。
③ 韩岫岚：《建立现代企业制度需要职业企业家》，《改革与理论》，1994 年第 4 期。

精神,善于经营管理企业使之兴旺发达的人叫企业家,或者说,用创新精神来经营管理企业使之兴旺发达的人叫企业家"。①

尽管有关企业家能力的论述从 18 世纪就开始了,但是,将其视作资本,视为投资的产物,则由人力资本理论来完成。然而,人力资本理论的开创者舒尔茨以及其后的人力资本理论的西方经济学家却并未明确地提出企业家人力资本这一概念。舒尔茨指出,处理经济非均衡能力是企业家精神的核心内容。他在其研究中并未使用企业家人力资本这一概念,而采用的是企业家精神,但实际上研究的正是企业家人力资本。20 世纪 90 年代以来,一些中国学者相继提出并使用了企业家人力资本这一概念。1997 年,周明和廖东玲在《论企业家人力资本市场化配置》一文中提到了这个概念,但并没有对概念本身作出分析。基于可操作性方面的考虑,李忠民(1998)在《人力资本——一个理论框架及其对中国一些问题的解释》中根据可观察的现象,把能力划分为四种:一般能力、完成特定意义工作的能力、组织管理能力和资源配置能力。相应地,这四种具有相互递进关系的能力综合地存在于人力资本中,根据它们不同的结构分布,形成了人力资本质量和层次上的差异,可以划分出四种典型的人力资本类型:一般型人力资本(具有社会平均的知识存量和一般能力水平,如简单的分析能力、计算能力和完成通用性工作的能力等低级的复杂劳动能力,比纯粹的体力劳动能力层次要高,其社会角色为一般劳动者)、技能型人力资本(具有某项特殊技能,能够完成与之适合或相联系的工作,其社会角色为专业技术人才)、管理型人力资本(拥有管理知识与技能,能够在特定条件下,组织协调资源在一定范围内的配置,其社会角色为各级各类管理人员)和企业家型人力资本(具有在不确定性市场中,构建新生产函数的能力,其社会角色为企业家等)。但是,他也没有对企业家人力资本概念本身作出分析。2000 年,焦斌龙在

---

① 周叔莲:《企业家要发扬三种精神》,《中国国情国力》,1996 年第 9 期。

其出版的《中国企业家人力资本：形成、定价与配置》一书中，具体分析了企业家人力资本的含义，认为：企业家人力资本是为完成企业生产性和交易性功能，保证人力资本与物质资本契约的有效实施，企业家具有的"利用资本的经营能力"和"降低交易费用能力"的总称。这就从物质资本与人力资本的对等关系的角度，较为清晰地勾画了企业家人力资本在企业中的功能定位，并将企业本身定性为物质资本与人力资本的合约，而不再是物质资本与劳动力的合约。

实际上，对于企业家人力资本内涵的探讨要复杂得多，并时常与企业家精神、企业家素质、企业家能力等互换或混用，而缺乏严格的界定。本文主要是从精神和能力（才能）的角度探讨企业家人力资本，这是由人力资本本身的涵义所决定的。因此，本文认为，企业家人力资本的内涵问题的探讨也就是关于企业家精神和企业家能力的探讨，两者之间没有内在差异。正如冯勤等（2002）对浙江民营企业家整体素质和能力的考察结果所显示的那样：正是这些高素质的民营企业家敢于并善于将各种创新要素组合起来，服务于民营企业的创新活动，实现了民营企业的长期快速发展。① 精神与能力并存，意愿与行动同在。

马歇尔曾经从组织的角度分析企业家能力。他认为，企业家的能力就是"利用资本的经营能力"，具体包括：预测生产和消费趋势的能力、领导才能、统驭能力。这种分析的时代特征非常明显。关于在经济全球化的条件下，企业家应具备的能力，美国企业管理协会对全球 500 位最成功的经理进行研究，发现成功的经理需要具备 10 种能力：进取心强、思维敏捷、效率高、有创意、多谋善断、助人为乐、信心十足、人际关系好、乐观心态、正确的自我批评、有效的激励。李志、郎福臣、张光富（2003）对 47 篇论文涉及的 80 种企业家能力进行了合并归纳，将企业家能力概括为 7 种能力类型：① 创新能力；

---

① 冯勤：《浙江民营科技型中小企业成长的特殊规律》，《科技与管理》，2002 年第 1 期。

② 决策管理能力,主要包括计划、分析、策划、决策、战略管理能力;
③ 组织指挥能力,主要包括组织、控制、指挥领导、投资经营、营销能力;④ 沟通协调能力,主要包括协调、谈判、竞争合作、人际交往、信息沟通能力;⑤ 人事管理能力,主要包括用人、激励、评价、关心爱护下级能力;⑥ 专业技术能力,主要包括专业知识、专业技能;⑦ 基本能力,主要包括记忆、适应、表达、预见、学习、自控、心理承受、想象、洞察、判断、自信、问题解决、实干等能力①。埃里克森(Truls Erikson)和尼尔德罗姆(Lars Nerdrum)通过对企业家能力的分析,建立了能力与企业家人力资本的内在关系图②(如图 1-3 所示)。

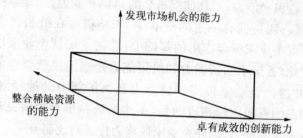

图 1-3　能力与企业家人力资本的关系

陈才庚教授认为:民营企业家的内涵,概括起来有以下四个方面:第一,民营企业家是具有企业家才能、富有创新精神、风险精神与奉献精神,能创立新企业和发展新产业,推出新产品的能人;第二,民营企业家是一部分先进生产力的组织者和实践者,是能不断吸纳人才,善于将人力资本和非人力资本优化组合,创造交易机会,降低交易费用,获取合法利润,使社会财富和价值增值最大化的生产要素组织者;第三,民营企业家是具有市场眼光,善于运用赚钱手段,利用市场信息,发现机遇和抓住机遇,将创造发明转化为生产力,精于作

---

① 李志:《对我国"企业家能力"研究文献的内容分析》,《重庆大学学报》,2003 年第 3 期。
② Truls Erikson, Lars Nerdrum, "New Venture Management Valuation: Assessing Complementary Capacities by Human Capital Theory"[J]. *Venture Capital*, 2001, 3.

出战略决策,能创造经济奇迹的市场战略家;第四,民营企业家是承担着引导、指挥、组织、协调、监督、教育、凝聚人心、营造企业文化等企业领导职能,善于运用自己独特的领导艺术、领导方式、领导方法、领导作风,实现领导效能最大化的企业高层领导者①。王庆喜也是通过对浙江省 254 家样本企业业主的企业家个人能力进行测量和分析,发现民营企业业主的企业家能力内含 7 个维度,分别是:成就动机、创新学习能力、人性特征、把握机遇能力、处事能力、领导能力和操作能力②。

李杏等(2005)的研究结果显示,真正的企业家需具备以下特征:一是创新意识和能力;二是捕捉机会的意识和能力;三是承担风险的能力和勇气;四是拥有一定的资本。③ 田晓霞等在分析民营企业不同发展阶段企业家所起作用的基础上,总结了民营企业家能力结构的动态变化,提出了创新能力和决策能力是当前民营企业家的关键性能力,并指出企业家提高创新能力和决策能力的途径和方法。④与这种动态的纵向比较相应的是,王建勋进一步对中国民营企业家与国营企业家的能力、国外企业家的能力作了对比研究⑤。

相对而言,对民营企业家的企业家精神的研究要少得多,而这恰恰是中国民营企业家群体产生的前提,是民营企业家"一次创业"的关键。

第二,关于民营企业家人力资本形成的研究

国外对企业家成长机制的现代研究主要集中于外部环境对企业家创业行为的影响:阿尔得利茨(Aldrich)和威登麦尔(Wiedenmayer)认为,一国的社会环境对企业家创业具有很强的破坏或促进作用。

① 陈才庚:《民营企业家类型研究》,《求实》,2002 年第 12 期。
② 王庆喜:《民营企业家能力内在结构探析》,《科学学研究》,2007 年第 1 期。
③ 李杏等:《民营企业发展中的企业家和企业家精神研究》,《中国地质大学学报》,2005 年第 2 期。
④ 田晓霞:《民营企业家能力的动态变化分析》,《经济问题探索》,2005 年第 10 期。
⑤ 王建勋:《中外民营企业家能力比较研究》,《产业与科技论坛》,2008 年第 3 期。

在经济转型时期,外部社会环境条件的变更不仅使原来被视为资产阶级行为的创业变得合法化,而且企业家的地位随着经济转型的深入得到了大幅度的提升,政治经济环境对企业家成长的影响首先体现在国家的政治结构体系及其运行的经济体制上①。温李丽(WenliLi)专门就政府的信贷补贴对企业家创业及其成长的影响进行了定量分析。她认为,以利息补贴为形式的政府补贴方式对目标企业家(受益企业家)的创业有很大帮助,但是非目标企业家却得不到任何的扶持②。

我国很多学者也沿袭了西方学者的思路,重点关注企业家人力资本形成的外部因素。他们通常从中国经济转轨、社会转型的大环境出发,分析民营企业家人力资本形成的外部条件和约束因素。比如,焦斌龙认为,西方人力资本理论是在既定制度下研究人力资本形成的模式,忽视了制度变迁对人力资本形成的影响。对于正处于制度变迁阶段的国家而言,深入研究制度变迁中的人力资本形成模式具有重要意义,而不能简单地套用西方人力资本的研究框架和分析思路。他认为,中国民营企业家人力资本形成模式的基本逻辑是,管制放松导致市场化,市场化又促进了民营企业家人力资本的形成。以制度变迁为主线,社会网络为条件,人力资本投资为主渠道,这才是中国民营企业家人力资本形成的基本途径。这说明制度变迁对人力资本形成有重大影响③。但是,他的研究只是从人力资本形成的外部环境、主要是制度环境的角度,探讨了中国民营企业家人力资本

① Howard E. Aldrieh and Gabriele wiedenmayer, "From Traits to Rates: An Eeologieal Perspective on Organizational Foundings", pp. 145 – 195, in Jerome Katz and Robert Broekhaus(eds.), *Advances in Entrepreneurship*, *Firm Emergence*, *and Growth*, Greenwhich, CT: JAI Press, 1993.

② WenliLi, "Entrepreneurship and Government Subsidies: A General Equilibrium Analysis", *Journal of Economic Dynamics & Control*, 2002, p. 26.

③ 焦斌龙:《制度变迁与中国民营企业家人力资本形成模式研究》,《中国流通经济》,2003 年第 11 期。

形成的特殊性,而没有分析中国民营企业家人力资本形成的自身规律和基本路径。王秀模则是从产权的角度,分析了我国企业家成长的一般机制,认为中国民营企业家成长环境不良的症结是民营企业产权所有者将经营者视为私有的行为,可从企业自身演进、政府政策导向、社会促进、企业平等竞争、企业家市场培育和法律规范等6个方面设计中国民营企业家成长机制①。再如,姜明宇等从企业发展的角度分析了民营企业家应具备的人力资本,研究了经济体制、技术、市场竞争、社会文化等对其人力资本形成的影响,探讨了未来中小民营企业家人力资本的形成与发展趋势。②

现代经济发展的主导要素逐渐从物质资本转向了人力资本,经济增长对人力资本的需求正以前所未有的速度增加着。吴蓓蓓研究了技术进步与人力资本形成的关系,定量分析了技术进步对我国人力资本形成的诱致作用(图1-4),得出的结论是:改革开放以来,对外开放所带来的技术进步是诱致我国人力资本形成的重要因素,同时人力资本的增加也推动了我国技术进步的人力资本偏向性。技术

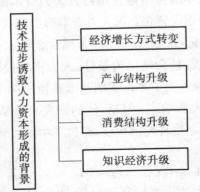

图1-4 技术进步诱致人力资本形成的背景

---

① 王秀模:《中国民营企业家成长机制研究》,《重庆科技学院学报》,2006年第6期。
② 姜明宇、黄继忠:《中国民营企业家人力资本的形成与发展趋势》,《哈尔滨市经济管理干部学院学报》,2003年第1期。

进步之所以能够成为人力资本投资诱因,就是因为技术应用产生了对人力资本的需求,即技术进步具有人力资本偏向性。经济发展过程中,技术进步对人力资本价值的提升,具体表现为技术进步条件下劳动力市场对高技能劳动力需求的增加,对低技能劳动力需求的减小,以及高、低技能劳动力收入差距的拉大,而这与现代技术进步的人力资本偏向性是分不开的。

谢俊豪从企业外部环境、内部环境及企业家个人素质三方面分析了企业家成长的影响因素,本文进一步总结为图1-5所示。图中的个人因素主要指企业家与企业经济发展相关的个人素质,企业家本身应具备的个人素质包括:从知识角度,企业家不仅要懂得技术知识,更重要的是要懂管理,具有财务和资本运作、金融等方面的才能,从情商和心理素质角度,企业家应具备处理人际关系的能力和良好的心理素质。

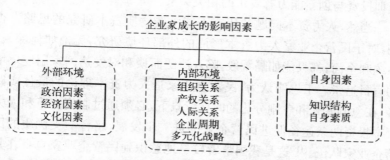

图1-5 企业家成长的影响因素

宋晓亮实证分析了专用性投资对企业家人力资本形成的影响。专用性投资是企业家人力资本形成的重要途径之一,企业家通过专用知识投资、"干中学"、企业培训、政府机会投资等专用性投资方式,使自身的人力资本不断得到积累和增值(图1-6)。

实证研究发现,专用性投资带来最大收益的是企业家管理能力的提升,专用知识投资、"干中学"和企业培训投资都对其有较强的正

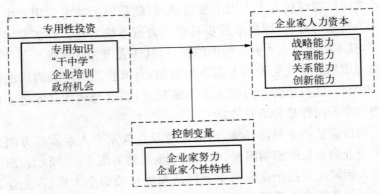

图1-6　专用性投资对企业家人力资本的影响

相关关系。专用知识投资和政府机会投资对企业家的关系能力有积极作用。这里的关系能力实质上可看作是企业家的社会资本。企业培训投资与创新能力有着正的相关关系。

　　当然,人力资本问题的研究不能沿袭物质资本研究的思路。否则,对于民营企业家人力资本形成的外部环境研究,无论如何深入、系统和全面,都只能如隔靴般,陷入泛泛而谈和对发达国家制度环境的盲目追崇。王忠明认为,民营企业家是人力资本理论的最佳实践者,在急剧变化和急剧分化的时代背景下,必须通过制度变革和人力资本投资两条途径促进民营企业的进一步发展,培育一支优质的民营企业家队伍。[①] 这是我国学者较早地意识到民营企业家自身在其人力资本形成中的主体地位。与物质资本的形成不同,人力资本形成的主体是自身,而不是外部条件。必须从企业家自身的角度,探讨其人力资本的形成与发展。李鸿雁认为,我国当代民营企业家则在社会主义经济条件下,有着以下三种成长方式:第一,通过自我创业成为企业家;第二,通过参与国有企业改革,抓住企业改制机会来实

----

① 　王忠明:《民营企业家:人力资本理论的最佳实践者》,《杭州金融研修学院学报》,2002年第5期。

现自我成长;第三,从职业经理人做起,最终演变为民营企业家。①
这一研究思路才正式切入了正题。

第三,关于民营企业家人力资本的基本类型

马振华把人力资本分为一般型人力资本和专业型人力资本(图
1-7),并主要研究了作为专业型人力资本之一的技能型人力资本的
形成。一般型人力资本——这种类型的人力资本具有社会平均的知
识存量和一般能力水平,对应的社会分工角色为一般社会劳动者。
企业家型人力资本是专业型人力资本的一类——它是人们面对不确
定市场具有决策、配置资源能力的人力资本,即在不确定性市场中,
构建新生产函数的人力资本。民营企业家人力资本当然也属于企业
家人力资本,但是有其特殊性。

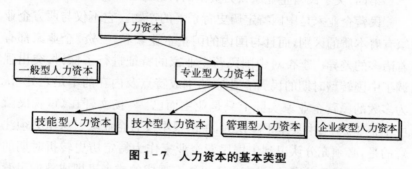

图 1-7 人力资本的基本类型

关于民营企业家人力资本的类型,通常有路径划分和时段划分
两种形式。陈才庚对中国民营企业家的类型进行了系统研究,并按 5
类 16 种进行划分:按生成途径分类,有资本积累型、承包人转化型、
改制型、职业型和企业家孵化器孵化型;按生产要素占有情况分类,
有所有者型、经营者型和所有者+经营者型;按个性和气质特征分
类,有儒商型、军人型、公关型和赌徒型;按文化水平分类,有低文化
层次型和高文化层次型;按生成地域分类,有本土型和海归型。其

① 李鸿雁:《我国民营企业家成长历程分析》,《科技与管理》,2008 年第 3 期。

中,最基本的应该是按照生成途径划分,也就是说,将中国的民营企业家大致分为四种类型,即资本积累型、承包人转化型、改制型和职业型。① 民营企业家是中国民营经济成长的产物,这一划分能厘清民营企业家人力资本的形成路径和基本特征。李博、闫存岩进一步认为,企业家成长是其物质资本、人力资本、社会资本相互作用、有机统一的结果。将企业家成长性作为被解释变量,将企业家物质资本、企业家人力资本和企业家社会资本作为解释变量,构建企业家成长模式分析框架,他们认为企业家成长的资本构成是相同的,只是在不同的历史阶段,企业家在不同制度环境下的主导资本类型不同,从而表现为不同的企业家成长模式②。

第四,关于民营企业家人力资本的特殊性

民营企业家是中国特定历史背景下的产物。它不仅与西方企业家有着本质的区别,而且与国内的国企企业家和"三资"企业家都有着诸多的差异。李杏对中国民营企业家的特征进行了探讨,突出强调了中国转型时期的民营企业家的生成特点及内在的不足之处,认为多数的民营企业家实际上只是业主而已。③ 杨文轩在《审视民营中小企业》一书中甚至干脆认为,中国根本没有企业家。这里必须注意的是,必须充分认识到中国民营企业家作为特定历史转折时期的产物,本身就是动态的,没有也不可能有现成的或者迅即成熟的民营企业家队伍。在一定的历史阶段,他们可能就是一般的小业主,甚至根本就无法与西方企业家相提并论,甚至无法与国有企业、三资企业的企业家媲美,但这不能成为否定民营企业家存在的借口。因此,张小蒂等认为,民营企业家内在的特殊性人力资本是民营企业成长不

① 陈才庚:《民营企业家生成研究》,《求实》,2001 年第 6 期。
② 李博:《中国企业家成长模式分析——基于企业家资本角度》,《经济问题》,2006 年第 5 期。
③ 李杏:《民营企业发展中的企业家和企业家精神研究》,《中国地质大学学报》,2005 年第 2 期。

可或缺的重要因素,并从"创新"内涵的视角出发,探讨了民营企业家人力资本的特殊性及其在"创新"中的核心作用,认为民营企业家通过熊彼特意义上的"创新"作用超过单纯的技术研发,对优化一揽子要素的配置、推动社会经济发展起到了难以替代的关键作用,从梯度升级与梯度扩散两个层面揭示了中国民营企业家成长的特征①。

陈明深入分析了义乌民营企业家成才模式的特点,认为义乌市民营企业家通过"干中学"和在人际交往中学习,提高自身的市场运营能力,这样的成才模式符合创新思维的规律②。这一研究的最大意义在于:他充分意识到了中国民营企业家人力资本的形成主要不是依托于系统的人力资本投资,如教育、培训、进修等,而是基于实践的"干中学"。实际上,即使在对照职业型民营企业家(职业经理人)时,这一观点依然是有效的,因为,当代中国学有所成的职业经理人面临的最大问题恰恰是本土适应性问题,而这只有在"干中学"的过程中才有可能解决。也正因此,关于中国民营企业家人力资本的形成问题才有了真正的研究意义。

第五,关于民营企业家人力资本形成的制约因素

脱胎于中国传统计划经济体制并伴随着市场经济成长的中国民营企业家具有诸多先天的不足之处,人力资本的结构性缺陷始终存在,或者体现在文化素质上,或者体现在经营理念上,或者体现在对于行政权力或宗法家族关系的眷念上。丁栋虹就在其博士论文《制度变迁中企业家成长模式研究》中专门谈到了民营企业家的发展困境问题。晓康专门探讨了中国民营企业家人力资本融入的制度性障碍,认为企业外部的制度障碍主要表现为产权制度和信用制度的障碍;企业内部的制度障碍主要有激励制度、企业文化、委托—代理制

① 张小蒂:《转型时期中国民营企业家人力资本特殊性及成长特征分析》,《中国工业经济》,2008 年第 5 期。
② 陈明:《民营企业家成才模式对高等教育的启示》,《高教发展与评估》,2005 年第 4 期。

度、晋升制度和选聘制度等制度障碍。[1] 刘晓英认为,我国民营企业成长缓慢的根本原因在于民营企业家人力资本不足。她对民营企业家应该具备的几种人力资本进行了分类,并从企业发展的角度,深入探讨了经济体制、技术、市场竞争、社会文化等对民营企业家人力资本形成的影响。[2] 甘德安也比较深刻地探讨了家族企业中的企业家的发展问题等。[3] 总体来看,民营企业家人力资本形成的约束因素包括社会制度和个人条件两个方面,但是,对于前者的过于强调会陷入西方传统经济学的窠臼,内在因素才是研究的关键所在。

第六,关于民营企业家人力资本对企业与经济发展的作用

改革开放以来,我国的民营经济经过发展取得了巨大的成就,民营企业成长已成为当前备受关注的焦点。虽然在这种成就背后有着多种因素的共同作用,但是民营企业家无疑是最重要的。他们能够在转型的市场经济中把握机会创立企业,创造企业成长的各种条件。民营企业家是最稀缺的人力资源,已经成为我国民营企业成长发展最为关键的资源和最重要的驱动力。在某种程度上来说,民营企业家的成长与民营企业的成长是一致的,在努力使自身成长的同时,推动和促进着民营企业的成长。企业的成长受企业家物质资本、社会资本、人力资本三类资本的影响,是企业内外部环境共同作用的结果(图1-8)。

由图1-8可见,企业家的人力资本对企业的成长发挥了重要作用。正是由于企业家精神、企业家能力与企业家社会资本的相互作用,决定了企业家的行为,发挥了企业家人力资本的能动性。师卫胜采用因素分析法从知识性人力资本、能力性人力资本和能动性人力资本三个维度分析了民营企业家人力资本对民营企业经营绩效的影

---

[1] 晓康:《中国民营企业家人力资本融入的制度障碍性分析》,《今日工程机械》,2004 年第 4 期。
[2] 刘晓英:《试论民营企业家人力资本的形成与培育》,《建材发展导向》,2005 年第 2 期。
[3] 甘德安:《走出家族企业的管理软肋》,《中国高新区》,2006 年第 1 期。

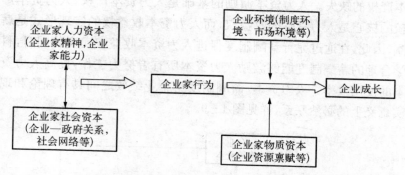

图1-8 企业成长与企业家行为的关系图

响。实证研究表明：民营企业家持股比例很低，而民营企业家持股比例与企业经营绩效之间存在显著性正相关；民营企业第一大股东持股比例较低，而第一大股东持股比例与企业经营绩效之间存在显著性正相关；民营企业家的受教育年限较长，而受教育年限与企业经营绩效之间存在负相关；民营企业家在其他经济单位兼职和兼任公司董事的比例较高，而在其他经济单位兼职和兼任公司董事与企业经营绩效存在负相关；民营企业家薪酬水平较低，同时民营企业家薪酬与企业经营绩效之间不存在显著性正相关，甚至不相关。张谨通过对山东中小民营企业的调查，分析了民营企业家人力资本与企业成长绩效的关系。对比分析高科技企业与传统企业中企业家人力资本的不同特征。分别寻找出对高科技企业和传统企业的企业成长绩效有显著影响作用的企业家人力资本要素，使企业家可以明确行业特点不同企业家人力资本要素的作用也不相同。理论模型对高科技企业的成长绩效有较好的解释力，高科技企业的创新和经营成长绩效比传统产业的企业成长绩效在更大程度上是依靠企业家的人力资本。

张金山研究了人力资本、薪酬制度与企业绩效的相互作用关系，指出人力资本是决定企业绩效差异的根本原因，薪酬激励是人力资本激励的主要方式，中国企业薪酬制度存在问题的根源在于人力资本产权的缺失。人力资本激励的基础是人力资本产权,人力资本产权的核心是人力资本的收益权,而人力资本收益权的实现形式是薪酬,因此,在通过完善薪酬制度促进人力资本收益权实现的同时,科学合理的薪酬制度能够激励人力资本所有者努力工作,提高人力资本的使用效率。人力资本、薪酬制度与企业绩效之间具有理论和现实意义上的必然联系,详见图1-9。

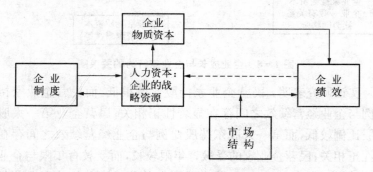

图1-9 企业绩效的形成机理

企业绩效是企业人力资本在市场竞争环境下,发现并利用市场机会,创造性地运用企业的物质资本,充分发挥人力资本的战略性资源作用,在产权激励、治理机制等制度安排的综合作用下创造的,人力资本是决定企业绩效的根本原因。

戚文举通过理论分析揭示了企业家人力资本对企业核心竞争力的作用机理,构建了企业家人力资本视角下的企业核心竞争力理论模型[①](见图1-10)。企业家的效率性人力资本、交易性人力资本和动力性人力资本对企业核心竞争力存在着显著的正向作用。这一实证结果揭示了企业家人力资本在培育和提升企业核心竞争力过程中的重要作用。

---

① 戚文举:《企业家人力资本视角下的民营企业核心竞争力研究》,扬州大学硕士学位论文,2007年。

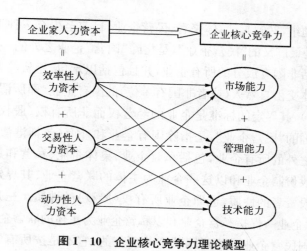

图 1-10　企业核心竞争力理论模型

三、概念界定

1. 民营企业的概念

"民营"是非常具有中国特色的一个词汇,它是在中国经济体制改革过程中产生的,有着非常复杂的历史背景。最初引入民营经济的概念,在很大程度上是为了淡化所有制概念,回避"公有"还是"私有"一类的争议,也不至于因鼓励非公有制经济发展而被指责为"搞资本主义"。迄今为止,国内对民营企业这一范畴的界定不一,有的认为民营企业就是"所有制属于私人所有的企业"(亢世勇、刘海润,1998);有的认为民营企业是"除以国家为代表的国营企业以外的其余各种经济成分的总称,包括集体所有制企业、合作制企业、股份合作制企业、个体企业、私营企业等"(吴振坤,1999);有的认为民营企业是"由民间、社会团体、个人、家族及其他的非政府所有者和经营者鼓励并独立承担市场风险和民事责任的经济组织"(何金泉,2001);还有的认为民营企业是"民间私人投资、民间私人经营、民间私人享受投资收益、民间私人承担投资经营风险的法人经济实体。"(国家统计局课题组,2004)。总体来看,民营企业,目前至少有三种不同的解释:一是最广义的"民营企业",是指除"国营"企业之外的一切企业,不仅包括非国有成分的所有企业,并且包括以承包、租赁等方式将经营权整体交由自然人(或者非国有单位)的国有企业(即所谓"国有民营企业"),其界定的标准是企业的经营权而非所有权(股权)。二是稍小范围的"民营企业",是指除国有企业和外商(包括港澳台商)投资企业之外的所有企业,包括私营企业、集体企业、私营和集体成分为主的股份制企业和以这些企业为主体的联营企业,其界定的标准是企业投资者的性质,也即企业所有权(股权)的性质。三是最狭义的"民营企业",仅指私营企业和以私营企业为主体的联营企业①。

我国民营企业是相对国营企业而言的,它不是按所有制而是按企业经营机制来划分的。民营就是非国营,即除了国有企业之外的所有企业都属于民营企业。在改革开放前阶段,我国民营企业大多数都是私人资本,因而把民营企业和私营企业混淆使用。随着改革开放的不断深入,尤其是国有企业的改制,民营化了的股份制、股份合作制企业越来越多,民营企业已不再是私营企业的代名词。同时,"私营企业"这个概念由于历史原因不易摆脱歧视色彩,因此,近几年来,很多人将私营企业改称民营企业,也就是说,以经营权为标准,而不是以资本主体来源为标准。根据企业的财产所有权、资金来源、分配形式、民事责任以及国家有关的法律规定,我国企业法人的经济性质主要有以下几种形式:全民所有制、集体所有制(包括城镇集体所有制和乡村集体所有制)、私营、合营、外资等,其中私营企业是指企业资产属于私人所有,雇员在8人以上的盈利组织。事实上,国内对民营经济进行统计时,也是直接引用私营经济的有关数据。

有鉴于此,本文在民营企业的界定如下:民营企业是指企业资

---

① 张小蒂:《转型时期中国民营企业家人力资本特殊性及成长特征分析》,《中国工业经济》,2008年第5期。

产属于私人所有,雇员在 8 人以上的盈利组织。其范围与私营企业一样,但摒去了"私营"的歧视色彩。本文界定民营企业的依据是私人资本占企业总资本的一半以上。具体类型包括:个人独资企业、个人合伙企业、私人有限责任公司及私人资本占总资本 50% 以上的股份有限公司。前两类民营企业不属于公司制企业,其资产所有者受到企业机构设置、组织规模、管理制度等因素限制,负无限责任,只能被称为私营企业主,而达不到私营企业家的要求;后两类民营企业属于公司制企业,负有限责任,其资产所有者(全部所有者或部分所有者)同样可被称为私营企业主,同时有了成为私营企业家的前提条件,但他们不能全被称为私营企业家,只有符合下述民营企业家概念标准的人才能被赋予民营企业家的称谓。

2. 民营企业家的概念

"企业家"一词来自法语的 Entrepreneur,意指"冒险事业的经营者或组织者",也可称为 Undertaker。该词的译法很多,如"商人"、"冒险家"、"雇主"等。其确切含义是"某项事业的实施者"(《新帕尔格雷夫经济学大辞典》)。从经济学说史的角度看,"企业家"这一术语是由康替龙引入经济学理论的,而最早赋予企业家突出重要性的是萨伊。他认为企业家是"预见特定产品的需求以及生产手段,发现顾客,克服许多困难,将一切生产要素组合起来的经济行为者"①。萨伊在 1803 年于巴黎首次出版的《政治经济学概论》一书中,将企业家的作为、应得的报酬以及企业家是一种稀缺资源纳入了经济学的研究和分析内容。随后,有诸多经济学家对企业家进行了不同程度的研究,包括著名的奥地利学派经济学家熊彼特、柯茨纳(Harold Kerzner)、奈特和卡森,以及著名经济学家马歇尔、彭罗斯、H. 列宾斯坦和 T. W. 舒尔茨等。美国经济学家 G. E. 希尔斯认为,所谓的

---

① 〔法〕萨伊:《政治经济学概论》,陈福生等译,商务印书馆 1982 年版,第 375 页。

"企业家"即"那些能够抓住经济生活中的机遇或能够对经济生活中可能发生的机会作出反应,通过创新为其本人和社会创造更多的价值,从而使整个经济体系发生变化的人。"美国学者奈特则认为"企业家要在极不确定的环境中作出决策并必须自己承担决策的全部后果,是不确定性的决策者"①。

迄今为止,根据易开刚②的总结,关于企业家的定义和描述有以下三种:一是制度经济学派的"技术结构阶层",认为在后资本主义时代,权力从资本家转向技术阶层,技术阶层是指科技人员、管理阶层,企业家属于管理阶层的一部分;二是熊彼特的"创新功能说",即企业家被称为"创新的灵魂",企业家是从事创新工作的人;三是卡森的"企业家判断论",即企业家的功能是企业家判断,企业家就是为稀缺资源协调作出判断的人。在此基础上,我们进一步将中国民营企业家内涵定义为:自我意识和自主意识强烈、善于灵活把握商机并适时创新、能够熟练地配置和运用各种资源与资本、被赋予工商企业经营职能、已经取得一定经验、业绩和影响力的厂长、经理。

3. 民营企业家人力资本的内涵

企业家人力资本就是应对未来商机与市场风险的决策、经营、管理能力和精神,由企业家能力和企业家精神两部分组成。③ 企业的

---

① Knight Frank. H, *Risk, Uncertainness and Profit*, NewYork: Harper and Row, 1965, p. 137.

② 易开刚:《知识经济时代企业家人格范式的转型》,《经济理论与经济管理》,2005 年第 2 期。

③ 关于民营企业家人力资本的内涵,还有一种观点认为,主要由企业家精神、企业家能力和企业家素质三个维度构成(李博:《中国企业家成长模式分析》,《经济问题》,2006 年第 5 期)。无疑,企业家素质是我们所必须充分关注的问题,包括企业家自身的身体素质、心理素质、文化素质等。但是,这里需要注意的是:第一,企业家精神和企业家能力中已经涵盖了很多关于企业家素质的内容,存在一定的交叉,比如,文化水平(或者说知识、技术)本身就是人力资本的重要组成部分,已经包括在企业家能力中,而心理承受能力等则是企业家精神的重要因素。因此,本文认为,在尽量涵盖所必需的各种要素的基础上,不需单独讨论企业家的素质问题。

竞争力首先来自人力资本,而不是物质资本,企业家人力资本也便成为企业核心竞争力的决定性源泉,没有企业家就没有企业,没有企业家人力资本就更谈不上企业的核心竞争力。日本松下电器的创始人松下幸之助认为,一个企业的兴衰,70％的责任应该由企业家来承担。企业家是企业经营职能的人格化代表,而企业家人力资本是现代企业核心竞争力的主要源泉。这是知识经济的本质特征所决定的,也是中国企业未来发展的历史使命所决定的。中国企业家调查系统的统计数据显示:"决策失误"始终是企业最容易出问题的不确定因素[①](如图 1－11 所示),这也从另一个侧面反映了企业经营决策者在企业发展中所起到的至关重要的作用。

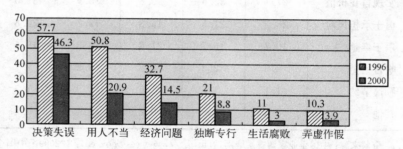

图 1－11 企业经营者认为最容易出现的问题

企业家能力在所有进入企业的要素中居于中心地位,是企业发展的核心力量,是企业家人力资本的核心内容,主要表现为民营企业家在市场信息获取、机会把握、资源整合、风险评估、不确定性的认知与判断、社会资源集聚等方面的实际工作能力和眼光。

企业家精神是企业家人力资本的外在形式和主观体现。奈特

---

① 中国企业家调查系统网站(http：//www. cess. gov. cn)：《"2003·中国企业经营者成长与发展"专题调查报告》。

(1921)认为,企业家精神是在不可靠的情况中,以最能动的和最富有创造性的活动去开辟道路的创造精神和勇于承担风险的精神。熊彼特(1932)更将企业家精神视为一种"经济首创精神"即创新精神,并对企业家的这一精神给予了极高的评价。

表 1 - 2　　　不同年龄的民营企业家对企业家精神的理解

	35 岁以下	36～45 岁	46～55 岁	56 岁以上	总　体
勇于创新	50.8	47.2	46.3	52.8	47.7
敬业	37.8	33.0	36.5	34.9	35.2
追求最大利润	31.7	33.6	34.2	32.8	33.6
实现自我价值	27.1	35.6	30.8	25.9	31.5
勇于承担风险	28.2	21.5	19.8	19.2	20.8
乐于奉献	10.7	16.7	21.8	23.3	19.6
吃苦耐劳	2.3	2.3	2.8	3.2	2.7
勤俭节约	1.1	1.8	1.5	1.9	1.7
其他	0.4	0.8	0.2	0.1	0.4

资料来源:中国企业家调查系统网站(http://www.cess.gov.cn);《"2009·中国企业经营者成长与发展"专题调查报告》。

企业家能力和企业家精神并存共生、相辅相成,不存在单独的企业家精神,也不存在纯粹的企业家能力。这两者既没有严格的界限,也不能截然分开,而是自成一体。因此,本文并不主张严格区分企业家精神和企业家能力。比如,企业家在全球范围内进行资源整合和产业布局,这既是一种企业家精神,也体现了一种企业家能力。主观意愿与客观实在之间的割裂只能导致西方传统经济学的沉疴,也就是只见"物",不见"人",也就谈不上所谓的人力资本问题。在中国经济转轨、社会转型的特定历史时期,中国的民营企业家人力资本必然包含以下几个方面的内容:

第一,知识素质①,如营销、财务等方面的专业知识,极为丰富的企业管理实践经验和本企业所涉及的技术工艺知识、一定的外语知识,以及计算机、网络基础知识和操作技能。这是人力资本的实体存在,也是企业家创新能力的重要源泉之一。否则,只能陷入主要凭借经验判断的境地,并约束了自身的应变能力和创新能力。

第二,强烈的社会责任感。无论是现代西方企业家,还是当代中国企业家,首先都必须立足于社会,而不是对企业本身进行孤立的资源整合与企业运作。社会历史责任感是对当代中国民营企业家的基本要求,也是驱使他们开辟中国民营经济新天地的内在动力。严格地说,这不仅是一种社会责任,而且是一种历史责任,存有诸多特殊内涵。

第三,实际工作能力。主要包括:一是应变能力,能够对新环

①　毋庸置疑,教育是人力资本投资的最主要形式,旨在让投资对象获得预期的知识技术并将其内化为经济社会发展所需要的创造性,人力资本在经济社会发展的重要作用与知识技术的重要作用直接相关。也正因此,很多学者在界定人力资本产生背景时,混淆了两者之间的严格界限。人力资本的重要性固然充分反映了知识技术在经济社会发展中的重要作用,但是不等于自从产生了知识技术就产生了人力资本。实际上,人类社会的发展进步主要归功于人的能动性,而知识技术恰恰是其外化形式。

知识技术在不同经济社会形态中的地位和作用是明显不一样的,不能一概而论。在知识经济之前的所有经济社会形态中,人的知识技术都只是经济社会发展的外生变量而始终不具备转化为内生变量的主客观条件。柏拉图在《理想国》中对教育和训练的价值的精辟论述、亚里士多德和阿奎那对国家维持教育以确保公共福利的重要性的远见卓识、培根关于"知识就是力量"的口号、威廉·配第关于高超技艺的重要性的论述,之所以被不少学者视为人力资本理论的来源(参见郑兴山、唐元虎:《企业人力资本产权理论研究》,上海社会科学院出版社 2003 年版。类似观点在我国人力资本研究领域格外流行),就在于混淆了知识技术的重要性与人力资本重要性的不同涵义。尤其是亚当·斯密、屠能(H. Von Thunen)和马歇尔被舒尔茨称为"把人视为资本的少数人中的三位杰出人物",从而更被误认为是舒尔茨承认上述三人的思想与人力资本一脉相承。事实恰恰相反,前两者只是对人拥有技能的重要性进行过相关论述,而当时的工业经济发展主要依靠的是物质资本、自然资源和劳动力的投入,因此他们都将劳动力视为同质性要素,而这是判断一般劳动力与人力资本的试金石。马歇尔更是明确反对将人当作资本,认为尽管用一种抽象的和数学的观点来看,人是资本,但在实际分析中把人当成资本与市场的实际情况不符合。(马歇尔:《经济学原理》(下),朱志泰等译,商务印书馆 1981 年版,第 8 页)

境、新事物、新问题敏锐感知并敢于承担变革与开拓的风险;二是判断能力,能够及时准确地掌握各种新情况,预测各种可能结果,作出正确判断;三是战略决策能力,具有战略眼光,能从总体上把握形势,既考虑当前利益,又考虑长远利益,尤其是在某些特定情况下,能够着眼于长期目标,而不拘泥于特定时空相对较小的得失;四是管理能力,包括文化管理能力(一方面,能够塑造所在企业的积极向上的组织文化;另一方面,能够不断借鉴和吸纳其他企业的优秀企业文化)、信息管理能力(善于收集、整理与分析信息,并使之系统化)、人力资源管理能力(善于发现人才、合理使用人才、主动培养人才)和人际关系管理能力(具有良好的对他人情绪的感知能力、沟通能力和人际交往能力)。

第四,身心健康。这是人力资本的重要维度。民营企业家必须保持良好的身心状态,才能迎击经济转轨、社会转型和企业运作中所面临的各种风险,并承担起企业家所需面临的巨大精神压力,以足够的抗挫能力、健康的体魄和良好的心态投入企业的运作与创新工作中去。

中国的民营企业家是在特殊的经济社会背景下产生的,人力资本形成的过程不同、社会地位各异,对于企业和物质资本的所有权也不一样。本文基于上述标准,即基于民营企业家人力资本的内涵,将中国的民营企业家分为三种类型:自主创业型民营企业家、改制型民营企业家和职业型民营企业家(职业经理人)。本文的相关论述均按照这一标准划分。

四、研究方法

随着研究工具的增加和研究路径的增多,无论是在分析理论问题,还是在分析实践问题时,都可以同时选择不同的研究方法和路径,以达到提升理论分析的深度和广度。民营企业家问题既是一个

重大的理论问题,又是一个重大的实践问题,理应将各种研究方法有机结合,具体包括:

第一,实证分析和理论分析的有机结合。本文将借助于中国企业家调查系统已有的调查数据,为理论分析提供足够的实证材料,并逐步形成民营企业家人力资本形成问题的基本立场和总体思路。

第二,定量分析与定性分析的有机结合。民营企业家主要是在"干中学"过程中成长起来的,人力资本的内涵首先体现为企业运作和商机把握中的精神与能力,而能力是有差异的,企业家人力资本属于典型的异质性人力资本,必须建立在定量分析的基础上。另一方面,与西方企业家的成长环境不同,我国的民营企业家主要是在经济转轨、社会转型、文化转生的特殊历史背景下形成的,制度环境和社会文化氛围始终处于持续的变革与变化之中。如何对民营企业家的人力资本形成进行定性,这恰恰是进行定量分析的前提。

第三,综合研究与个案研究相结合。民营企业家是中国改革开放后所出现的新兴群体。在"先富后富"理论和不同文化环境中,民营企业家的行业特征、地域特征和个性特征存在着诸多差异。一方面,需要从经济体制改革和社会氛围变迁的宏观视角出发,进行综合性的分析;另一方面,需要从浙江、福建、江苏、广东、上海等省市民营企业发展较快的区域,选择一些具有代表性的个案,进行深入的案例分析。

第四,静态研究与动态研究相结合。民营企业家研究基于"人"而不是基于"物"的角度。但是,这类"人"的各种特性是借助于民营经济发展和民营企业运营而体现出来的,后者的动态变化特征毋庸赘言。因此,必须从动态的角度,对不同发展阶段的民营企业家进行剖析。在此基础上,形成一些比较系统的认识,形成对特定时空背景下民营企业家的素描与判断。

第五,比较分析法。民营企业家的成长具有特殊性。本文在探讨这一问题时,适当将其与西方企业家、我国国有企业的企业家和

"三资"企业的企业家进行比较，同时，对自主创业型、改制型和职业型民营企业家进行对照比较，对不同时段的民营企业家进行比较，以揭示其自身特质和成长的特殊规律，尤其是揭示中国民营企业家成长的"内生性"过程。

第六，经济社会学分析方法。中国民营企业家人力资本形成过程涉及经济制度变迁、文化发展、思想观念转变等诸多问题，不属于纯粹的经济学问题，而是以经济转轨为主轴所衍生的复杂的经济社会问题。西方经济学中的企业家理论建立在单学科理论的基础上，多以西方企业家为研究对象，以一般性研究成果为主。对于有特殊历史文化背景并处于制度变迁中的中国，直接运用西方经济学的企业家理论研究成果有很大的局限性。因此，在分析过程中，不仅要研究经济体制改革和产权制度变迁等，还需要将民营企业家成长的政治法律保障、社会文化氛围等非经济因素纳入本项研究的内生变量中，以利于对民营企业家成长进行深入、全面的系统研究。

第二章　民营企业家队伍的形成

民营企业家伴随着我国民营企业的发展而成长壮大。民营企业从小到大,从弱到强,已经成为我国社会主义市场经济的重要组成部分,在国民经济发展中扮演着越来越重要的角色。我国民营企业的发展阶段如图 2-1 所示。

图 2-1　我国民营企业的主要发展阶段

也有学者对民营企业的发展阶段有不同的看法。张宏军(2007)把民营企业发展的第一阶段设置为 1978~1992 年,称为混沌阶段,民营企业在争论中发展;第二阶段设置为 1992~1997 年,称为激情阶段,民营企业在肯定中发展;第三阶段设置为 1997 年之后至今,称为理性阶段,民营企业在竞争中发展。总的来看,以三个阶段的划分为主,各个阶段的转折点不同。

正如前文所述,民营企业家是在人力资本、社会资本、物质资本相互作用下成长起来的。由于人力资本的形成具有一定的滞后性,相对于民营企业的成长阶段,本文把民营企业家的成长历程分为如下三个阶段(见图 2-2)。这一划分和民营企业的几次创业阶段相适应,第一次创业从 20 世纪 80 年代初开始到 1992 年十四届三中全会召开,这一阶段的民营企业基本完成了创业的原始积累;第二次创业从 1992 年开始至我国加入 WTO。民营企业的外部发展环境得到了进一步优化，企业进入较规范的市场动作阶段，企业规模进一步扩大，涌现了一批大型的民营企业集团。

图 2-2　我国民营企业家成长的几个主要阶段

本章首先回顾了我国民营企业家的发展历程，然后具体讨论三类民营企业家（自主创业型、改制型、职业型）人力资本的形成模式，最后分析了我国民营企业家的人力资本的特征。

第一节　民营企业家发展历程回顾

企业家是生产要素市场化的产物。在古典阶段，由于物质资本的相对稀缺，而劳动力供给较为充足，物质资本一方面雇佣劳动，另一方面还居于支配劳动的主导地位，企业实际上就是物质资本与劳动力的一个合约，企业家就是人格化的物质资本，是物质资本的所有者，是否拥有物质资本（而不是人力资本）是能否成为企业家的关键，也是企业家所追求的最终目标。相应地，西方传统经济学的研究范式基于"物"，而不是基于"人"，对企业家的研究相对晚于对企业的研究，力度也小得多。只是到了 19 世纪末期，随着第二次科技革命的兴起，产品与服务的技术含量不断提高，在市场、包括殖民市场的开拓中面临日趋激烈的争夺，才开始对企业家自身的能力和素质进行分析。纵观西方近 500 年的企业演进，可以将西方企业家的成长历程划分为三个发展阶段，也是三种类型的企业家。

1. 早期企业家。他们不仅要通过个人的勤奋（英文中的"勤奋"与"工业"是同一个词根），而且要善于捕捉商机，甚至需要通过海外拓殖的方式开辟市场，并将获得的财富进行新的投资，而不是像中世纪的贵族那样致力于奢华消费。尽管在企业家能力方面面临着历史条件的制约，与后来的企业家不可比拟。但是，西方早期企业家留下的最重要的财富恰恰是企业家精神。正是他们的精神，使"企业"一词无论在法文、英文中（英文的"企业家"源自法文），还是在日文、中文中（中文的"企业家"源自日文），都凸显了"企划心、责任心、上进心"的内涵。这是企业的最早涵义，也是最早的企业家的最基本特征。否则，企业本身便失去了存在的价值，华尔街的"金融大鳄"们正是由于丧失了这种原初的企业家精神，才制造了一个天大的金融泡沫，以致湮灭了全球景气，以及对西方企业家原有的仰慕与尊敬。

2. 近代企业家。19 世纪初以来，随着工业革命的开展和拓殖空间的缩小，在强势争夺殖民地的同时，面对汹涌而起的工人运动，提高产品和服务的科技含量、提高企业管理和运营的效率成为普遍趋势。如果说对早期企业家的要求主要是企业家精神，那么，对近代企业家的要求更多地体现在企业家能力上。他们不仅需要有效地掌控和支配越来越庞大的物质资本，而且需要有效地掌管和运营越来越复杂的企业，这两方面的压力都比早期资本家要大得多、难得多。因此，马克思在其著作中，称之为"亲自经营实业"的企业家，即"执行职能的资本家"，并通常使用"企业主"、"产业资本家"、"经理"等词汇。所以，近代西方的企业家依然是指业主式的企业家，是传统商品经济的产物，其基本特征是"业主"。这主要是指商人和资本家式的企业家，不过，资本家式的企业家更具代表性。他们出资创办并经营独资企业或合伙企业，既是法律上企业财产的所有者，也是企业直接经营管理者。正如马克思所说的那样，资本的所有者使他们成为"工业司令官"。他们凭借对企业资本的所有权对企业进行控制，在企业内部实行独裁专制式的领导方式，同时也对企业经营承担无限责任。因此,与早期企业家相同,他们都存在于自然人企业之中。

3. 现代企业家。现代企业家是伴随着现代公司制所有权和经营权分离的发展与企业家职业化的趋势而形成和发展的。在此阶段,企业发展到一定规模,尤其是发展到公司制阶段,原先亲自经营的企业家要么提高自身的能力和水平,适应经济发展的需要,要么通过分离经营权和所有权,另请高明。资本的所有权和经营权相分离,提供物质资本的人以股息形式取得报酬,同时雇佣专门的人员来经营企业。经营企业,这开始成为一种职业能力,并需要相应的职业资格,真正的企业家开始产生。这些人可以不是资本的所有者,但必须是经营管理的专家。这样就形成了以经营管理为职业的"经理阶层",也可称为现代的企业家。他们是职业化的经理阶层,基本特征和任务是"创新",通过经营方式和管理模式的不断创新,为企业发展赢取足够的市场空间。

在我国,尽管商品经济的浪潮多次迭起,但由于种种复杂的历史原因,并未形成真正意义上的企业和企业家。自清末五口通商以来,大规模、常态性的商品贸易开始形成,企业家形成的社会条件开始出现。在洋务运动期间,涌现出了以张謇为首的一大批民族资本家。他们怀着一腔爱国热忱来创办企业,希望能够"实业兴国",并为中国近代工业发展和社会现代化提供了最早的雏形与尝试。国民政府时期,尽管官僚资本主义占据主导地位,但我国的民族企业也有一定程度的发展,并产生了荣氏、永安等较大规模的企业集团。相对于洋务运动时期,这一阶段的民营企业家更加注重企业利润的实现。

新中国成立后,建国前的民营企业都被转制,民营企业家的成长空间几乎消失了①。1958 年到 1971 年间,中国曾进行过多次行政性分权和收权的反复。尽管这种政策调整时间持续较短,但这种短期

---

① 李鸿雁:《我国民营企业家成长历程分析》,《科技与管理》,2008 年第 3 期。

政策调整却产生了长期影响,使微观产权主体和地方政府拥有了部分退出权。具体来讲,由于计划管理权、物资调配权、固定资产投资权、财税权等权力的下放,使地方政府拥有了行为能力、行为空间、行为权利和行为动机。地方基层运用这些资源和权力兴办了一大批民营企业,即"五小工业"。"五小工业"通常由集体干部担任厂长,负责经营,在国营企业的夹缝中求生存,带有明显的市场化倾向。这种努力为中国民营企业成长播种下发育的种子,是当代中国民营企业和民营企业家的胚胎形式①。

　　总体来说,近代中国民营企业家成长的制度空间狭窄,不仅受到外国资本的挤压,而且受到官方资本的挤兑,而建国后的民营企业家则面临着所有制和意识形态的挤占,无法获得生存发展的合法空间和制度环境。但是,中国的民营企业家怀着满腔热情甚至政治抱负,为中国民营企业发展进行了艰苦卓绝的探索,无论其精神与志向,还是取得的实际成绩(留下的实业)和具备的能力,都该为后人所敬仰,而不是诟病。当然,中国民营企业和民营企业家的真正发展,还是在改革开放之后,并经历了如下几个重要历史阶段。

一、中国民营企业和民营企业家的初步形成阶段(1978～1991)

　　在我国计划经济时期,民营企业一直是公营经济的否定对象。1978年,党的十一届三中全会重新确立了解放思想、实事求是的思想路线,把党和国家的工作重心转移到经济建设上来。改革的春风唤醒了在中国大地上几乎绝迹的个体经济。随着家庭联产承包责任制的实行和农村集市贸易的恢复发展,以及城市市场的开放,个体经

---

① 　陈才庚:《民营企业家生成研究》,《求实》,2001年第6期。

济犹如雨后春笋破土而出。1980年8月，中央召开的全国劳动就业工作会议中指出，个体经济是"从事法律许可范围内的、不剥削他人的个体劳动。这种个体经济是社会主义公有制的不可缺少的补充，在今后一个相当长的历史时期内都将发挥积极作用"。中国的经济体制改革拉开了大幕，"个体户"、"专业户"等经济形式在中国出现。他们这些经济组织主要从事农副产品加工业和城镇小手工业，规模都较小，而且很分散，具有浓厚的小农经济色彩，采用的也是传统的家庭作坊管理模式。

　　1981年6月，《关于建国以来党的若干历史问题的决议》指出："国营和集体经济是我国基本的经济形式，一定范围的劳动者个体经济是公有制经济的必要的补充。"1982年12月，全国人大五届五次会议通过的《中华人民共和国宪法》第十一条规定："在法律规定范围内的城乡劳动者个体经济是社会主义公有制经济的补充。"这是《中华人民共和国宪法》第一次将个体经济写了进去，个体经济从此取得了宪法保护的合法地位。

　　1984年10月，党的十二届三中全会通过了《中共中央关于经济体制改革的决定》。《决定》阐明了以城市为重点的经济体制改革的必要性、紧迫性，提出了社会主义经济是以公有制为基础的有计划的商品经济，指出"坚持多种经济形式和经营方式的共同发展，是我们长期的方针，是社会主义前进的需要"。国家对民营企业的控制开始放松，并且将这种政策调整长期化、制度化。这些变革使民营企业家人力资本的形成从此开始走上了市场化道路。首先，市场的开放和合法性地位的正式确立，使隐性短缺开始显性化，并带来了巨大的市场机会。民营企业家敏锐地洞察到这一变化，开始了体制外的自主经营。其次，市场严重短缺使大多数民营企业家进入运输业和流通业等获利比较容易的行业，且其规模较小。再次，由于市场开放和利益引导，使原先的社会网络具有经济意义。民营企业家利用亲戚、血缘关系、朋友等社会网络，一方面获得地方政府的默许和支持，主要是政策支持;另一方面,获得经营所需要的资金。① 第一代真正的民营企业家正是在这样的背景下应运而生的。许多发展较好的"个体户"、"专业户"逐步发展成为小型民营企业,形成了一些企业主,部分民营企业主具有一定的企业家色彩,形成了中国民营企业家的最初形态。

1988 年 3 月,七届全国人大一次会议通过了宪法修正案,将"国家允许私营经济在法律规定的范围内存在和发展,私营经济是社会主义公有制经济的补充。国家保护私营经济的合法的权利和利益,对私营经济实行引导、监督和管理"以及"土地的使用权可以依照法律的规定转让"等规定载入宪法,对中国当代私营经济的合法性作了重要的历史性结论。自此,私营企业名正言顺地进入了国家的经济和政治。会议还通过了《全民所有制工业企业法》和《中外合作经营企业法》。同年,国家颁布了《私营企业暂行条例》。

1988 年宪法的修改为民营企业的发展提供了根本制度保障。这一制度变革带来了以下变化:一方面,经过了长期的积累,民营企业家由原来的集中于流通领域转而进入生产领域,实现了第一类民营企业家(创业型民营企业家)内部的第一次自我蜕变;另一方面国家以法律的形式肯定了民营企业的地位,虽然仍存在着许多政策上的羁绊,但在民营企业的发展历史上仍写下了举足轻重的一页。同时,这一时期,民营企业家的队伍逐渐扩大,知识分子、"海归"、政府官员都逐渐加入民营企业家的队伍当中,这也是第二类、第三类民营企业家的雏形。总体而言,这一时期,市场约束已成为民营企业家人力资本形成的主要约束力量,体制约束的作用已大大减轻②。

相应地,中国的民营企业迎来了第一次大规模发展时期,民营企业的资金已不再局限于自身积累,而更多地吸纳外来资金,企业员工

① 焦斌龙:《制度变迁与中国民营企业家人力资本形成模式研究》,《中国流通经济》,2003 年第 11 期。
② 陈才庚:《民营企业家生成研究》,《求实》,2001 年第 6 期。

也从基本由家庭成员组成扩展到向社会雇佣。在整个国民经济还处于"短缺经济"的条件下,中国民营企业凭借低廉的劳动力成本、灵活的运行机制、快速的决策机制和合理的分配机制等优势,利用市场的不健全和管理的不规范,寻找行业结构调整所形成的诸多空白点,获得了高速的发展。这一时期被称为中国民营企业发展的"黄金时代"。在这一阶段,民营企业的规模不断扩大,民营企业主日益增多,产生了一些民营企业家。民营经济的快速发展和民营企业家队伍不断壮大,为建立社会主义市场经济体制创造了条件。

二、中国民营企业和民营企业家的快速发展阶段(1992～2003)

1992 年,邓小平在珠海、深圳、上海等地发表了南方讲话,对市场经济进行了精辟论述,正式结束了长期以来在计划与市场问题上姓"资"姓"社"的争论,并提出了"三个有利于"的是非标准。1992 年12 月,党的十四大明确了我国经济体制改革的目标是建立社会主义市场经济体制,并提出要以公有制包括全民所有制和集体所有制为主体,个体经济、私营经济、外资经济为补充,多种经济成分长期共同发展。十四大报告明确了非公有制经济是社会主义经济的重要组成部分。1993 年 11 月,党的十四届三中全会举行,会议通过了《中共中央关于建立社会主义市场经济体制若干问题的决定》。全会指出,社会主义市场经济体制是同社会主义基本制度结合在一起的。建立社会主义市场经济体制,就是要使市场在国家宏观调控下对资源配置起基础性作用。要进一步转换国有企业经营机制,建立适应市场经济要求、产权清晰、权责明确、政企分开、管理科学的现代企业制度。

在邓小平南方讲话和十四大精神的鼓舞下,中国的民营经济和民营企业家又迎来了一个重要的发展机遇期,长期受到抑制与质疑的民营企业顺势而上,掀起了中国民营经济发展的新高潮。许多民营企业在人员资本总产出等方面以几十倍上百倍的速度成长。据统计 1990 年我国私营企业 9.8 万户,1991 年 10.8 万户,1993 年 23.8 万户,1994 年 43.2 万户。在这一时期,"下海"形成了巨大的浪潮,大批国有企业职工、政府官员、知识分子等"下海",这不仅大大促进了民营企业的发展,而且也大大改变了民营企业家的素质结构,国有企业技术、政府关系、银行资金和先进的管理知识也不断融入民营企业,从整体上提升了民营企业的规模和素质。同时,中国民营企业也不仅存在于服务业、加工制造业等传统产业,而且开始涉足房地产、金融证券、高科技等新兴产业,一批企业巨人随之诞生,民营经济得到了较快增长。

1996 年以来,中国经济体制转轨进程进一步加快,中国由"短缺型经济"逐步转变为"过剩型经济",市场逐步由"卖方市场"转变为"买方市场",一方面,部分私营企业由于自身的各种原因不能适应改变了的市场环境而倒闭,另一方面,许多较高素质的私营企业脱颖而出,不断发展壮大。优胜劣汰在整体上提高了中国私营企业在经济发展中的地位。可以说,中国私营企业从此进入了稳步发展时期。私营企业的外部环境发生了根本性的变化,企业的成长由过去的外在拉动型转变为内在驱动型,企业的内部管理的重要性日益凸显出来。作为管理企业各种经济资源、协调企业内外各种关系的要素,企业家才能的发挥成为决定中国私营企业生存、成长的关键性因素。截至 2000 年底,中国私营企业已达到 176 万户,从业人员 2 406 万人,注册资本 13 307 亿元,产值 10 738 亿元。[①] 可以预见,私营企业将成为 21 世纪中国经济增长的基本推动者。在这一阶段,随着市场经济的成熟和发展、现代企业制度的建立、企业管理的变革、企业规模的扩大以及部分私营企业两权分离的出现,私营企业涌现出一批私营企业家。

---

① 张绪武:《展望中国私营经济》,《工商时报》,2001 年 6 月 21 日。

　　1997 年 9 月,党的十五大召开。十五大报告指出:公有制为主体、多种所有制经济共同发展,是我国社会主义初级阶段的一项基本经济制度。公有制经济不仅包括国有经济和集体经济,还包括混合所有制经济中的国有成分和集体成分。国有经济起主导作用,主要体现在控制力上。公有制实现形式可以而且应当多样化,非公有制经济是我国社会主义市场经济的重要组成部分。1999 年 3 月,全国人大九届二次会议通过了《中华人民共和国宪法修正案》明确规定,"在法律规定范围内的个体经济、私营经济等非公有制经济,是社会主义市场经济的重要组成部分"。

　　党的十五大把民营经济确定为国民经济的重要组成部分进一步明确了民营企业在市场经济中的地位使民营企业获得了前所未有的发展机会。大中型民营企业、民营科技企业出现新的高潮。一批科技人员、政府机关人员、国有企业的技术经营人员等脱离母体,自主创办企业。由于这些创业者的文化素质普遍较高,民营企业机制灵活,同时我国经济在整体上进入了一个高速发展时期,宏观环境较为有利,使得他们的创业比较顺利,发展迅速。

　　2002 年 11 月,党的十六大报告明确指出,个体户、私营企业主是中国特色社会主义事业的建设者,与其他所有制经济享受同等劳动待遇;必须毫不动摇地鼓励、支持和引导非公有制经济发展。2003年 10 月,党的十六届三中全会举行,审议通过了《中共中央关于完善社会主义市场经济体制若干问题的决定》。全会强调:要按照统筹城乡发展、统筹区域发展、统筹经济社会发展、统筹人与自然和谐发展、统筹国内发展和对外开放的要求,更大程度地发挥市场在资源配置中的基础性作用。党的十五大的召开和 1999 年宪法修正案的通过,再次为民营企业家的发展带来了契机。在新宪法中,明确将民营经济视为社会主义初级阶段基本经济制度的重要组成部分,从而将地方政府为民营企业创造的中观环境宏观化、普遍化和制度化,为民营企业家人力资本的形成创造了一个更为宽松的制度环境。市场的发展也取得了巨大进展,已由卖方市场转化为买方市场,市场竞争更加激烈,市场约束成为民营企业家人力资本形成的唯一约束。民营企业家依靠长期经验积累而形成的人力资本也越来越不适应市场的要求,促使他们加大对人力资本投资的力度,接受系统的现代企业经营理论培训。人力资本投资开始成为民营企业家人力资本形成的主要要素。

同时,随着中国加入 WTO,民营企业参与国际市场竞争成为必然,从而对中国民营企业家人力资本提出了更高的要求。民营企业家们必须接受现代经营理念,运用现代管理方法,提高创新能力和决策能力等。另一方面,中国国有经济的大重组,为民营企业家人力资本的形成带来了历史契机。民营企业家们可以充分利用这次机会,壮大企业规模,提高自身的资本运营能力。中共十六大和十六届三中全会的召开,再次为民营企业家的成长注入了新的活力。

三、中国民营企业和民营企业家的优化升级阶段(2003～　)

从动态变化的视角来看,在"一次创业"的过程中,中国民营企业家自身的成长及其作用呈现了梯度增强的特征,这里的梯度增强包括梯度升级与扩散两个方面:第一,以市场化取向的经济体制改革和有利于民营经济发展的外部环境促进了民营企业家及其作用呈现从无到有、从小到大逐步梯度升级的特征;第二,民营企业家作用的"示范"、"扩散"产生了"企业家呼唤企业家"的结果,呈现出民营企业家作用从省内到省外、从国内到国外波浪式对外梯度扩散的特征。[①]1999 年 1 月,首批 20 家私营企业被当时的对外贸易经济合作部授予外贸经营权,这就标志着中国民营企业获得了进军国际市场的通行

---

① 张小蒂:《转型时期中国民营企业家人力资本特殊性及成长特征分析》,《中国工业经济》,2008 年第 5 期。

证,民营企业从此开始"走出去"。但是,随着经济全球化和产业结构的调整升级,行业竞争日益加剧,各个企业都竞相为顾客提供更多的增值服务,并且努力去超越竞争对手而谋求生存和发展,求变求胜可说是企业发展的推动力。越来越多的民营企业处于两难的境地:要么冒风险实施战略转型;要么坐以待毙被市场淘汰①。实际上,在"一次创业"之后,我国的民营企业家虽然已经走出了"一穷二白"的艰难境地,拥有了一定的物质资本、市场经验和经营能力,但普遍面临着企业家能力和企业家精神两个方面的困境,也就是说,民营企业家人力资本的缺失尽然暴露。

首先,在民营企业家的能力方面。无疑,中国民营企业已经走完了主要依靠市场扩张和低廉成本发家致富的阶段,作坊式的经营方式和家族式的管理模式都面临着前所未有的挑战,中国的民营企业正式进入了"二次创业"时期,中国的民营企业家也进入了结构性调整和整体提升的阶段。就民营企业家自身而言,更为广阔的市场空间,甚至是全球市场,是他们所很少涉足甚至从未考虑过的问题,现有的能力和视野难以企及,以至于涉外经营人才匮乏成为了制约中国民营企业海外拓展的一大瓶颈。根据国家统计局企业调查总队2003年10月的调查,全国31个地区的2 434家民营企业,总经理大学本科以上学历的还不到1/3,从业人员中大专及大专以上学历的人数仅占17.9%。在专门的涉外人才方面,即便是在经济非常发达的上海市,目前民营企业专职外贸人员户均仅2.8人,另有5%的企业根本没有专业外贸人员。缺乏高素质的涉外经营人才,管理者缺乏必要的现代市场经济基本知识、经营技能和管理理念,企业在面对全新的国际市场经营环境时往往显得茫然无措、力不从心②。

其次,在民营企业家的精神方面。鉴于"小富即安"的传统文化、

---

① 刘红燃:《论"二次创业"中民营企业家精神重塑》,《云梦学刊》,2008年第5期。
② 国家统计局课题组:《民营经济发展和民营企业成长研究》,《经济研究参考》,2004年第22期。

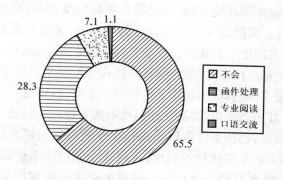

图 2 - 3　民营企业家的外语水平

资料来源：中国企业家调查系统网站（http：//www. cess. gov. cn）；
《迎接知识经济挑战：世纪之交的中国企业经营者》。

市场风险不断加大、自身文化水平和整体素质限制等原因，在"一次创业"后，民营企业家精神出现了缺失的趋势，主要表现为：第一，企业家持续创新意识与能力的缺失。民营企业家创新精神维系在个别创业时期的企业家身上，特别是在实施家族化管理的民营企业中尤为明显，缺乏对后继者、全体员工创新精神的培养，从而导致民营企业创新精神退化。第二，企业家价值取向的偏差。一部分民营企业家在创业成功后，不愿意继续承担日趋加大的市场风险，不愿意面对自身逐步下降的风险管控能力，企业家精神逐渐颓废。第三，企业家社会责任感的缺失。民营企业家社会责任感不强，存在着企业利益高于社会利益的倾向；民营企业大部分都认为企业的价值是赚钱，并把赚钱看成企业生存的唯一目的。在这种价值观基础上发展的企业必然会导致企业唯利是图的短期行为或弄虚作假等违法现象。民营企业家精神的缺失，已成为企业创新的障碍，成为以企业家精神为核心的管理理念的障碍，造成其持续发展能力不足，将最终导致企业竞争优势的逐渐丧失，影响民营企业"二次创业"的成功①。

---

① 刘红燃：《论"二次创业"中民营企业家精神重塑》，《云梦学刊》，2008 年第 5 期。

　　另外,在外部环境方面,还面临着深化制度创新、建立现代企业制度的重任。我国的不少民营企业是从家庭、家族式企业发展起来的,先天具有制度上的缺陷。当企业规模还非常小、经营范围和视域特别狭窄的起步阶段,这种经营管理模式无可厚非。但是,如果企业规模迅速膨胀,经营范围超越了传统的乡土概念,而进入不同社会文化的地域,甚至面向国际时,往往很难承载重担。这就需要推行现代企业管理制度,创造条件以解决民营企业所有权与经营权不分的问题,但它涉及的是现代产权制度、现代社会诚信体系建设、人才规范流动体制、财产保护与继承等一系列的法律法规和社会文化氛围。这些都是现代社会中企业家赖以生存和发展的制度基础,也是我国民营企业家整体提升的外部条件。可见,面临"二次创业"的不仅是民营企业家本身,还有与之相应的制度环境和社会氛围。

表 2 - 1　　　　对企业家队伍成长环境的评价(均值)

	2007 年	2002 年
市场环境	3.62	3.42
经济体制	3.77	3.38
政策环境	3.54	3.17
文化环境	3.28	3.15
社会舆论	3.25	3.09
法律环境	3.27	2.97

　　注:表中数据以 5 分制计算(很有利＝5,比较有利＝4,一般＝3,不太有利＝2,很不利＝1)得出的。

　　资料来源:中国企业家调查系统网站(http://www.cess.gov.cn)《新使命·新素质·新期望——1993—2008·中国企业家队伍成长与发展报告》(一)。

　　当然,在民营企业发展过程中,无论在能力层面,还是在精神层面,民营企业家人力资本的缺失已经成为问题的关键所在。本书在探讨民营企业家问题时,主要是基于"二次创业"的特殊历史使命而着笔,并力图结合席卷全球的金融危机对民营企业和民营企业家所带来的严峻考验,从民营企业整体提升和民营企业家队伍优化的角度进行分析。所以,本书所探讨的民营企业家人力资本模式是指"二次创业"之前的模式,最终的形成时间在 2003 年前后。实际上,近年来,随着产业结构调整和人才队伍壮大,无论是民营企业,还是民营企业家,都进入了前所未有的重要发展机遇期,也都面临着从根本上实现质变的重要门槛。能否及如何实现这一飞跃,在相当大程度上取决于民营企业家自身的精神和能力,取决于民营企业家人力资本模式的优化。

第二节 民营企业家人力资本的主要模式

民营企业家是中国经济市场化的产物,并与民营企业相生、相伴、相长。对于中国民营企业家的类型,有着种种不同的划分方法。但是,我国民营企业家产生于中国经济转轨、社会转型的特殊历史环境中,民营企业家人力资本主要是在"干中学"过程中形成的,而不是经过系统的专业训练形成的。因此,本书主要依据民营企业家人力资本形成的条件,将民营企业家主要分为三类:自主创业型民营企业家、改制型民营企业家和后来的职业型民营企业家(职业经理人),见图 2-4。

图 2-4 经济转轨时期的企业家类型划分

一、自主创业型民营企业家

自主创业型民营企业家是中国历史上第一代民营企业家的主体。在改革开放初期，作为年轻敢为的一代，尽管由于特定历史背景，文化水平偏低，严重缺少创业资金，但他们非常敏锐地洞察到市场化改革带来的巨大发展空间，并且依靠足够的灵活性和不屈不挠的创业精神，在推动作坊式小型民营企业发展的同时，实现了自身的社会价值，并彰显了改革开放中中国民营企业家敢于开拓、勇于拼搏、勤于学习、善于经营的企业家精神。针对当时经济体制改革的阶段性特征，以及民营企业家的从业特点，本文拟将自主创业型民营企业家分为两类：流通领域中的创业型民营企业家，以及生产领域的创业型民营企业家。

1. 流通领域的创业型民营企业家

党的十一届三中全会之后，国家开始放松对民营企业的控制。一方面，长期积压的、被抑制的社会物质需求迅速得到了释放；另一方面，农村中具有拼搏精神和敏锐市场洞察力的青年一代迫切希望改变自身贫穷落后的生存境况，各种复杂因素在这一历史时点聚合，并自然造就了一个全新的阶层——个体工商业者。1981年，中国批准注册第一家个体工商企业（是在北京的一个餐馆）。从此开始，第一代中国民营企业家出现，并在1985年以后的城市体制改革中迅速兴起。市场严重短缺使他们涌入运输业和流通业等获利比较容易的行业，但其规模较小，属于典型的作坊式经营和家族式管理。尽管面临着社会舆论的压力和意识形态风险，但"倒买倒卖"开始成为一种市场行为，而不是违法、违反道德的不良行为。他们在拓展业务空间、寻找市场空隙的同时，也努力借重于各种社会网络和政治资源，充分利用亲缘、地缘、物缘关系，争取地方政府的默许与政策支持，增加自身经营行为的合法性，并努力拓宽筹资渠道。作为初始型的民营企业家，他们通常呈现出以下几点特征：

第一，市场洞察力强。作为运输与流通业的经营者，他们必须深入了解市场行情，并在体制外寻找拓展业务的空间，规避与体制内相关部门的竞争，敏锐地洞察到市场短缺带来的商业机会。

第二，强烈的企业家精神。在改革开放初期，运输和流通领域的民营企业家不仅面临着体制内同行的主导地位和绝对优势，而且面临着政策易变、管理不规范、地方保护主义和条块分割造成的高额成本与市场风险。体制漏洞与法制漏洞并存，商业风险与制度风险同在，这就需要他们敢于担当、勇于拼搏。也正是在此意义上，人们将这些人称之为"暴发户"，这恐怕是最具有时代特征的称谓了。但无论如何，这一群体在整个民营企业家中最富有企业家精神，是中国民营企业家和企业家精神的最典型代表。

表 2 - 2　　　　企业家自身对企业家精神的理解

主　要　指　标	2008 年	2000 年
敬　　业	43.8	35.2
实现自我价值	39.7	31.5
勇于创新	38.2	47.7
敢于承担风险	26.8	20.8
乐于奉献	24.6	19.6
追求最大利润	15.0	33.6
吃苦耐劳	6.8	2.7
勤俭节约	4.4	1.7

资料来源：中国企业家调查系统网站(http://www.cess.gov.cn)：《企业经营者对企业家精神的认识与评价——2009·中国企业经营者成长与发展专题调查报告》。

第三,短期交易偏好。民营企业家从事商品流通和运输业,使其人力资本中的交易性加强。同时,由于规模比较小,内部组织管理相对比较简单,使其人力资本在生产性上表现出很大缺陷。他们更多地追求立竿见影的暴利,而没有能力也没有意愿超越现有商业利益的追求,往往导致了目光短浅、诚信度低、视野狭窄。多数企业家根本就没有考虑过企业发展的中长期规划,而是致力于做好手头的生意,以盈利为中心。

第四,与政府的交往能力增强。面临着体制内与体制外运营的"双轨"空间,一方面,需要为自己的市场行为赢得政府的默许与支持,另一方面,需要从体制内寻找成本低、风险小的商机。这就要求这些"暴发户"想方设法与政府官员建立各种错综复杂的社会关系,甚至形成了某种程度上的利益共享的灰色机制,使一些民营企业家在政府反腐败工作中和社会舆论中充当了不光彩的角色,以至于少数学者要探究他们的"原罪"。

2. 生产领域的创业型民营企业家

1988 年的宪法修正案又再次为民营经济在政治、政策层面上拓展了发展空间,宪法修正案承认了民营经济是社会主义经济的补充,同时其法律的权利和利益都应到受到保护。这一时间是民营企业又进入了一个高速发展的时期,大批的民营企业家由以流通业为主转变为以生产领域为主。民营企业发展导致市场竞争加剧,进入壁垒比较低的流通业等行业利润率下降。一些已经在流通领域获得"第一桶金"的民营企业家开始转战生产领域,借助于体制内产能收缩和政策调整所释放的巨大市场空间,摇身一变,顺利地完成了由半合法、半合理的"暴发户"向生产者的过渡,同时,也将自己塑造成了体制内产能的公开竞争者,而不再是规避与体制内生产部门的对撞。这就形成了与上述民营企业家不同的另一种格局,并造就了一种新型的人力资本形成路径。

首先,政治支持的重要性更为突出。如果说在流通领域的小打小闹只要规避与体制内产能的竞争即可,甚至在出现竞争(如商品零售业)时,只要政府不取缔即可。换言之,对流通领域的民营企业家而言,需要政府的最低政治支持,也就是默许即可。那么,对于进入生产领域的民营企业家则完全不同。他们的投资规模迅速扩大,生产周期长,很多民营企业还需要融资,尤其是,他们成为体制内产能的直接竞争者,这一竞争不仅关乎企业自身的盈亏,还涉及国有企业职工的生存、国有企业领导人的升迁等一系列利害关系,尤其是涉及生产领域的准入界限问题,而这都不是民营企业家自身所能够独自面对的。实际上,尽管国家承认了民营经济的合法地位,但国家在税收、工商管理、银行贷款、土地的使用和原料、动力供应等方面对民营企业作了许多歧视性规定。

其次,体制约束转化为市场约束,更需要的是民营企业家的能力,而不是精神。与起初在流通流域的民营企业家不同,进入生产领域的民营企业家不能仅凭冲破传统观念和体制束缚的那种冲劲与敬业精神,而必须具有经营业务、运营企业的能力,不需要也不可能像捉迷藏那样进行短期操作。也就是说,对民营企业生存的政策更加宽松,经商不再需要冒着搞资本主义的政治风险,但民营企业家必须面对市场风险,并面对逐渐形成的行业竞争。可见,市场约束已成为民营企业家人力资本形成的主要约束力量,而体制约束的作用已经大大减轻。相应地,民营企业家人力资本的重心从精神转向了能力。

最后,民营企业家的政治地位和社会地位显著提高,精神状态大大改观。由于宪法修正案的通过和对大部分生产领域的解禁,民营企业家更多地参与社会生产活动,并由于相对于国有企业的体制优势,而赢得了社会尊重甚至羡慕。同时,他们从事的是实实在在的生产活动,属于典型的“生产者”,而不再是曾经短期操作的“暴发户”,主要依靠自身的能力运营企业、经营市场,在满足了社会消费需求的同时,还为社会提供了大量的就业机会,甚至开始与金融机构、销售商、大专院校、科研院所建立起良好的网络关系。他们开始被各级政府通过评选优秀民营企业家等途径进行正面宣传和表彰,民营企业家的声望显著提高,心理状态也趋于平衡、平等和平静,而不必像曾经活跃在流通领域的很多"暴发户"那样患得患失、藏头藏尾、七上八下。

3. 自主创业型民营企业家人力资本模式的几点评价

自主创业型民营企业家是我国改革开放以来最早生成的一批民营企业家。在"第一次创业"过程中,他们基本上从个体经营开始起步,通过自主创业,逐步完成了资本的积累过程,经营方式也从个体经济升级为民营企业,并使自己从单打独斗的个体户发展成为民营企业家。无论是在流通领域,还是在生产领域,自主创业型民营企业家人力资本形成都具有以下几个突出的特点:

第一,敢于担当。在改革开放的前 15 年中,这些自主创业的民营企业家主要面临着三重风险:一是政治风险,哪些行业可以进入、哪些行业不可以进入,哪些钱可以挣,哪些钱不可以挣,这都严重依赖于政府政策,而不是规范的市场游戏规则和成熟的法制环境,而政府政策的差异性、灵活性与不确定性是显而易见的;二是市场风险,除了面临着市场准入与政府扶持政策的差异之外,还面临着市场发展前景不明朗、市场运作经验严重匮乏、条块分割导致的市场信息不对称和地方保护主义带来的市场运作成本上升;三是社会舆论风险,经过长期的负面宣传和描绘之后,"资本家"的负面形象挥之不去,学术界和媒体也时不时地有人提及最敏感的"原罪"问题,少数"暴发户"发家致富后的奢华铺张以及他们与政府少数官员的半透明关系都引起了社会关注。在市场不规范、法制不健全、政府定位尚不明确的特定历史时期,这些风险既可以被民营企业家的冒险精神所屏蔽,也可能会成为民营企业家最终一事无成甚至银铛入狱的"最后一根稻草"。

第二,勇于开拓。自主创业型民营企业家始终有一个特点,即其企业家精神一直居于非常重要的地位。在他们进行物质资本原始积累、掘取"第一桶金"的过程中,所面对的是饥渴型的市场需求。从当时的情势来看,与其说他们是民营企业家,还不如说他们是小业主。他们提供的产品和服务中,技术含量低,主要是通过劳动密集型产品和服务创造利润。这就需要一种勇于开拓的企业家精神。实际上,无论在东方,还是在西方,几乎所有的"实业家"都具有这种精神,这就与金融风暴中的华尔街金融大鳄形成了鲜明的对比。这些不成熟甚至不登大雅之堂的民营企业家,凭借着敏锐的市场洞察力和创新精神,及时地捕捉商机,开辟市场,具有一定的投机性,但更主要的还是一种企业家精神的彰显。各种研究均显示,他们的企业家能力和企业家精神更多地集中在市场开拓层面,与国有企业家浓厚的体制内特征形成了鲜明的对比(如表2-3所示①)。

表 2-3　　成功的民营和国有企业家前 10 位素质特征比较

成功的民营企业家			成功的国有企业家		
排序	素质特征	频数	排序	素质特征	频数
1	不断学习	25	1	经营管理能力	19
2	创新能力	24	2	战略眼光	14
3	战略眼光	22	3	创新能力	13
4	决策能力	18	4	责任感	11
5	恪守职业道德	16	4	冒险精神	11
6	自知之明	14	4	领导能力	11
7	冒险精神	12	7	廉　洁	10
8	责　任　感	10	8	知识丰富	9
9	人事技能	9	9	随　和	8
10	机遇意识	8	9	联系和关心群众	8

① 李苑凌:《我国成功国有和民营企业家素质特征比较》,《商业时代》,2008 年第 13 期。

第三，勤于学习。在改革开放初期，由于人才断层与文化割裂是普遍的，是任何人都必须面对的历史事实。大多数的自主创业型民营企业家都来自基层农民，文化水平低，甚至是文盲。关于市场运作和企业运营的理论知识，在全社会都是非常匮乏的奢侈品，对他们来说，更是望尘莫及。因此，自主创业型民营企业家更需要借助于具体的实践过程，积累各种知识和才能。换言之，"干中学"是自主创业型民营企业家人力资本形成的最主要途径，而且比改制型民营企业家和职业型民营企业家要重要得多。以著名的小商品集散基地义乌为例，在这里，民营企业家们可以直接面向市场，能根据社会需要自主地对所掌握的信息随机进行结构的动态调整，有深有浅、有多有少、精深奥妙、变化无穷。因此企业家的心理图式不断地得到优化，功能性强，特别适应于创新思维；由于贴近实践，没有抽象理论的干预，思维定势的成见少，为了追求实效，思维方式灵活。可以用类比思维、模型思维、直觉经验思维，具有创新思维的特点，效果显著。同时，经营管理经验的取得，需要在社会的物质利益驱动下，具有竞争环境中的人际互动的条件，并需要长期磨炼。市场恰恰具备这种条件。市场的信息量广，随机性强，能够激发企业家的创新思维，使他们创造了全国最大的小商品市场。这就是义乌企业家虽然学历不高，却能够成才的特殊心理原因。[1] 如今，以义乌为中心，已经形成了一个通过"干中学"成才的庞大的民营企业家群体。正是这些严重缺乏理论知识和系统教育训练的民营企业家，经营着服装、针织、饰品、拉链、玩具、小五金、印刷、毛纺八大优势产业，共计 28 个大类 10 万余种商品，采取以商带工、以工促商、工商一体的经营方式，将义乌的小商品推向了全国乃至全球。

第四，善于经营。自主创业型民营企业家在经营过程中，作出了两种重要选择：一是家族式管理；二是作坊式经营。近年来，随着我

---

① 陈明：《民营企业家成才模式对高等教育的启示》，《高教发展与评估》，2005 年第 4 期。

国产业结构升级和民营经济的发展壮大,学术界和社会对此的批评态度越来越多,这无可厚非,如果盲目地全盘延续这一经营模式,固然无法升级,但另一方面,不能全盘否定这种经营管理模式在特定条件下的合理性和优越性。在 20 世纪八九十年代,相对于国有企业的行政化、官僚化,民营企业家们在经营管理方面的优势是不言而喻的,主要表现为决策快捷、不受牵制、能抓住机遇不误商机。正因此,他们以低投入、低科技含量、低成本和快速周转作为竞争手段,低价销售加回扣的营销手段赢得了巨大的成功。在很多地方,正是这些看似不正规但灵活轻便的家族企业取代了国有企业,成为了地方经济增长和市场发育的主力军。

二、改制型民营企业家

这类民营企业家的雏形形成于 20 世纪六七十年代,但真正的快速发展壮大还是在邓小平南方讲话和党的十四大以后,也就是中国国有企业改制的大环境下。本书按照民营企业获得原始资本,或者企业所有权的来源不同,将其分为承包人转换型民营企业家与转制型民营企业家两种。

1. 国企改革历程回顾

自改革开放以来,国有企业改革始终是我国经济体制改革的中心环节。早在 1978 年开始的城市改革,就已经萌发了搞活国有企业(当时称国营企业)的想法,并逐步形成了简政放权、政企分开、使企业自主经营的总体思路。1984 年,这一原则明确地写进了中央关于经济体制改革的决定中。但从总体来看,前期的国企改革始终是在既有框框内的努力尝试,并主要借鉴农村土地联产承包责任制的经验,力图通过承包的方式,维系既有的产权结构,而无法跨过所有制与意识形态的成见。结果,关于公有制的传统理念始终干扰着我国经济市场化阶段的国有企业改革。

　　直到 1992 年党的十四大以后,我国国有企业改革才进入了建立现代企业制度的新阶段。国企改革按照"三个有利于"的标准,大胆实践,探索出了具有中国特色的国有企业改革发展的新路子。主要表现在两个方面:一是树立了企业改革的目标,即使企业从适应计划经济体制转向适应市场经济体制,坚定不移地改革同生产力发展和社会进步不相适应的旧的经济体制和政治体制,从根本上消除各种积弊;二是整个改革过程采取循序渐进的方式,将国企改革逐步深化。关于姓"社"、姓"资"的争论落幕,国有企业改革全面提速。

　　1994 年,按照党的十四届三中全会确定的"积累经验,创造条件,逐步推进"的方针,"现代企业制度百户企业试点"和"优化资本结构城市试点"正式启动。

　　1995 年,江泽民发表《坚定信心,明确任务,积极推进国有企业改革》的重要讲话,就国有企业改革的重要性、长期性、艰巨性作了深刻的论述,提出了改革的八条基本方针,强调要搞好国有企业特别是大中型企业的改革工作,这既是关系到整个国民经济发展的重大经济问题,也是关系到社会主义制度命运的重大政治问题。

　　1996 年,国有企业改革的着眼点和工作重点发生了一系列深刻的变化:从搞好每个企业转向搞活整个国有经济;从减税让利转向制度创新;从主要抓企业改革转向与配套改革同步进行;从分别抓单项工作转向"三改一加强"(改革同改组、改造和加强管理相结合),综合治理;从分散经营转向实施大公司战略。与此同时,国有企业改革的力度明显加大:扩大了优化资本结构试点范围,对中小型企业加大了兼并破产、改组改制的力度,减轻了企业债务包袱,积极推进将"拨改贷"资本金本息余额转为国家资本金的工作。截至 1996 年底,全国 58 个试点城市中有 1 099 户企业破产终结,有 1 192 户企业被兼并。这不仅使企业结构得到优化,而且转变了人们对企业兼并破产的思想认识,人们开始适应市场竞争的环境。

1997年,党的十五大确定把推进股份制作为国有企业改革的重要措施,各项改革试点全面展开,范围不断扩大,内容不断深化,在一些重要方面取得了实质性进展。各部门、各地区建立现代企业制度的试点全面展开,大批试点企业改制为股份有限公司或有限责任公司。优化资本结构城市试点已由58个城市又扩大到120个城市。试点的着力点集中在制度创新上,并在补充企业资本金、减轻企业债务、分离社会服务功能、分流富余人员、建立优胜劣汰机制等方面实现了重点突破。

2. 承包人转化型民营企业家

承包是一种具有中国特色的经营方式。它是我国20世纪80年代采用的一种主要的企业改革和经营方式。在改革开放初期,全民所有制企业的所有者空位,而集体企业实际上就是小全民企业。如何应对市场化进程所带来的挑战,无论是这些企业的严重行政化了的领导层,还是各级政府的主管部门,都没有明确的答案。一方面,当时神圣化了的公有产权结构不许动,否则便要承担政治、经济、法律等一系列责任;另一方面,在面临市场冲击和面对市场机遇的过程中,必须在竭力规避市场风险的同时,抓住巨大的市场空间所带来的丰厚利润。结果,一种特殊的所有权与经营权分离的模式出现了,这就是承包经营责任制,即在不触动产权的前提下,搞活经营权,背靠政府,面向市场。这就产生了一个特殊的群体:承包人。

承包人需要解决的第一件事情是:承包权益的界定。在实行承包制的过程中,最关键的环节是确定承包基数,而确定承包基数的过程也就是发包方同承包人进行讨价还价的过程。实际上,在市场机制不健全、根本不存在招投标机制的特殊背景下,这一过程就是承包人与企业领导或政府主管部门"一对一"地进行的。从承包方的角度来看,都希望承包基数定得越低越好。而定低承包基数一般有三种可能:其一是发包方对企业情况调查研究不够,把承包基数定低了;

其二是代表发包方谈判的人员收受了承包方的好处费或双方有直接的利益关系,有意压低承包基数;其三是经过利益权衡,如果不发包,可能将面临停产停业或无法完成年度生产经营任务等类似的经营困难。无疑,承包基数定得越低,承包人获得的利益(财富)就越大,两者之间的利益关系是显而易见的。尽管这是国有资产与集体资产的公然流失,但承包人通过正式谈判以契约形式获得的社会财富本身是合法的。他们在承包国有和集体企业后,迅速利用现有的物质资本优势和巨大的市场空间,以及现成的政治优势,很快发迹,发展成为民营企业家。他们有几个特点:

第一,与创业型民营企业家不同,承包型民营企业家大多数都有在计划经济体制时期当厂长(经理)和书记的经历与经验,同政府各职能部门和政府官员有密切的交往及源远流长的关系渊源。他们具有人脉优势、更好的公关和处理外部关系的能力,也更了解中国的特殊体制并能更快地适应这种体制。在拥有优厚的政治资源的同时,他们只是承包了国有、集体企业的经营权,不需要承担全部的经济风险。

第二,很多承包人没有创业型民营企业家的亲和力,官僚作风严重,缺乏创新精神,更缺乏突破不合理体制的勇气。他们更关注的是如何优先占有体制改革所释放的市场空间,而不是借助于自身的市场洞察力和风险担当精神。他们主要是在将以往积累的管理经验和知识灵活化、细致化,而不是进行市场开拓和创新。因此,在经营管理过程中,承包型民营企业家所彰显的主要是企业家能力,而不是企业家精神。

第三,投机钻营的现象比较普遍,并由此造成了承包型民营企业家挥之不去的“原罪”感。承包,不但有利润承包基数的约束,也有承包时间的约束,因此,承包人行为短期化和掠夺经营现象非常普遍。国有和集体企业在推进承包工作的过程中,只是想“借鸡下蛋”,即借助于承包人的经营管理经验和相对较少的行政规范约束,增加企业收益,在所有权不变的前提下,搞活企业。实际上,在承包期内,一些承包人不可能、也不需要进行真正意义上的制度创新、机制创新、管理创新、组织创新、技术创新、产品创新和市场创新,更不可能会用巨大的资本投入去进行技术改造,承包人与企业的合约中也没有赋予承包人这一职责以及相应的权益。同时,在承包期内,作为经营管理者,承包人只需要对经营管理业绩负责,不需要对现有固定资产更新负责,也就出现了有形磨损最大化与利润最大化之间的悖论,常见的做法是延长劳动时间,增加劳动强度,开足马力生产,最大限度地经营,所获得的很大一部分利润也便成为承包人的资本原始积累,最后留下的是大幅度贬值的机器设备和生产经营条件。

作为承包人的原国有企业和集体企业的厂长、书记等一班人,他们发迹以后,有的另办企业、有的买下企业、有的继续承包,并在改制中把承包企业变成股份公司,其中一些佼佼者成了民营企业家。由于承包人转化型民营企业家的生成也有一个隐性的资本原始积累过程,因此,他们与资本积累型民营企业家既有共同的特征,又有不同的特征。其一,资本原始积累的"轨迹"不同。自主创业型民营企业家的资本积累虽然也存在借助政府关系、钻体制漏洞等现象,但主要是一种自己承担风险和成本的行为,属于公开的资本积累过程;而承包型民营企业家借助于国有、集体企业的"壳",开足马力积累资本,属于隐性的、半公开的,风险和成本低得多,并且将很多成本变相地转嫁给了国有、集体企业。其二,关系优势不同。承包人转化型民营企业家大多数都有在计划经济体制时期当厂长(经理)和书记的经历和经验,同政府各职能部门和政府官员有密切的交往及源远流长的关系渊源,因此,在社会主义市场经济体制初创之时,在既要找市场又要找市长的双重需求面前,他们具有比自主创业型民营企业家更大的优势。但是,随着时间的推移,在"二次创业"过程中,他们原有的企业家精神缺失的致命弱点将形成严重束缚,使他们踯躅在市场与政府之间，难以形成足够的开拓市场的勇气和能力。

3. 转制型民营企业家

经过 10 年左右的市场化改革尝试之后，从 20 世纪 80 年代末开始，国有中小企业开始将企业资产有偿地转让给个人，特别是转让给企业原来的经营管理者，这就催生了一批改制型民营企业家，其中的一部分人由承包人转化而来。

"改制"，即国有和集体企业产权制度改革，这是我国经济体制改革的重要内容，也是国家的一项宏观经济战略。改制需要做的第一件事情，就是企业资产的评估。资产评估原本是一项技术性工作。通过拍卖，便可以使厂房、机器、设备的所有权和厂区的土地使用权（土地所有权属于国家）等实现有效转移。但在特定的历史条件下，这一过程掺杂了太多的主观因素和半公开的私利博弈。首先，与当初的承包行为一样，国有、集体企业的资产评估和转让是在政府部门（即转让方）派出的代表同接受转让方（基本上都是原企业的厂级领导）双方"一对一"的讨价还价的谈判中进行的。在这一谈判过程中，所有利益相关者包括国有和集体企业的领导人都面临着"公"与"私"的取舍。一方面，相关当事人已经形成了错综复杂的人际关系，甚至曾经具有领导与被领导关系。另一方面，作为国有和集体企业领导人，即使具备最大限度维护公有资产的专业知识与能力，也缺少照此行事的足够动力和责任。更何况，很多地方将改制作为政府工作来做，往往限定时间，交派任务，甚至出现了攀比改制速度的现象。为了应付国有和集体企业的职工，最常见的做法就是有意把企业弄成亏损面一年比一年大的"烂苹果"，从而使企业领导人找到低价转制的依据，使原先的职工失去了主动维权的合理性，更重要的是，使接收方以"烂苹果"价格买到了"好苹果"。

有资料显示，改制初期，很多国企效益迅速滑坡，负债率由 1986 年的 39％上升到 1995 年的 83％，利润率却从 80 年代的 10％降到后来的零点几。结果，一些地方政府官员为了使"烂苹果"不再进一步烂下去，即使是"零资产转让"也要把这些"烂苹果"转让出去。一些接受转让方为了要达到资产评估最低化的目的，与国有和集体企业领导人形成了利益链。其中，一些社会中介机构，本应进行客观公正的资产评估工作，但未能维护资产评估的客观性和公正性，在国有、集体资产流失中起了不良作用，对改制工作产生了一定的负面影响。但是，从法律上讲，同承包人通过谈判以契约形式获得的一部分社会财富是合法的一样，在改制中接受转让方通过谈判以契约形式获得的一部分社会财富也是合法的。改制后的企业，多半以股份制的形式出现。从改制所产生的积极意义来看，一批由政策促成的改制型民营企业家由此而诞生。转制型民营企业家人力资本有以下几点显著特征：

第一，政策促成是转制型民营企业家人力资本形成的主要条件，因此，他们与政府的关系最为密切，在把握政策动向、融资等方面具有特殊的优势条件，进行物质资本积累的方式最为特殊，但也引起了很多争议。

第二，转制型民营企业家人力资本也是集中在企业家能力层面，而不是创业精神层面。他们在文化程度、个体素质方面要强于创业型民营企业家和承包人。尤其是一部分改制型民营企业已经开始实行决策权上下分享，从而提升了民营企业家自身的经营能力和亲和力，运营管理能力非常强。

4. 改制型民营企业家人力资本模式的几点评价

无论是承包人，还是转制型民营企业家，都是紧抓我国经济转轨所提供的机会，借助于国有和集体资产的"壳"为自己完成了物质资本的原始积累，同时形成了自身所特有的人力资本。

第一，与自主创业型民营企业家不同，改制型民营企业家人力资本侧重于能力，而不是精神。他们没有经历白手起家的过程，所以，开辟市场空间的驱动相对小一些，但由于一直在相对正规的企业，并且多数长期处于领导岗位，对于企业管理有着非常丰富的实践经验。

第二，更加注重政治资源的开发和社会资本的累积。无论是承包，还是认股，他们都首先得益于政府和政策，而不是市场和商机。因此，他们与政府之间形成了千丝万缕的关系网络，并且积极维护这种关系。相应地，在政策制定与调整中，他们的发言权要大得多，与政府之间的信任度也比较高。对他们来说，更关注的不是市场风险，而是制度风险或政策风险。

第三，改制型企业家的起点较高，视野宽广，拥有一定的专业知识，能够在更大范围内进行资源整合与企业运营，相应地，在"二次创业"过程中，压力要比自主创业型民营企业家小得多。

三、职业型民营企业家

职业经理人起源于美国，1841 年，因为两列客车相撞，美国人意识到铁路企业的业主没有能力管理好这种现代企业，应该选择有管理才能的人来担任企业的管理者，世界上第一个经理人就这样诞生了。在中国，对职业经理人的定义还不统一。本书认为，具备一定的经营管理资格和能力、长期专门从事经营管理工作并掌握企业经营权的群体就是职业经理人。中国近代的一些"买办"和"帮办"带有一点职业经理人的色彩。自 20 世纪 90 年代中期以来，随着市场化进程的加快以及中国与世界经济的关联度持续提升，民营企业面临着广阔国际市场所带来的巨大商机，民营企业家自身却面临着能力不足的困境。随着大批科研人员、政府官员"下海"，以及在国内国外高校深造的各种 MBA 及相关专业人才的学成就业，中国开始出现一种全新的以经营企业为职业的群体，这就是职业经理人，在民营企业就是职业型民营企业家。

1. 职业型民营企业家队伍的形成

1992 年邓小平南方讲话后，"下海"成为了新潮。一批来自政府机关、国有大中型企业、高等院校、科研院所这四大"知识分子成堆"的地方的大学生（1982 年以后大学毕业），受邓小平南方讲话精神感召，或被随之而来的经济发展浪潮吸引，主动性地创业。这批人工作有相当的社会经验和人际关系，并积累了一定的物质资本，有的甚至在原来的部门中还有一定的技术地位或客户资源。所以，他们在停薪留职或辞职"下海"的创业过程中，始终以自主经营企业为目标。另一方面，随着中国经济的高速发展，首先是大量的民营私有企业规模迅速壮大，包括企业所有者在内，原有企业中层管理人才严重不适应企业的发展，企业需要引进专业管理人才，所有权与经营权分离是大势所趋，市场呼唤金领与高级白领阶层，企业不断以高薪聘请专业人士，终于形成公开的社会阶层——职业经理人。[①] 由于自身的专业特质和良好的整体素质，这类企业家群体还开创了中国很多的新行业，填补了很多第一代民营企业家的创业空白，如托普、中国国际期货等。以经营企业为职业，并将经营业绩与个人收益挂钩，这不仅反应了中国民营企业逐步成型，而且反应了中国企业家正在逐步成为市场要素，自主地流动与配置。

随后，在 1998 年北京"两会"（人大会和政协会）期间，人大常委会副委员长成思危提出了"一号提案"，呼吁推动中国的风险投资，从而带来了新一轮创业高潮。大批在国外生活和留学的留学生怀揣国际风险投资家的百万、千万美元，携带着国际先进的核心技术、先进的管理理念及经验，回国落户高科技创业园创业，成为职业型民营企业家中的主体之一。

与此同时，大批在校硕士、博士毕业以后，在国内风险投资资金的支持下，利用他们在校时的科研成果或其导师的科研成果，毅然决

---

① 赵亮：《浅议中国职业经理人的生存现状和发展对策》，《经济师》，2005 年第 8 期。

然地扯起创业的大旗,成为职业型民营企业家的另外一部分主体。

最后一类就是外资企业的职业经理人。部分外企中层管理人员在具有较为先进管理体系的合资、独资企业中浸淫多年,掌握了相当的客户、技术、管理经验,在上升到一定职位后,由于各种原因,开始了自己的创业。这些人中不少人也是受到了风险投资的鼓励和支持。

这一群体的出现是中国市场经济发展的必然。随着社会主义市场经济体制的初步形成,彻底告别了短缺经济的时代,卖方市场转化为买方市场,市场竞争更加激烈,市场约束成为民营企业家人力资本形成的唯一约束。毕竟,无论是依靠当年敢打敢拼的拼搏精神,还是依仗广泛的人脉关系,都已经不能适应现代企业的发展。现在,企业面对的是日新月异的科技创新,极速变化的市场需求和消费理念,日渐庞大复杂的企业内部管理,以及国际国内的激烈竞争,民营企业家依靠长期经验积累而形成的人力资本也越来越不适应市场的要求,这就促使他们加大对人力资本投资的力度,接受系统的现代企业经营理论培训。

表 2 - 4　　　　　　企业主要经营者的任职方式　　　　单位:%

	主管部门任命	董事会任命	自己创业	其他就职方式
1993 年	85.8	3.8	—	10.4
1994 年	75.3	11.1	—	13.6
1997 年	75.1	17.4	—	7.5
1998 年	48.3	40.3	—	11.4
1999 年	43.2	36.4	—	19.4
2000 年	56.4	—	16.1	27.5
2001 年	49.2	—	19.6	31.2
2002 年	45.8	—	24.5	29.7
2003 年	38.3	38.6	25.7	7.4

续 表

	主管部门任命	董事会任命	自己创业	其他就职方式
2004 年	32.9	39.2	20.9	7.0
2005 年	25.7	40.5	26.3	7.5
2006 年	19.9	41.6	31.3	7.2
2007 年	18.0	42.9	31.5	7.6

注：1. 其他任职方式包括：职代会选举、企业内投标竞争以及企业外部招聘等。
2. "—"表示该年度没有涉及此项调查内容，以下同。
资料来源：中国企业家调查系统网站(http://www.cess.gov.cn)；《市场化改革与中国企业家成长——1993—2008·中国企业家队伍成长与发展报告（二）》。

同时，随着中国加入 WTO，民营企业参与国际市场竞争成为必然，从而对中国民营企业家人力资本提出了更高的要求。民营企业家必须接受现代经营理念，运用现代管理方法，提高创新能力和决策能力等。所以，必须要有高素质的、经过专业系统学习管理知识的新型人才，职业型民营企业家（即职业经理人）随之产生了。

2. 职业型民营企业家人力资本模式的几点评价

职业型民营企业家不是企业的老板，只是企业中的高层经理，是以经营他人财产为自身事业的社会特殊阶层。企业家职业化是社会主义市场经济日趋成熟的重要标志之一，其意义不可低估。上述四个支流，汇成了职业型民营企业家队伍。无论是辞职下海的，还是学成回国的，他们有一个共同特点，就是高起点："学历高、技术高、管理起点高。"由于风险投资介入和人力资本积累的原因，职业型民营企业家在创业之初，从纸面上已是百万富翁。他们具有以下特征：

其一，职业型民营企业家没有可供独立运营增值的私人财产。他们所提供的是人力资本，而不是物质资本，因此，面临的全新问题是：企业家人力资本如何参与股权分配，以及如何分摊企业经营中的各种风险。也就是说，职业型民营企业家在企业中的权利与责任界定问题凸显出来，并成为长期困扰整个职业经理人市场的根本性问题之一。同时，绝大多数职业型民营企业家并不安分于专门经营企业。从国内外的情况看，尽管对职业型企业家在激励机制与约束机制等方面作过许多探索，企求找到一个能解决职业型企业家与企业所有者既同床又不异梦的妙方，但至今还没有找到这样的有效妙方。职业型企业家由于没有足够的社会地位和经济地位，这就自然会有"只能作主不能当家"的困境，难免会出现各种形式的短期行为。

其二，他们具有超常的经营管理才能，有追求社会对自身价值认可而充分实现自身价值的要求。但是，很多人的才能首先来自书本，而不是实践，因此，必须通过长期的"干中学"过程，将理想化、理论化的书面知识转化为实践能力。换言之，无论是来自国内高校和科研院所，还是学成回国的"海归"，都面临着本土适应性的挑战，都需要通过具体的经营活动盘活已有的人力资本储备。

其三，职业生涯规划和个人价值实现的问题提上了日程。职业型民营企业家的大量涌现是民营企业上规模和上层次的具体表现，也是企业家队伍趋向成熟的具体表现，是成长为真正意义上的现代企业家的关键一步。但是，与改制型民营企业家的行政化偏好不同，与自主创业型民营企业家的全力打拼也不同，这一新兴群体更多地看重的是人力资本增值和自身价值的实现。具体而言，如果所从事的经营活动虽然能够获得较高的薪资酬劳，但无益于自身才智的发挥和个人价值的实现，他们完全可能弃之而去。如果简单地将其视为物质资本所有者的高级打工者，显然是背离事实的一种误判，必须具有技术知识资本化的环境。单靠一般性的政策性激励措施是远远不够的。换言之，必须从提供政策优惠转向营造制度优势，形成与职业型民营企业家相匹配的制度空间和适宜的社会氛围。

第三节　民营企业家人力
资本的基本特性

民营企业家是中国经济体制改革的产物,是相对于国有(集体)企业、三资企业而形成的特有概念。民营企业家人力资本形成于特殊的经济转轨、社会转型背景之下,并具有诸多特质。这就需要从宏观上对这一特质进行剖析,以便对民营企业家自身进行准确的定位与判断。

一、民营企业家人力资本的特质:民营

民营企业家是中国经济转轨、社会转型过程中的特有产物,是相对于国有企业企业家、三资企业企业家而形成的一个特殊概念。只是由于中国民营企业家成长的环境与机制——非国有企业在双重体制约束下的制度环境、运作规则及其发展空间和国有企业并不一样。这实质上决定了民营企业家成长的独特模式。[①] 归纳起来,民营企业家与国有企业家的区别主要表现在:

1. 物质资本属性不同。民营企业与国有企业的第一个差别就是物质资本属性不同,后者属于国有,而前者属于非国有。国有企业由社会主义计划经济时期的全民所有制和集体所有制企业演化而来,曾经长期属于国有官办性质。只是在社会主义市场经济条件下,才随着经济增长方式和运营模式的改变而有所变化。但是,物质资本的权属关系并未发生任何变化,依然属于国家所有。而民营企业

---

① 钱士茹:《转轨时期企业家成长的基本模式及战略性定位》,《安徽大学学报》,2004 年第 1 期。

是民间投资者自行投资、自主经营、自负盈亏的企业,包括个人独资企业、合伙企业、民营有限责任公司、民营股份有限公司等形式。实际上,多数民营企业迄今还处在作坊式经营和家族式管理的发展阶段。

2. 风险担当程度不同。在社会主义市场经济条件下,国有企业可以分为两种:由国家全部出资的是国有独资企业,由国家出资并控股的是国有股份制企业。两者有一个共同的特征,即作为社会主义市场经济的重要支柱,它的经营绩效和发展前景不能跟随市场规则,不是单纯的经济问题,而必须充分考虑到国家的产业布局、国计民生等重大的社会、政治问题。因此,国有企业的企业家实际上不能完全按照市场游戏规则办事,很多重大项目或领域也为之提供了垄断经营或主导经营的特殊权力。他们不需要全部承担企业经营不善所带来的风险,当然,也不能享有企业盈利所得到的全部"剩余索取权"。但是,民营企业则不同,它只能向市场要商机,向自己的企业要效益。相应地,它必须担当起与其企业法律权属相应的所有风险和责任。曾经在某些地方出现过一种怪现象,在国有企业和集体企业中,"只有破产的工厂,没有破产的厂长"。但是,民营企业家基本上不敢奢望这种境遇。

3. 社会政治地位不同。民营企业家中,多数都来自社会基层,属于典型的"草根"出生。他们在创业和经营过程中,由于市场不规范、政策多变、市场边界不明确等原因,无论愿意还是不愿意,他们都努力与当地政府搞好关系。严格地讲,正是这种不对等、不规范、不透明的关系导致了很多地方的钱权交易。不仅如此,尽管宪法和法律多次修改,逐步赋予民营企业和民营企业家以平等、合法地位。但是,无论在社会心理层面,还是在现有法制层面,民营企业家不仅面临着社会各界的诸多顾忌与猜疑,甚至还面临着实际法律地位不平等的很多事实,尤其是在税费征收、土地征用、企业融资等方面,与国有企业享有的待遇不可同日而语。相应地,国有企业的企业家由政府任命,属于典型的"红顶商人",行政级别和职业资格俱在,能够较为平等、自如地与政府各部门交往,并得到相应的支持与帮助。他们所获得的政府保护与多数民营企业家形成了鲜明对比。

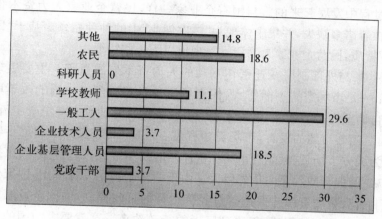

图 2-5　民营企业家初入社会时的职业身份(%)①

4. 奋斗目标有所不同。正由于国有企业家主要来自各级党政部门或长期在国有企业经营(只有极少数属于没有任何相关背景的人才引进),他们的价值判断和职业生涯规划更多地是基于政治前途,而不纯粹是在市场竞争中的优势地位。相当多的国有企业家游离在国有企业与党政部门之间,甚至经常将后者作为最终的归属。因此,他们在国有企业的经营目标就不是单一的市场业绩,还必须充分考虑到自身的"政绩"。民营企业家则只能依靠市场竞争,致力于企业利润的最大化,谋求自身在市场竞争中的有利地位。有鉴于此,民营企业家与国有企业家的价值取向和行为方式有着很大的差别。

---

① 中国企业家调查系统网站(http://www.cess.gov.cn):《素质与培训——变革时代的中国企业经营管理者》(1998 年度报告)。

二、民营企业家人力资本的基本特征

民营经济和民营企业家是在国有经济和计划模式不断收缩、调整过程中发展起来的。与国有企业家一样,民营企业家人力资本也存在着诸多缺失,并集中体现为"二次创业"中的种种瓶颈。基于"民营"特质,民营企业家人力资本呈现出以下一些特征:

1. 与外部制度变迁密切互动的人力资本形成过程。主要表现在:一是市场空间不断扩大,但市场竞争日趋激烈。中国的改革取向自始至终是市场化,市场化是中国经济转轨时期制度环境的主流。并且,随着市场的发育,市场竞争程度在不断加强,卖方市场逐步转变为买方市场,这标志着市场经济体制的初步形成;二是行政约束持续减少,但行政约束力依然巨大。由于旧体制仍在发挥作用,国家仍控制着大量的资源并保持着对经济运行的行政控制,中国企业家在接受市场控制的同时,仍受到巨大的行政约束。这就要求中国的企业家除了熟悉市场运行规则,还要熟悉政府的运行规则,不断地同政府打交道。

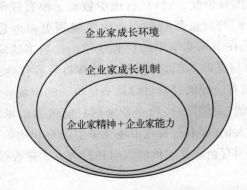

图 2-6 企业家人力资本形成与外部制度环境的密切互动

2. 以"干中学"为主的人力资本形成过程。实践能力是企业家能力的基本要求。但是,对于中国的民营企业家来说,具有非常特殊的内外部条件。首先,多数的民营企业家尤其是自主创业型民营企业家本身的文化层次和社会地位很低,无论在物质资本、人力资本还是社会资本方面,都非常匮乏。从自身来说,主要依靠的是后来所谓的"企业家精神",实际上就是敢想敢干和会想能干;从外部条件来说,主要依靠的是经济转轨和生产方式转变所留下的巨大市场空间。因此,他们只能通过实实在在的摸索和打拼,发展自己的民营企业,同时也使自身的人力资本得到有效的投资与发展。所以,在这种"边干边学"的过程中,民营企业家人力资本与国有企业家人力资本存在着一些差异,主要表现在:

首先,民营企业家更加注重自身的角色定位和能力开发,善于挑大梁,敢于担当,敬业精神和拼搏精神极强,甚至带有一定程度的个人英雄主义色彩,所谓的团队合作也主要是借助于"家族式管理"这一基于亲缘和地缘的外壳来维持;其次,民营企业家更加注重内容,而不是形式。无论在市场运作,还是企业管理方面,他们更关心的是实际成效和经济收益,对于形式、尤其形式主义的顾忌要少得多,更不会为了所谓的"体面"而盲目地追求外在的形式;再次,他们更加注重实战经验,而不是系统的理论分析。实际上,多数的民营企业家根本没有接受过系统的高等教育训练,更不懂什么是系统的经济学理论分析。即使参加一些进修、培训,在"充电"过程中也往往是纯粹功利主义的、选择性地学习一些实用技术和方法,而不是理论。

3. 属于特殊形态的专业化人力资本(Specialized Human Capital)。专业化人力资本由投资获得并以增值为目的,通常凝聚着知识、技术并将其内化为创造性及其载体,是人力资本的一种高级类型。它与一般人力资本的主要区别在于其完全依靠自身的知识、技术等凝聚成并内化为创造性,从而实现资本增值和自身价值。它是最重要的一种人力资本。民营企业家人力资本属于专业化人力资

本,主要是因为:

一是民营企业家人力资本的稀缺性。企业家人力资本是人力资本中层次较高的(李忠民,1999),也是较为稀缺的。企业家人力资本投资规模大、投资周期长、形成途径少、贬值速度快、不确定因素多。相对于物质资本和一般人力资本而言,企业家人力资本的稀缺性是十分显著的。不仅如此,民营经济越发展,对民营企业家人力资本的需求越大、要求越高,这种稀缺性就越明显。

二是民营企业家人力资本的异质性。与物质资本不同,民营企业家人力资本的边际效益递增而不是递减,也就是说,具有异质性。无论是作为"中间人",还是作为决策者,还是作为"不确定性"的判断者和担当者,企业家始终处于供求非均衡、信息不对称的市场之中,必须及时作出判断,抓住商机,并通过"创造性的破坏"即各种创新活动为企业赢取新的市场空间和较高的利润率。中国企业家调查系统2009年的调查数据显示,民营企业家在创新意识方面总体高于整个企业家群体的平均值①,属于比较注重企业创新的企业家群体。

表 2-5　　　　　民营企业家:注重创新的特殊群体

	重视研发和创新	强调技术领先	注重探索和原创	在开发新产品方面领先竞争对手
民营企业家	4.54	4.32	3.93	4.37
企业家群体平均值	4.53	4.30	3.93	4.36

三是民营企业家人力资本的专用性与专有性。专用性(specific)是指,专门为支持某一特产而进行的持久性投资,并且一旦形成,再改作他用,其价值将大跌;或者说,专用性资产的价值在事后严重地依赖于团队的存在和其他团队成员的行为。而专有性(exclusive)是

---

① 中国企业家调查系统网站(http://www.cess.gov.cn):《企业经营者对企业家精神的认识与评价——2009·中国企业经营者成长与发展专题调查报告》。

指，这种资源一旦从企业中退出，将导致企业团队生产力下降甚至威胁到企业的生存；或者说，专有性资源是一个企业或组织的发生、存在或发展的基础，它们的参与状况直接影响到组织以及其他成员的价值。专有性资源在外部市场上处于卖方垄断地位，因此难以被替代。可见，企业家人力资本是一种专有性资源，同时又具有专用性。企业家在一个企业工作时间长了，他对该企业的情况了解就多了，而且与企业内其他成员以及企业的供货商、客户、股东、债权人等建立了较为稳固的关系，一旦退出企业，其人力资本必将受到贬值的威胁，同时也将对企业自身的发展带来非常严重的后果。

4. 所有权与使用权的完全统一。[①] 民营企业家人力资本主要是在民营经济发展过程中逐渐形成的。企业家人力资本的产权是包括人力资本的开发利用、流动配置、投资收益等权利在内的一系列权利束。一般说来，企业家人力资本产权有三种基本特征：第一，企业家人力资本的个人私有，决定了其人力资本天然地只能属于企业家个

---

① 关于人力资本所有权问题。按照目前主流经济学理论，市场中的企业是一个人力资本与非人力资本的特别合约（周其仁：《市场里的企业：一个人力资本和非人力资本的特别合约》，《经济研究》，1996 年第 6 期），合约的实质是个人之间财产所有权交易的配置方式，而签约方即要素主体对其投入企业中的资本要素拥有法律上明确的权力是当然前提。随着知识经济的产生和迅速发展，以往作为经济增长外生变量的人力资源完全具备转化为经济增长内生变量的人力资本的条件。然而，人力资本的主体性特征使其难以准确定价，而动态性特征则使其成为关于人力资本权利问题的一系列争论的焦点（郑兴山、唐元虎：《企业人力资本产权理论研究》，上海社会科学出版社 2003 年版，第 2 页）。人力资本无疑属于个人所有，但自科斯以来的相关争论往往忽略了另一个现实：在多元经济社会形态中，国家与企业之间、企业物质资本所有者与人力资本所有者之间、企业人力资本所有者之间产权不明晰的现象依然很多，完整意义上的知识经济形态还未形成，尚未建立现代企业制度的企业也还大量存在，尤其是以往计划经济发展过程中形成的一些国有企业（如中国的大型国企）和公营企业（如印度的大型公营企业）中还存在严重的产权不清现象，首先表现在人力资本所有者不一定完全拥有人力资本所有权。只有当人力资本所有权完全归人力资本所有者所有，才谈得上人力资本产权和相应的产权交易，也才能推动人力资本从外生变量向内生变量的转化，从而推动多元经济社会形态的顺利演进。故此，本书从多元经济社会形态的演进方向和人力资本的本质特征出发，认为人力资本所有权完全归人力资本所有者个人所有，所出现的产权不清特例不仅不能否定人力资本所有权个人所有的本质要求，而且恰恰是相关改革的重点之一。

人。第二,企业家人力资本的产权一旦发生"残缺",其资产的经济价值会很快降低,甚至趋于零。第三,企业家人力资本总是自发地寻求着实现其产权主体价值的市场。

　　包括改制型民营企业家在内,民营企业家的人力资本投资行为主体首先是其自身,这与国有企业家有着本质区别。他们在进行商机捕捉、经营决策、管理规划和绩效评估过程中,都完全是独立的。他们有权根据市场规则的运作要求,对自身人力资本的投资、开发、使用、流动、收益具有完全的控制权。民营企业家对自身人力资本的积聚、开发和利用具有主导权,民营企业家人力资本的所有者只能是民营企业家本人,民营企业家是其人力资本的天然载体。而且,民营企业家人力资本的所有权不能够让渡。如果存在违背市场自由交易法则的法权和一些不适的制度安排等原因,企业家就会相应地作出反应,"关闭"部分甚至全部的人力资本,使企业家人力资本产权发生了"残缺"。企业家人力资本就必然会出现有效供给不足、"管理不善"、"经营失败"等现象。[①] 20世纪80年代末至90年代初,便出现了这一现象。实际上,早期的承包人便经常运用这一法则。尽管需要考虑转轨过程中特殊制度环境的影响,但从全国范围来看,不能由于外部制度变迁的影响而否定了民营企业家人力资本所有权与使用权的完全统一。正是这种统一,才使中国的民营企业家不仅充满了强烈的企业家精神,而且根据实际需要,不断提高自身的能力,以确保人力资本的保值增值,并获得相应的物质资本收益和个人价值的实现,提高心理收益。

三、转型时期民营企业家人力资本成长的特征分析

　　民营企业家人力资本中最重要的两种能力是创新能力和决策能

---

① 周明:《企业家人力资本的市场化配置》,《西北大学学报》,1997年第4期。

力。民营企业家通过熊彼特意义上的创新作用超过单纯的技术开发,优化了要素配置,对民营经济的发展起到了关键作用。根据张小蒂和李晓钟(2008)等人的比较分析,可以看出,中国民营企业家自身的成长及其作用呈现了梯度增强的特征。当然,民营企业家人力资本的特质建立在中国经济转轨、社会转型的特殊历史背景和制度框架下,这不能否定它作为企业家人力资本的一般性特征。严格地讲,我国的民营企业家人力资本正由于特殊制度框架的约束,很多特质也变相地成为某种意义上的"残缺"。比如,企业家人力资本是可以交易的,具有可交易性,职业型民营企业家人力资本的形成进一步凸显了这一时代要求。但从另一方面看,在人力资本参与股权分配时,权益与责任的平衡问题、知识产权保护、现代社会商业诚信体系建设等都面临着一系列的挑战,并强化了民营企业家人力资本的专有性和专用性,使之很难进行真正现代意义上的交易。

不仅如此,当代中国处于农业经济、工业经济和知识经济并存的多元经济形态中,并处于农业社会、工业社会、知识社会共生的复杂社会形态中。多元经济社会形态的兼容并包是当代中国经济转轨、社会转型的特殊历史背景,也是中国民营经济和民营企业家发展的特定历史背景。尽管我国经济社会发展取得了举世瞩目的重要成就,甚至出现了中国与世界的主被动关系的某种易位,但从整体来看,在今后相当长时间内,中国民营经济的发展还将沿袭现有模式,还不可能完全走向现代企业制度,尤其是民营企业家人力资本的专有性和专用性还将非常突出,完全意义上的民营企业家人力资本市场配置机制也不可能形成。

近年来,虽然已经出现了职业经理人市场,我国政府也努力引导很多规模不断扩大的民营企业实行股份制,实现所有权与经营权的分离。在一些大型的民营企业中,也确实开始从作坊式经营和家族式管理走向所有权与经营权的有效分离,但这是一个非常漫长的过程,而且只是当代中国民营经济发展过程的一个方面,而不是全部。

根深蒂固的传统文化、远未成熟的物质资本供给机制、处于持续阵痛中的现代社会诚信体系建设等都严重制约了这一进程。实际上，中国无时无刻不在产生着大批的作坊式的家族企业，这种模式本身的必要性也是显而易见的。这就意味着：中国的民营企业家人力资本形成模式仍将是多元的，而不是单一的，也不会趋于单向，民营企业家人力资本现有的各种特质会发生一些质的提升，但不可能形成一个所谓完全模式的、完整意义上的人力资本形成模式，而这恰恰是本书研究的生命力所在。

第三章 民营企业家人力资本形成的外部条件

　　民营企业家是中国民营经济发展的产物,也是中国市场化进程的产物。作为企业家队伍的重要组成部分,民营企业家人力资本形成的外部环境至关重要,并通常包括以下几个方面的内容:

　　一是它形成于中国经济转轨、社会转型、文化转生的大背景下,而不是生成于较为成熟、稳定的经济社会文化背景之中,因此,民营企业家人力资本的内涵与外延都在不断变化。其中,在内涵方面,集中体现为从早期对企业家精神的关注向企业家能力转移;在外延方面,集中体现为早期对外部制度环境变迁及市场空间变化的关注向民营企业自身特质与内部治理转移。

　　二是民营企业家成长于从传统社会主义向现代社会主义不断发展的政治文化背景下,经历了从反对到限制到引导到支持鼓励的政治背景和法律地位变迁。背负着"资本家"阴影的初期民营企业家只能是半公开的,人力资本残缺在所难免;在投资领域受到部分限制、甚至没有完全定价权的条件下,民营企业家的投资行为与投机行为兼有;在未能完全获得法律保障、国民待遇受到限制的条件下,政府的引导常常会被民营企业家理解为需要投其所好,在政商关系方面引起的消极后果也是不言而喻的。

　　三是中国民营企业家的成长过程伴随着中国传统计划经济体制向现代市场经济体制的转变,也就是说,伴随着从无到有、从小到大、从不规范到规范的市场化过程,具有一定的原生性和原始性。因此,在民营企业家人力资本形成过程中,外部制度环境和社会文化背景是宏观的,却是决定性的;民营企业自身特质与内部环境是微观的,却是规定性的。因此,本书在安排章节的过程中,将"民营企业家人力资本形成的外部条件"前置,将"民营企业家人力资本形成的内部机制"后置。

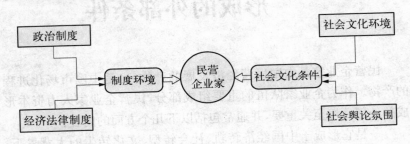

图 3-1　民营企业家人力资本形成的外部条件

在民营企业家人力资本形成的外部条件中,制度环境与社会条件是两个基本维度。其中,制度环境包括政治制度和经济法律制度,社会条件主要包括社会文化环境与社会舆论氛围。以下相关章节据此展开论述。

第一节　民营企业家人力资本
形成的制度环境

民营企业家是中国改革开放的产物。随着改革开放政策的不断落实,民营企业家赖以存在的制度环境也经历了艰巨但持续的变迁过程,主要包括针对民营企业和民营企业家的政治制度和经济法律制度。

一、民营企业家人力资本形成的政治制度环境

改革开放是中国特色社会主义政治体制演化的结果,中国的经济体制改革首先是一种重大的政治战略抉择,而不是经济技术层面的问题。民营企业家人力资本的形成过程也就是中国政治制度默许、接纳、尊重、支持民营经济发育成长的过程。换言之,由于改革开放前的计划经济体制和意识形态上长期激烈批判、完全禁止,中国的民营企业和民营企业家起步时的政治顾忌是必然的,也是正常的。因此,民营企业和民营企业家成长的外部政治环境集中体现在历次的中共全国代表大会文件和宪法修正案中。

1. 民营经济:政治合法地位的逐步取得

党的十一届三中全会前,"左"倾理论将自留地、集市贸易描绘成"资本主义的复辟地",把农民从事的家庭副业、个体经济说成是"资本主义尾巴",必须统统砍掉,我国的非公有制经济几乎绝迹,民营经济没有成长的政治制度环境和政治合法性。

1978 年 12 月,党的十一届三中全会总结了过去的沉痛教训,提出了"社员自留地、家庭副业和集市贸易是社会主义经济的必要补充部分,任何人不得乱加干涉",这就打开了个体经济和个体户成长的闸门,并为民营经济和民营企业家的成长创造了条件。

1979 年 4 月 9 日,全国工商行政管理局长会议的报告(1979 年 3 月 23 日)中指出:"可以根据当地市场需要,在征得有关业务主管部门同意后,批准一些有正式户口的闲散劳动力从事修理、服务和手工业的个体劳动,但不准雇工。对他们要发给营业执照,会同街道和有关业务部门加强管理,并逐步引导他们走集体化的道路",从而首次提出了恢复和发展个体经济的问题。报告得到了国务院的批转。当然,这里只涉及不需雇工的个体经济,也反应了"雇佣劳动"在当时的

高度政治敏感性。

1979年11月,党中央批转中共中央统战部等六部门关于把原工商业者中的劳动者区别出来问题的请示报告,决定给本来就不是资本家的小商小贩摘掉"资本家"的帽子。去掉了这一顶大帽子,也就为"小商小贩"的发展提供了合法性,但仅限于"小",而不能涉及劳动力的雇佣问题。

1980年8月,中共中央转发全国劳动就业会议文件,提出"在国家统筹规划和指导下,实行劳动部门介绍就业、自愿组织起来就业和自谋职业相结合的方针"。将发展个体经济作为解决就业的重要途径,提出"鼓励和扶植城镇个体经济的发展"。劳动力终于被默认为可以进行"自愿"配置的生产要素,可以流动起来,而不是继续定格在国有经济和集体经济中。

1981年6月27日,国务院批转了《工商行政管理总局向国务院的汇报提纲》。《提纲》明确提出:"城镇集体和个体经济是我国多种经济成分的组成部分,恢复和发展个体经济,是搞活经济的一项重大措施,是社会的需要,是一项长期的经济政策,也是安排城市就业的一个途径","要特别鼓励、支持集体和个体工商户经营那些群众需要的行业,如饮食业、服务业、修理业和有特殊工艺技术的行业。对这些行业,在政策上可以放宽一些,准许带帮手,准许带几个徒弟,以利于满足社会需要,扩大青年就业"。"雇佣"的意识形态色彩开始淡化,不再被视为"剥削阶级"对"被剥削阶级"的纯粹"剥削"行为。但是,学术界的讨论仍然是高度谨慎的,"雇佣"成为意识形态上难以跨过的第一个"坎"。

同时,党的十一届六中全会通过的《中国共产党中央委员会关于建国以来党的若干历史问题的决议》指出:"社会主义生产关系的变革和完善必须适应于生产力的状况,有利于生产力的发展。国营经济和集体经济是中国的基本经济形式,一定范围的劳动者个体经济是公有制经济的必要补充","必须在公有制基础上实行计划经济,同时发挥市场调节的辅助作用"。在中共中央的文件上,终于开始跨越这个"坎",从而赋予非公有制经济以政治合法性。

1982年9月,党的十二大报告提出:"社会主义国营经济在整个国民经济中居于主导地位。巩固和发展国营经济,是保障劳动群众集体所有制经济沿着社会主义方向前进,并且保障个体经济为社会主义服务的决定性条件。由于我国生产力发展水平总的说来还比较低,又很不平衡,在很长时期内需要多种经济形式的同时并存","在农村和城市,都要鼓励劳动者个体经济在国家规定的范围内和工商行政管理下适当发展,作为公有制经济的必要的、有益的补充。只有多种经济形式的合理配置和发展,才能繁荣城乡经济,方便人民生活"。随后的12月4日,五届人大第五次会议通过的《中华人民共和国宪法》规定:"在法律范围内的城乡劳动者个体经济,是社会主义经济的补充。国家保护个体经济的合法权利和利益。国家通过行政管理,指导、帮助和监督个体经济。"在宪法层面上规定了政府与非公有制经济的关系:管理、指导、帮助与监督,这充分反应了转型时期的政治敏感性。

1984年2月27日,国务院发布了《关于农村个体工商业的若干规定》,对农村个体工商业的政策进一步予以明确。据此,对农村个体工商业的登记工作全面展开,第一批合法的个体工商户由此诞生,并成为了首批民营企业家的前身。

到了20世纪80年代中期,个体经济经过一定积累和发展,有些逐渐发展成为私营企业。1987年1月22日,中共中央在《关于把农村改革引向深入的决定》中,第一次正式提出对私营企业也应当采取"允许存在,加强管理,兴利抑弊,逐步引导的方针"。尽管当时的"私营"称呼本身就带有一定的意识形态顾忌与偏见,但它开始直面一个现实问题:随着个体经济行为的扩大,是否允许雇佣,发展民营经济? 回答是肯定的,民营经济的闸门打开。

随后,1987年10月,党的十三大报告提出:"目前全民所有制以外的其他经济成分,不是发展得太多了,而是还很不够。对于城乡合作经济、集体经济和私营经济,都要继续鼓励它们发展","私营经济是存在雇佣劳动关系的经济成分。但在社会主义条件下,它必然同占优势的公有制经济相联系,并受公有制经济的巨大影响。实践证明,私营经济一定程度的发展,有利于促进生产,活跃市场,扩大就业,更好地满足人民多方面的生活需求,是公有制经济必要的和有益的补充。必须尽快制定有关私营经济的政策和法律,保护它们的合法权益,加强对它们的引导、监督和管理"。

1988年4月12日,七届人大第一次会议通过的宪法修正案规定:"国家允许私营经济在法律规定的范围内存在和发展。私营经济是社会主义公有制经济的补充。国家保护私营经济的合法权利和利益,对私营经济实行引导、监督和管理。"这是改革开放以来,我国第一次在宪法中正式赋予民营经济以合法地位。尽管还处于受"引导、监督和管理"的地位,但作为公有制经济的"补充地位"是明确的,也是不可取代的。

1992年10月,党的十四大总结了建设有中国特色社会主义理论的主要内容,确立了社会主义市场经济体制的目标,指出:"在所有制结构上,以公有制包括全民所有制和集体所有制经济为主体,个体经济、私营经济、外资经济为补充,多种经济成分长期共同发展,不同经济成分还可以自愿实行多种形式的联合经营。国有企业、集体企业和其他企业都进入市场,通过平等竞争发挥国有企业的主导作用。"经济体制的历史性变化终于为民营经济发展赢得了"平等竞争"的市场主体地位。

1993年11月14日,党的十四届三中全会通过的《中共中央关于建立社会主义市场经济体制若干问题的决定》指出:"坚持以公有制为主体、多种经济成分共同发展的方针。在积极促进国有经济和集体经济发展的同时,鼓励个体、私营、外资经济发展,并依法加强管理。"民营经济的发展终于被"鼓励"。

1997 年 9 月,党的十五大报告指出:"非公有制经济是我国社会主义市场经济的重要组成部分。对个体、私营等非公有制经济要继续鼓励、引导,使之健康发展。这对满足人们多样化的需要,增加就业,促进国民经济的发展有重要作用。"

1999 年 3 月 15 日,九届全国人大二次会议通过了《中华人民共和国宪法修正案(草案)》:第十一条增加规定"在法律规定范围内的个体经济、私营经济等非公有制经济,是社会主义市场经济的重要组成部分"。相应删去个体经济、私营经济"是社会主义公有制经济的补充"的提法,民营经济正式获得了平等的所有制地位。

通过上述历史轨迹的回顾,不难看出,民营经济的发育成长是中国政治环境变迁的产物,经历了从全盘否定、全部禁止到适当尝试、适度发展,再到平等参与市场竞争、共同促进市场经济发展的历程,并最终借助于党的主要文件和国家宪法条文,获得了完全合法的政治地位。

2. 民营企业家:从闷声发财到公开参与政治

企业参与政治在美国、欧盟、日本、韩国等世界各国都普遍存在的一种现象。企业家参政也是企业家获得社会资本的一种外在表现,尤其是对于转轨时期的民营企业家而言,其参政议政对企业获取资源和增强竞争实力都起到了重要作用,出现了我国民营企业家参与政治的热情不断高涨的局面。

关于企业家参政的动机问题,一般认为,主要包括提高个人社会地位(Keim and Zeithaml,1986)、产生有利于企业持续发展的公共政策结果(Keim and Baysinger,1988)、降低制度风险(Boddewyn,1998;Peng and Heath,1996)、承担社会责任(成伟,2005;管煜武,2004)等。总的来说,民营企业家的参政动机有如下图所示的四种主要理论。

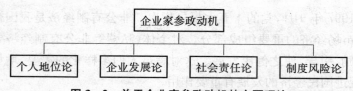

图 3 - 2　关于企业家参政动机的主要理论

　　这些分析都从特定角度反映了企业家参政的复杂心态和各自不同的价值取向,也反映了企业家参政的复杂性,对中国民营企业家而言,尤为如此。邬爱其(2008)等学者曾专门对浙江民营企业家的参政动机进行了统计分析(见表 3 - 1①),基本验证了上述观点。

表 3 - 1　　　　　　　民营企业家参政动机因子的得分情况

动 机 类 型	最小值	最大值	平均值	标准差
提高个人地位	1.25	7.00	5.113 0	1.445 7
促进企业发展	1.75	7.00	5.706 5	1.177 4
履行社会责任	3.33	7.00	5.220 3	1.134 8
规避制度风险	1.00	7.00	4.752 2	1.397 6

　　在从社会主义计划经济体制向社会主义市场经济体制转轨的特殊历史背景下,与民营企业的成长轨迹一样,民营企业家也经历了非常曲折的成长历程,经历了对长期“左”倾思潮的种种畏惧,对自身财产合法性的种种顾忌,以及对自身政治地位的种种猜疑。在经济政策不确定、政治地位不明确的特定历史条件下,民营企业家始终面临着巨大的社会政治压力和疑虑,尤其当民营企业家在经济目标与所在地区政府的政治或社会目标相冲突时,为了取得政府的支持,必须

---

① 邬爱其:《个人地位、企业发展、社会责任与制度风险:中国民营企业家政治参与动机的研究》,《中国工业经济》,2008 年第 7 期。

首先满足地方政府的需要。① 当然,地方政府也可能通过其他途径和方式,予以适当的回报,从而形成地方政府与民营企业家之间相互关系的不确定性,并带来了一系列的隐患,尤其是民营企业家与政府部门交往的方式、方法的不规范,导致了相互关系中的一些消极后果。

1991 年,中共中央 15 号文件是民营企业家进入人大和政协参政议政的开始。而党的十五大和十六大对非公有制经济和非公有制经济人士给予了政治上新的积极定位,使民营企业家政治活动开始增加,而不再是闷声发财。实际上,自从 1993 年正式确定建设社会主义市场经济体制的目标之后,民营企业和民营企业家已经不再是以往的"必要补充",也就不再是"可以没有"的了,民营企业家开始表现出参与政治的欲望和热情。1998 年,被选举为全国和省级人大代表的私营企业主分别为 48 人和 372 人,担任全国和省级政协委员的私营企业主分别为 46 人和 895 人。1999 年 3 月,全国人大九届二次会议通过宪法修正案,确认了私营企业的合法地位,使其名副其实地成为社会主义市场经济的重要组成部分,正式宣告了民营企业家的合法政治地位。有数据显示,1993 年,民营企业家群体中的党员比例是 13.1%,1995 年升至为 17.1%,2000 年进而升至为 19.8%②。在一些地方,有很多民营企业家通过各种途径进入乡村基层政权。据报道,浙江省缙云县市壶镇,经过 1996 年的农村党支部换届,全镇 83 个行政村党支部书记中有 36 人是从事个体私营经济活动的私营企业主,占农村党支部书记总数的 20.5%。在浙江省义乌市大阵镇 13 个行政村的 25 名党支部书记、村委会主任中,经商办厂的就有 16 人,占 64%。另有研究结果证实,大批农村企业家在基层民主选举中被选上村委会领导岗位。③

---

① 冯勤:《浙江民营科技型中小企业成长的特殊规律》,《科技与管理》,2002 年第 1 期。
② 戴建中:《现阶段中国私营企业主研究》,《社会学研究》,2001 年第 5 期。
③ 王旭:《乡村中国的基层民主: 国家与社会的权力互强》,《二十一世纪》,1997 年第 4 期。

　　显然,随着民营企业家"一次创业"的初步完成,在建设社会主义市场经济的大潮中,民营企业家群体的政治勇气和参政欲望开始显露,并从浙江、广东、江苏等民营经济较为发达的少数沿海省份向全国范围扩展。这一方面是党和政府考虑到民营企业在我国经济发展中所作出的巨大贡献和越来越重要的作用而出台了一系列鼓励性的政策措施。另一方面,也是由于民营企业家对政治参与表现出了浓厚的兴趣,主动加入到参政议政活动中。《中国私营经济年鉴(2000年)》显示:2000年,民营经济人士中,担任全国人大代表48人,全国政协委员46人,省级人大代表372人,省级政协委员895人,总数已达1 361人。其中,绝大多数为民营企业家。在2000年调查的3 073名民营企业家中,担任县及县以上人大代表、政协委员的有1 495人,其中,3人担任主任、22人担任副主任、433人担任常委;69人担任县及县以上工商联主席、副主席、执委;156人在县以上群众性组织中任职。

　　进入21世纪以来,随着政治制度环境的不断与时俱进,作为新兴的社会群体,民营企业家获得了更为宽广的政治活动空间,公开参与到一些政治事务中来,通过人大、政协等途径参政议政,成为现代中国政治生活中不可或缺的新角色,其政治诉求和政治参与呈现出迅速发展的趋势。在党和政府的重要文件中,也进一步打破企业"出身成分论",不断提出对民营企业和民营企业家实行政治平等的方针,消除对民营企业的政治歧视,努力营造"政治上认同,社会上尊重,政策上支持,经济上保障"的良好政治氛围,彻底消除对民营企业"干部怕接近、金融部门怕贷款、基层群众怕担风险"的"三怕"思想,为民营企业大发展扫除思想认识上的障碍。[①] 中国企业家调查系统所进行的调研结果显示,民营企业家在经济地位、社会地位和政治地位三者之间,对政治地位的满意度最低,仅为26.7%(见图3-3),这一方面反映了这一群体对其政治地位的关注,另一方面也反映了民

----

①　温兴琦:《我国民营企业发展及优化》,《长江论坛》,2004年第12期。

营企业家人力资本形成过程的特殊性。正是特定的政治制度环境，导致了民营企业家政治地位的相对较低和参政问题的高度敏感（见图 3 - 3）①。

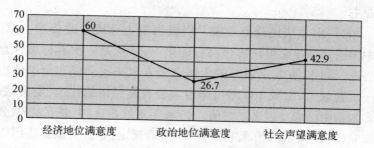

图 3 - 3　民营企业家对其社会地位的满意度对比

2001 年 7 月 1 日，江泽民《在庆祝中国共产党成立八十周年大会上的讲话》中指出：个体户、私营企业主……新的社会阶层中的广大人员，通过诚实劳动和工作，通过合法经营，为发展社会主义社会的生产力和其他事业作出了贡献……他们也是有中国特色社会主义事业的建设者……应该把承认党的纲领和章程、自觉为党的路线和纲领而奋斗、经过长期考验、符合党员条件的社会其他方面的优秀分子吸收到党内来，并通过党这个大熔炉不断提高广大党员的思想政治觉悟，从而不断增强我们党在全社会的影响力和凝聚力……不能简单地把有没有财产、有多少财产当作判断人们政治上先进与落后的标准，而主要应该看他们的思想政治状况和现实表现，看他们的财产是怎么得来的以及对财产怎么支配和使用，看他们以自己的劳动对建设有中国特色社会主义事业所作的贡献。2002 年 11 月 8 日，党的十六大正式召开，江苏远东集团总裁蒋锡培等 5 名民营企业家党代表在北京集体亮相。民营企业家的政治之舞由此拉开序幕。党的十

① 中国企业家调查系统网站（http：//www. cess. gov. cn）：《当前我国企业经营者对激励与约束问题的调查》（1997 年度报告）。

六大把党章中党员发展对象里"其他革命分子"修改为"其他社会阶层的先进分子"。虽然其中并未明确指出民营企业主可以入党，但大会通过的报告列举了因社会变革而出现的社会阶层中，就包括民营企业主。

2003 年，重庆民营企业家尹明善当选为重庆市政协副主席，成为中国民营企业家担任省级高官的第一人，这是一次有标志性意义的当选。同年，在北京召开的十届全国人大一次会议和全国政协十届一次会议上，出现 100 多位来自非公有制经济的代表、委员，数量之多为新中国成立以来之空前。2004 年 4 月 8 日，中央下发的《公开选拔党政领导干部工作暂行规定》中明确规定，非公有制经济组织人员可以参加报考公开选拔。随后，在中央政策的鼓励下，各级党委开始有限度地选择优秀的"老板"加入执政党。自此，民营企业家呈现了从原来被动参与政治转变成主动参政的新迹象。党的十六大上，第一次出现了民营企业家代表。到党的十七大期间，民营企业家代表已经从 7 名增至 17 名，成为了中国政治棋谱上的一个全新群体。

表 3－2　　党的十六大和十七大代表中的民营企业家名录

	姓名	性别	出生年份	企　业　名　称	职　　务
十六大	刘思荣	男	1955	广东金潮集团有限公司	董事长、总经理
	沈文荣	男	1946	江苏沙钢集团公司	董事长、总裁、党委书记
	孙甚林	男	1951	重庆南方集团	董事长
	昝圣达	男	1961	江苏综艺集团	董事长、总经理
	蒋锡培	男	1963	江苏远东集团	董事长、党委书记
	朱相桂	男	1949	森达集团	董事长、总裁、党委书记
	邱继宝	男	1962	飞跃集团	董事长

	姓名	性别	出生年份	企业名称	职务
	陈爱莲	女	1958	浙江万丰奥特控股集团	董事长
	王波	女	1963	百步亭集团	副董事长、总经理
	韦飞燕（壮族）	女	1964	广西花红药业有限责任公司	董事长、总经理
	王桂莲	女	1948	吉林华星电子集团有限公司	董事长、党委书记
十七大	张瑞敏	男	1949	海尔集团	董事长、总裁
	沈文荣	男	1946	江苏沙钢集团	董事长、总裁
	周海江	男	1966	红豆集团	董事长、总裁
	梁稳根	男	1956	三一集团有限公司	董事长、总经理
	王健林	男	1954	大连万达集团	董事长
	潘刚	男	1970	伊利实业集团股份有限公司	董事长、总裁
	尹同耀	男	1962	安徽奇瑞汽车有限公司	董事长、总经理
	孙宏原	男	1964	山西沁新煤焦股份有限公司	董事长、总裁
	孙佑仁	男	1947	成都恒力磁性材料公司	董事长、党委书记
	涂建民	男	1947	江西萍乡钢铁有限责任公司	董事长、总经理
	李登海	男	1949	山东登海种业股份有限公司	董事长
	陈学利	男	1951	威高集团有限公司	董事长、党委书记
	张全年	男	1964	甘肃全圣集团	董事长

3. 民营企业家参政议政与企业绩效

民营企业家参政议政的趋多，引起了社会各界越来越多的关注。在我国的政治体制下，民营企业是市场经济活动中"更纯粹"的经济利益主体，而与国有经济和外资经济相比，当前民营经济的发展普遍存在以下外部制约因素：市场准入壁垒多、融资困难以及税费负担重等。国内学者有关对民营企业经营者参政议政动机进行的调查发现，现阶段民营企业经营者参政的目的主要是维护其经济利益，寻求反映他们利益的渠道和保护他们利益的场所。

一般认为，民营企业家参政议政在政治和经济方面都有其积极的影响，如有利于表达非公有制经济阶层的利益诉求，促进国家的民主和法制化建设，有利于推动政府转变职能、加强政府决策的民主化和科学化，促进经济发展环境的改善等。胡旭阳（2006）以民营企业的实际控制人是否当选人大代表或政政协委员表示民营企业家的政治身份，对浙江省民营百强企业进行案例研究和计量模型分析，结果发现民营企业家的政治身份有助于民营企业获得金融业准入资格。罗英光（2008）以中国民营上市企业为研究对象，采用事件研究法探讨了民营企业家 2003 年当选第十届全国人大代表或政协委员这个事件对企业绩效产生的影响，发现民营企业家参政议政给企业带来显著的正的绩效。

利益相关理论是建立企业—政府关系的代表性理论之一。研究发现，企业确实存在许多利益相关者，而政府被认为是主要的利益相关群体之一。实际上，不管是国内还是国外，政府对企业的生产经营活动都有莫大影响。政府掌握着土地、政策信息等影响企业竞争环境的重要资源，能够对企业的产品种类、生产规模等进行一定程度的干预，从而与企业的经济效益产生重要的关系。

我国的民营企业家可以通过当选人大代表直接参与各级人民代表大会的决策，也可以通过当选政协委员对政府的重大政策事项发表意见、进行监督。很大程度上，企业在某一地区范围的经济影响力与企业家参政议政的可能性存在密联系,并且,随着民营企业家参政议政级别的提高,对其企业在这方面的要求也相应增加。比如,在制度性安排下,一个县级规模民营企业的企业家更有可能成为县级人大代表或政协委员,一个省级规模民营企业的企业家更有可能成为省的人大代表或政协委员。相关调查表明,民营企业家参政是体制内的途径,而且基本局限于大企业和知名企业家。企业经济实力的大小与企业家参政议政之间是一个相互促进的关系。

张建君和张志学(2005)认为,在转型经济中,企业对政府有很大的依赖,而这种依赖与转型经济中政府的作用密切联系。表现为三个方面:第一,政府对经济的广泛干预(例如:行政审批、产业规制、产业政策等)以及对商业机会(政府在基础设施方面的建设、政府采购等)、稀缺资源(土地、信息等)的控制。第二,政府对企业的监管和规制模糊而且粗放。第三,政府行为不规范,任意性和随意性普遍存在,依法办事的环境远未形成,政府产品和服务甚至还存在买卖关系(腐败的存在等)。显然,转型经济中政府行为和作用为企业经营带来了许多不确定性。政治不确定性这种影响企业经营的非市场环境因素,给企业经营和企业家决策带来不可预见的风险。

民营企业家通过参政议政为企业建立了良好的企业—政府关系,更深入把握政府政策,降低企业经营的不确定性;通过政府权力对企业的各种利益相关者施加影响;获取政府掌控的关键资源(或商业机会),降低政府管制对企业经营的影响,从而提高企业绩效(见图3-4)。罗英光(2008)以2003年32个当选为第十届全国人大代表或政协委员的民营企业家经营的企业为样本,采用了事件研究方法和财务指标法研究民营企业家参政议政对民营企业绩效的影响。研究表明,第十届全国人大代表和政协委员名单公布这一事件给样本企业股票带来显著正的累积超常收益。财务指标法的横向比较发现,民营企业家当选全国人大代表(政协委员)后的当年,尽管企业的净资产收益率与企业家没有参政议政的民营企业相比差异不显著,但企业的主营业务利润率、总资产收益率、每股收益以及现金收益率均显著比配对的民营企业高。因此,不管用企业市场价值还是财务绩效去衡量,民营企业家参政议政都给企业带来显著的正的绩效。它对民营企业家和政治政策制定者的实践都有一定的借鉴意义,从企业利益角度出发,民营企业家无疑要积极参政议政,通过建立良好的政府关系为企业谋求其中隐含的经济利益;对于政治政策制定者,则要权衡企业从政治活动中的获利是否合理,政治体制是否有待改进和完善。

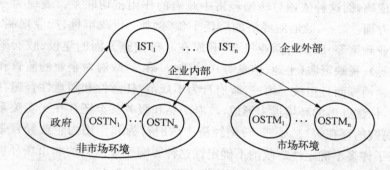

IST:内部利益相关者
OSTM:外部市场利益相关者
OSTN:外部非市场利益相关者

图 3-4　企业家参政议政与企业绩效关系

4. 民营企业家参政议政引发的实际问题

当然,随着越来越多的民营企业家进入人大、政协甚至政府,在人力资本形成方面,也引发了一些实际问题。主要包括:

第一,能否妥善处理好所扮演的双重角色。作为"兼职"的人大代表或者政协委员,他们能够投入的精力和了解的情况都相当有限,这是否会影响到民营企业家在人大、政协发挥应有的作用。更重要的是,民营企业家在这两个角色之间是否能很好地加以协调,在私利和公益发生冲突时是否能自觉地维护公共利益①。应该说，能够顺利地积极参与到社会政治生活中来，这对于民营企业家更为便利地获取政府信息、提高社会交往能力和社会地位等都有显著的作用，有利于民营企业家政治地位的提升和民营企业市场空间的扩展。

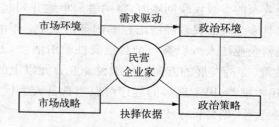

图 3-5　民营企业家参政议政的机理分析

　　但是，一方面，当企业利益与地方政府的整体发展规划等发生冲突时，民营企业家是否能从总体上服从集体利益和发展大局？另一方面，当民营企业家参政议政时，是否能完全从公共利益需求的角度出发，努力维护投票人和纳税人的利益，而不是仅仅维护一己之私？

　　第二，会否导致民营企业家人力资本形成路径的变异。民营企业家人力资本的形成过程既是中国制度变迁的过程，也是企业家精神和企业家能力不断形塑、生成的过程。在很难获得政府明确的政治支持的特定历史背景下，民营企业家、尤其是自主创业型民营企业家们敢于担当、善于开拓、勇于创新、勤于经营，主要将目光盯在市场空间上。但是，随着政治地位的提高和政治参与度的提升，一部分民营企业家可能将更多的时间用于政治经营方面，并力图借助于各种政治资源，重新布局企业发展，从而导致企业家精神的相对退化。

　　第三，会否导致民营企业家参政能力与民营企业经济实力的混淆。民营企业家是民营企业的领导者和经营者，民营企业的实力能

① 陈国权：《制度不确定与民营企业家政治参与》，《公共管理科学》，2005 年第 1 期。

够在一定程度上反映民营企业家的水平,民营企业家的能力和水平也主要是通过民营企业的经营状况体现出来。但是,民营企业家的能力、尤其是参政议政能力与民营经济实力、民营经济对地方经济社会发展的贡献有着本质的区别,不能一一对应。实际上,有些地方在处理民营企业家的参政议政问题时,将两者简单地并列起来。比如,江西省湖口县委为发展民营经济出台的四条措施中:年纳税300万元以上的民营企业法人可以参与全县重要性政治活动,了解地方党委政府的政策、支持发展的方向。年纳税400万元以上的民营企业法人,按照民主推荐、民主选举的程序可以当选县人大代表、县政协委员、县商会会长、副会长等政治头衔。

再如,广东省阳春市《关于加大招商引资力度促进民营经济发展的若干规定》中,规定民营企业可享受如下社会待遇:一年内实际纳税额(含国税和地税,下同)超过200万元(含200万元)的民营企业家,符合《代表法》或政协章程有关规定的,可推荐为阳春市人大代表候选人或阳春政协委员人选;一年内实际纳税额超过600万元(含600万元)的非阳春籍企业家,由市人民政府提请市人大常委会授予"阳春市荣誉市民"称号,对于阳春籍企业家,可推荐、提名为市级和上一级人大代表候选人和政协委员人选;一年内实际纳税额超过1 000万元(含1 000万元)的企业家,由市政府聘请为市长经济顾问。作为拥有正常社会政治地位的民营企业家,参政议政能力也是其人力资本构成中的重要元素。但是,当我们人为地将这一元素折合成企业经营业绩时,便再次回到了西方古典经济学只见"物"、不见"人"的窠臼之中,而不利于民营企业家人力资本的形成。

二、民营企业家人力资本形成的经济法律制度

民营企业家人力资本形成的过程也是中国经济制度环境变迁的过程。自改革开放以来,民营企业和民营企业家的成长既得益于经

济制度环境的持续改善，又囿于经济制度变迁带来的种种不确定性和高额社会成本。

在改革开放之初，由于种种复杂的历史原因和现实需要，不同所有制结构、不同经营方式的企业处于不同的起跑线上。首先，长期的意识形态偏见使全民所有制和集体所有制企业成为中国企业中的"神圣家族"，无论在政治支持，还是财税政策方面，都具有民营企业和民营企业家不敢企及的绝对优势地位。其次，鉴于市场化起步阶段所面临的物质资本严重匮乏，招商引资成为了缓解这一局面的重要途径，面向"三资"企业的政策优惠层出不穷，使其经营环境远远优于民营企业。以福建省长泰县为例，该县有权向外资企业进行收费的单位有 12 个，而有权向民营企业收费的单位有 27 个，且税费征收标准差别明显，民营企业的税费负担比国有企业、外资企业重，难以与国有企业、外商投资企业平等竞争。

1987 年 8 月 5 日，国务院发布了《城乡个体工商户管理暂行条例》。《条例》规定："有经营能力的城镇待业人员、农村村民以及国家政策允许的其他人员，可以申请从事个体工商业经营，依法经核准登记后为个体工商户。""个体工商户的合法权益受国家法律保护，任何单位和个人不得侵害"。1988 年 6 月 25 日，国务院发布了《中华人民共和国私营企业暂行条例》。《条例》提出："私营企业是指企业资产属于私人所有、雇工 8 人以上的营利性的经济组织。""私营经济是社会主义公有制经济的补充。国家保护私营企业的合法权益"。"私营企业必须在国家法律、法规和政策规定的范围内从事经营活动"。同年，国务院通过了《中华人民共和国私营企业所得税暂行条例》、《国务院关于征收私营企业投资者个人收入调节税的规定》，1989 年发布了《私营企业劳动管理暂行规定》。1997 年到 2002 年，连续出台了《合伙企业法》、《个人独资企业法》和《中小企业促进法》，被专家认为是涉及促进民营企业发展的重要法律。但是，很多法律条文并未落到实处，民营企业始终没有获得应有的"国民待遇"，主要表现在以下几个方面：

　　1. 在市场准入方面。市场准入是指进入特定行业、领域和项目的许可。自改革开放以来，由于种种原因，民营企业的生产和经营范围受到国家政策法律的规范制约，迄今还有许多行业不能进入。[①]从我国现行的行政审批制度来看，政府主要是通过两种方式转化为民营企业的产业进入壁垒。

　　一是为保护产业内国有垄断企业的利益，阻挠民营企业实施，也就是规定哪些领域只能由国有资产经营，民营资本不得进入。据调查，在我国国有企业准许进入的 80 多个领域中，外资企业可以进入的有 60 多个，占 75％，民营企业却只可以进入 40 个领域，不到50％。[②] 结果是，民营企业不仅不能与国有企业获得同等的投资权益，而且市场准入的门槛比外资企业还高。

　　二是政府利用信息优势，借助于审批收费等行为，故意对民营资本进入的资质和能力提出疑问，或者采取拖延策略，阻碍民营企业的进入。毋庸置疑，政府处于民营企业的上位，民营企业处于政府的下位，民营企业的发展和政府息息相关。政府在市场经济中扮演着"管理者"和"服务者"的双重角色，同时，政府又有权制定一些地方性规章和部门规章等诸多规范性法律文件。但是，由于"身份"的原因，中小型民营企业在经营活动中面临的政府信息欠缺和信息歧视的问题则更为严重。投资信息的闭塞，给中小型民营企业在获取行业信息方面造成了极度困难，尤其是对政府政策调整的心理准备不足，甚至很难把握政府投资政策的动向，从而变相成为了进入某种行业的障碍，以致很多民营企业难以进入大规模投资的领域，也不敢进行较大规模的投资。结果，出现了民营企业"曲线救国"的所谓"维尔京现象"。很多中国的生产型民营企业到维尔京去注册离岸公司（居然占

①　丁栋虹：《双重资本与我国民营企业家成长的现实困境》，《当代经济科学》，1999 年第 2 期。

②　田纪云：《放手发展民营经济，走富国强民之路》，《理论动态》，2002 年第 5 期。

到该地所有注册公司的 30％），然后向中国大陆投资，摇身一变成了所谓的"外资"，①不仅能够享受各种特殊待遇，而且能够规避民营企业运作风险。归根到底，政府对国有企业、外资企业和民营企业，从一开始就实行"差别管制"的市场准入政策，致使我国产业领域中的所有制划分，很多领域成为了民营经济不敢企及的禁区。

加入 WTO 后，对外国企业要实行国民待遇，对国内的民营企业也应当同样实行国民待遇，这就催生了 2005 年的"非公 36 条"。1999 年，经济学家萧灼基就提出非公有制经济面临七大障碍，其中就把"非公有制经济的国民待遇问题亟待落实"列在首位。2005 年 1 月 12 日，《国务院关于鼓励支持和引导个体私营等非公有制经济发展的若干意见》在国务院常务会议上获原则通过（简称"非公 36 条"），并于 2 月 24 日由新华社全文播发。这是新中国成立以来，首个以促进非公有制经济发展为主题的中央政府文件。"非公 36 条"明确规定，允许非公有资本进入垄断行业和领域，允许非公有资本进入公用事业和基础设施领域、社会事业领域、金融服务业、国防科技工业建设领域等。但是，在制定和落实实施办法时，各省市的差别很大，民营企业很难获得完全平等的市场准入权，以致对条例保持低调审慎的态度，而没有出现民营资本涌入上述领域的浪潮。

2. 在融资渠道方面。金融机构和国家银行对民营企业的贷款申请一直严格审查。融资的目的一是用于长期投资，二是满足流动资金的需要。我国的货币市场和资本市场相比，发展要慢得多。如何满足民营企业流动资金的需要，这是我国货币市场发展中一个非常重要的问题。民营企业能发行债券或上市的比例还很小，在融资渠道单一的情况下，为了抓住机会进行企业投资，大多数民营企业家只能依靠自有资金或向亲戚朋友借款来发展企业，在温州等地，甚至

①　孔凡河：《我国民营企业的市场准入困境——"维尔京现象"透视》，《特区经济》，2006年 8 月版。

出现了地下钱庄。到 2008 年为止,我国民营中小企业所占到的 GDP 超过 50%以上,创造的就业岗位、税收逐年递增,为国家作出了大量的贡献。但是,民营企业所融的资金规模逐渐递减,2005 年,民营企业在全国短期贷款中的比例大约为 11%,2006 年下降到 9%,2007 年和 2008 年还在继续下降。

表 3-3　　　　1999 年中国北京、成都、顺德、温州四地
　　　　　　　民营企业融资结构

运营年限	内源融资	银行贷款	非金融机构	其　　他
<3 年	92.4	2.7	2.2	2.7
3~5 年	92.1	3.5	0.0	4.4
6~10 年	89.0	6.3	1.5	3.2
>10 年	83.1	5.7	9.9	1.3
所有公司	90.5	4.0	2.6	2.9

资料来源: Neil Gregory, Stoyan Tenev, and Dileep M. Wagle, 2000, *China's Emerging Private Enterprises: Prospects for the New Century* (Washington: International Finance Corporation).

实际上,在拥有全国 70%以上信贷资金的四大国有银行仍然很大程度地存在着对民营企业的"歧视"现象。在贷款发放要求、贷款审批程序和效率、不良贷款处理、信贷人员责任承担等方面对民营企业的要求极为苛刻,远远超过国有企业,面对金融危机,一般民营企业融资就更难了。结果,我国中小企业普遍存在着自有资金不足的现象。私营企业的平均每户注册资本只有 80 多万元。

造成民营企业融资难的原因很多,归根到底,民营企业的商业信用尚未建立。尽管已经得到了长足发展,但大部分民营企业源于"草根阶层",基层出生的民营企业家往往缺乏先进的经营思想和科学的

管理方法,管理水平不高,多数属于作坊式经营和家族式管理,经营决策上一个人说了算,无长远发展战略,多数没有建立现代企业管理制度,产权还不明晰,在融资时就难以出示合法有效的担保抵押,抵押物品通常也难以与国有企业相比。在财务管理上没有规范的财务制度,很多企业难以按银行的要求依时提供有关财务报表,有的企业甚至无法提供;即使提供了,真实性也往往引起怀疑。没有基本的商业信用体系,民营企业的融资难问题就无法解决,民营企业做大、做强就必然要面临一个新的"天花板",以致民营企业家只能顺势发展,小富即安的现象时常出现,这对于民营企业的长远发展和民营企业家的健康成长都造成了刚性约束。

3. 在税费政策方面。民营企业不仅仍然享受不到针对"三资"企业的某些优惠政策,而且始终面临着各种不合理收费。实际上,民营企业的税费负担较重,这主要不在税方面(当然在税方面也有一些不合理的规定),而在于各种不合理的收费,在税法中有些问题还需要合理解决。例如,现在的合伙企业法和个人独资企业法,都规定既要收企业所得税,又要收个人所得税,这是值得商榷的,因为个人独资企业与合伙企业的所有者要负无限责任。不仅如此,在很多地区,尤其是经济不发达地区,公开或变相的向民营企业摊派现象始终存在。

严格地讲,民营企业的经营困难不少,这种困难并不完全来自市场竞争,而是它的法律地位问题。民营企业的发展是我国经济体制转轨的重要内容,鼓励和促进民营企业的发展至关重要。民营企业的发展依赖于国家的政治制度、经济政策和法制建设。从根本上讲,它直接受制于我们对民营企业的认识,反映在立法上,就是对民营企业法律地位的确定,以及运用法律对其进行调节和激励。事实上,只要立法得当、执行到位,对民营经济和整个市场环境的改善,都有着非常重要的作用。

尽管从理论上,民企与国企、外资企业并没有界限,但在实际经济生活中,两者的界限却始终很清楚。起步阶段的不平等地位使民营企业家无法与国有企业领导人(企业家)、"三资"企业家平起平坐。在相当长一段时期内,他们被称为"小老板"甚至"暴发户",迄今没有一个较为文雅的尊称。无论是民营企业,还是民营企业家,都面临着如何获得同等"国民待遇"的问题。但一直到 20 世纪 90 年代末期,这一问题才真正引起了关注。能否及如何妥善处理上述问题,将直接决定着中国民营企业的发展前景,也直接决定着中国民营企业家的成长道路。

三、制度变迁对民营企业家人力资本形成的模型分析

从前面的分析可以看出,改革开放以来,我国的民营经济的发展伴随着政治制度环境和经济法律制度环境等外部条件不断发展。相应地,民营企业家人力资本的形成也是在中国各方面制度的渐进性改革下逐步形成的。制度变迁对人力资本的影响可以从管制程度、市场竞争程度、民营企业经营范围和社会网络等方面进行衡量。民营企业家人力资本的变化可以从人力资本内容、形成速度、形成难度、人力资本质量等方面反映。下面,以焦斌龙(2003)给出的人力资本形成的模型简要分析制度变迁对我国民营企业家人力资本形成的影响。

以制度变迁带来的四方面变化和人力资本投资为变量探讨拥有充分经营自主权的民营企业家人力资本的形成。首先给出如下假定:(1) y 表示企业家人力资源总量;(2) f 表示企业家人力资本形成函数;(3) $\theta(0 \leqslant \theta \leqslant 1)$ 表示管制程度,$\theta = 0$ 表示无管制,即对民营企业的发展没有限制,且为其成长提供制度保障和激励,$\theta = 1$ 表示禁止其发展;(4) z 表示市场竞争程度,在竞争不激烈和竞争激烈的两种情况下,分别用 z_1、z_2 表示;(5) 产品复杂程度用 e 表示,e_1、e_2、e_3 分别表示低、中、高三种复杂程度;(6) 社会网络用 m 表示,M 表示最

有利于民营企业家人力资本形成的社会网络状态;(7)人力资本投资用 x 表示。由此,民营企业家人力资本形成函数如下所示:

$$y = f(\theta, z, e, m, x) \qquad (3.1)$$

要求式(3.1)满足如下条件:当 $\theta = 1$ 时,$a = f(1, z, e, m, x)$,a 为常数,代表了一个人成为企业家之前的人力资本存量。$\partial y/\partial \theta < 0$,$\partial y/\partial z > 0$,$\partial y/\partial x > 0$,表示管制程度越高,人力资本越不易形成,市场竞争程度及人力资本投资程度越高,人力资本越容易形成。

对(3.1)式求导,取极值可得

$$\max y = f(0, z_2, e_3, M, x) \qquad (3.2)$$

由式(3.2)可知,只有当 $\theta = 0$,$z = z_2$,$e = e_3$,$m = M$ 时,y 才是 x 的增函数。西方人力资本理论对人力资本形成的研究就是在这个条件下进行的,即西方人力资本理论事实上研究的是一种最佳状况。而当各变量取不同值时,就可以在更广泛的意义上探讨人力资本的形成。在中国制度变迁的过程中,正是不同变量取值的改变促进了民营企业家人力资本的形成。

当 θ 趋于 1 时,模型近似刻画了传统的计划经济体制下的人力资本形成。改革开放前,基于我国行政分权和收权的反复,中国民营企业的胚胎开始形成。中共十一届三中全会的召开和《经济体制改革决定》的出台,使国家对民营企业的控制开始放松,并且将这种政策调整长期化、制度化。这些变革使民营企业家人力资本的形成从此开始走上了市场化道路。被称为"暴发户"的一代民营企业家开始登上历史的舞台。随着宪法的多次修订,民营企业家从流动领域转向生产领域,以生产者的姿态出现。邓小平南方讲话后,1993 年《宪法》的再次修订,时常对民营企业的约束,民营企业家由生产者向经营者转变。中共十五大的召开和 1999 年的宪法修正案的通过,催生出一批职业经理人和现代企业家。从此,人力资本投资开始成为民营企业家人力资本形成的主要要素。同时,随着中国加入 WTO,民营企业参与国际市场竞争成为必然,从而对中国民营企业家人力资本提出了更高的要求。

中共十六大及十七大的召开,明确指出我国将进一步发展社会主义市场经济,进一步加大对外开放的力度。民营企业在经济发展中的地位凸显,民营企业家的成长也获得了更加广阔的空间。中国的制度环境开始走向成熟期和稳定期,民营企业家的人力资本形成逐渐走上正规化的道路。

第二节　民营企业家人力资本形成的社会文化条件

民营企业家是在中国社会文化发展的过程中发育成长的,必然与特定历史时期的社会文化背景相连。这种社会文化条件既是相对静态的,即渗透于民营企业和民营企业家成长、发展的每一个方面,又是动态的,随着整个社会的发展变化而与时俱进,并借助于现代媒体等信息手段进一步传播开来,使民营企业家的优点与缺点、成功与失败等都以放大的形式展现于公众面前,并对民营企业家人力资本的形成产生了深远影响。

一、民营企业家人力资本形成的社会文化环境

社会主义市场经济环境为民营企业家人力资本的形成提供了基础。在这个基础上,社会文化对民营企业家人力资本的形成具有特殊的意义。来自不同社会文化环境的民营企业家,其人力资本存量中体现出明显的差异,来自政府官员的民营企业家,人力资本存量中具有较强的协调能力和处理与政府部门关系的能力;从企业生产经营中成长起来的民营企业家,技术创新能力和经营管理能力则比较

强;来自商人的民营企业家,其谈判能力、洞察市场商机和承担市场风险的能力比较强。同时,来自不同社会文化群体的民营企业家,拥有不同的社会人际关系,也影响着民营企业家人力资本存量的差异和形成速度。拥有较多政府官员朋友和亲属的企业家,不仅能够较便利地取得企业经营所需要的资金,还可以取得企业经营上的诸多便利;拥有较多商人朋友和亲属的企业家,可以通过交往,学到市场营销技巧、学习到成功的经验和失败的教训;拥有较多企业经营的朋友和亲属的企业家,则可以学习到许多行之有效的企业管理经验,提高自己的管理能力。

每个国家、社会和地区,由于在所处的经济社会发展水平不同,其文化特征不同,其不同的文化特征会影响和制约不同的人力资本形成路径。在不同的文化影响下,也会形成不同的企业家人力资本特质。邓志华(2008)研究了文化对企业家人力资本形成的影响,指出文化的有些属性有利于企业家的人力资本积累,有些属性则会破坏企业家的人力资本积累,不利于企业家的人力资本的生成和积累。如特定型关系的文化利于企业家人力资本的形成,散漫型关系的文化不利于企业家人力资本的形成。

从总体来看,直接影响到民营企业家人力资本形成的文化主要包括:一是以家族理念为核心的五缘文化,二是以"小富即安"和"均贫富"为核心的小农文化。

1. 以家族理念为核心的五缘文化

在深厚的历史沉淀、绵延的文化传承、相对稳定的农业社会生活基础上,按照家、族、宗、亲的先后次序,亲缘、地缘、神缘、物缘和业缘环环相扣,中国形成了典型的熟人社会,与经济社会发展相应的道德准则和价值取向都与此相关,并通常表现为对个人的社会性的弘扬,及对自然性的贬抑。具体而言,在人才问题上,体现为对成才与成功的完全不同的社会认知与价值判断。成才与成功是两个不同阶段和层面的问题。在中国传统文化中,成才过程主要是个人(及所属家庭)的投资过程,社会认可度非常高,尤其是对于逆境勃发、顽强打拼的精神,始终持高度的肯定态度,几乎每一个时代都有各种励志佳话和成才典范,因为成才过程一般不会导致社会秩序的改变,也不会导致不同个体间社会关系的急速改变。但是,成功是社会行为,是个人事业层面上达到某一境界、实现某一目标的过程。在事业成功问题上,社会认知与舆论期许往往发生重大变化,基本的社会期许包括两个方面:一是成功者在姿态上要"谦虚谨慎,戒骄戒躁",不能数典忘祖;二是在行动上,要出钱出力,报效故土。实际上,这种要求是对成功者在社会性上的过高要求和在自然性上的某种压制。按照传统的文化,只有达到了这一标准,才能算是成熟。因此,以家族理念为核心的五缘文化对民营企业家人力资本的形成有着至关重要的影响,主要表现为以家庭(家族)为利益建构基础的价值取向。

在各大古代文明中,唯有中华文明万世一系,绵延未已,一个重要原因就在于对血缘宗法关系的无限忠诚,并以此为利益建构的纽带和轴心,血缘宗法关系构成了每个人参与经济社会文化生活的第一重关系。对家族利益的忠诚是无限的、无条件的,为了家族利益而打拼成为了神圣义务。这种对家族名誉、利益的高度尊重,产生了经济发展所需要的勤奋、节俭、诚信、无私奉献等经济伦理,也充分反应了东方社会以家庭、而不是以个人为基本单位的社会建构,从而与西方尤其是盎格鲁-撒克逊人追求的个性张扬和个体利益最大化形成了鲜明对比。就民营企业家而言,进行打拼的过程不仅仅是实现个人价值、改变个人经济社会地位的问题,更是不辜负家庭成员的期望、勇于承担家庭责任的具体表现。因此,在民营企业发展过程中,家族式管理成为了最便利的选择。

首先,由家庭成员、而不是民营企业家个人来承担企业经营的风险,并共同分享企业发展的成果,这从很大程度上降低了民营企业家承担企业运营"不确定性"的心理成本,增加了民营企业家开拓市场、谋划发展的家庭责任,从而对其"企业家精神"带来了深远影响。

其次,有家庭成员、而不是外聘人员参与企业的经营管理,可以大大降低信息不对称带来的相互猜疑与员工流动风险,建立企业内部管理机制的成本大大降低,决策和运作成本显著提高,对于发展初期的民营企业家保持灵活性与信任度有着非常重要的作用,可以增强企业的抗风险能力,并使民营企业家少一些后顾之忧。

再次,以家庭(族)为核心的利益建构,形成了特殊的利益分配方式和劳动用工方式。"光宗耀祖"始终是很多民营企业家孜孜以求的光荣与梦想,从很大程度上带动了一些家庭甚至家族的整体性崛起,改变了所在区域的社会关系。或者说,民营企业家的成功与家庭的成功有着相当高的关联度。

我国民营企业的家族式管理发展在特定的历史背景条件下,有其必然性和合理性,但是也不可避免地存在一些弊端,图3-6对家族式管理的利弊进行了一个简单的总结。

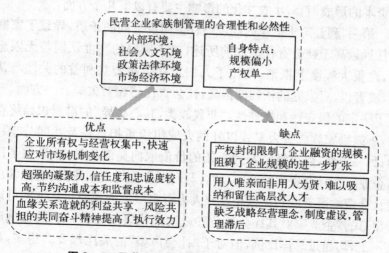

图3-6　民营企业家族制管理的合理性与必然性

总之,家族制企业外具客观存在的合理性形成了其生存的长期性,但也因家族制固有资源整合局限性的制约,从而产生企业失败的动能。家族制企业与现代企业的概念并不矛盾,关键是要有一套健全、有效的治理结构,这是企业制度安排下的一种具体组织形式,它涉及有关企业控股权和剩余索取权分配的一整套法律、文化和制度的范畴。也就是协调公司股东剩余索取权、约定投资决策权、经理层经营管理权和监事会监督权相互之间的各种权利关系的一种企业制度管理体系。就目前来说,民营企业应该逐步做到资本社会化、专业化管理、公司治理结构的规范化和精心培育独特的企业文化,唯有如此,才能使企业获得长久的竞争优势,赢得企业的持续发展,才能使民营企业在激烈的市场竞争中始终立于不败之地。

2. 以"小富即安"和"均贫富"为核心的小农文化

几千年的中华文明始终建立在小农经济的基础之上,社会关系的建构也充分体现了小农文化自身的特质和特性。就民营企业家人力资本的形成而言,小农文化的影响主要有以下几个方面:

第一,利益追求的家庭向度与社会向度之间的矛盾,导致了家庭责任远远高于社会责任。如前所述,对于家庭的高度认同与无限忠诚,在很大程度上抵消、淡化了人们对社会和公共利益的关注与认同,或者说,对家庭的依赖度偏高,社会责任感相对欠缺。一方面,形成了一定的保守性和排外性,"非我族类,其心必异"的潜意识始终存在,不鼓励家族成员为家族以外的人或组织承担责任及共同分享权力;另一方面,以血缘宗亲为皈依的价值取向显而易见,并导致了民营企业家在社会资本的获得、整合与利用方面进退两难,甚至经常出现社会资本匮乏制约民营企业家人力资本形成的现象。从下图可以看出,民营企业家对其社会地位和政治地位表示"无所谓"的比例居高不下,均超过总体比例,但对于"社会声望"的关注却要高得多,从而集中反应了以家庭利益建构为价值取向的民营企业家人力资本特质。

表 3 - 4　　　　　　　企业经营者对其社会地位的满意程度　　　　　　（%）

	总体	国有	城镇	乡镇	外商独资	外商合资	民营	股份	其他
经济地位									
满　意	27.4	22.9	25.9	46.4	47.1	48.1	60.0	36.7	45.2
不满意	40.7	44.4	40.9	21.0	29.4	28.9	6.7	32.6	28.6
无所谓	31.9	32.7	33.2	32.6	23.5	23.0	33.3	30.7	26.2
政治地位									
满　意	48.2	47.7	50.0	47.8	35.3	52.6	26.7	51.9	38.1
不满意	21.6	22.1	22.9	10.9	35.3	16.4	33.3	21.8	31.0
无所谓	30.2	30.3	27.1	41.3	29.4	30.9	40.0	26.3	31.0
社会声望									
满　意	45.9	43.4	47.3	57.2	41.2	55.9	42.9	53.5	40.4
不满意	27.8	29.6	30.2	12.3	35.3	14.5	28.6	26.6	28.6
无所谓	26.3	27.0	22.5	30.5	23.5	29.6	28.5	19.9	31.0

　　资料来源：中国企业家调查系统网站（http：//www.cess.gov.cn）；《当前我国企业经营者对激励与约束问题的调查》（1997 年度报告）。

　　第二，利益追求的"商本位"与"官本位"之间的矛盾，导致了在官场与商场之间的某种次优选择。

　　在几千年的小农文化中，"重农抑商"始终是中华文明挥之不去的阴影。一方面，在士农工商中，"商"居于末位，对工商业有意无意的排挤政策始终存在；另一方面，在社会舆论中，"无商不奸、无奸不商"的社会氛围和舆论倾向，导致了工商业者社会地位的相对低下。相应地，对于权力的遵从和敬畏则渗透到社会文化的方方面面，"学而优则仕"，然后要"以吏为师"，对"父母官"敬重有加。"官"是能力的象征，是身份的代表，是社会资源的控制者、分配者和优先使用者，为官之道博大精深,官场文化精彩纷呈。无论在政策设计层面,还是在社会舆论层面,根深蒂固的"官本位"对于工商业者形成了有形无形的各种挤压。在社会主义计划经济时期,由于计划经济本身的命令色彩,经济运行过程也是权力运作过程,社会文化中的"官本位"色彩不仅没有淡化,反而有所增强。

随着民营企业和民营企业家的发育成长,尽管从政不一定是最优选择,但相对于民营企业家而言,无论是自主创业型的,还是改制型的,或者是职业型的,对政府政策和行政权力的敬畏与依从是一如既往的,在"官"与"商"之间的位次选择上的偏好是不言而喻的。尤其在处理与政府关系的过程中,他们的行为方式与商场行为方式有巨大的差别。近年来,随着民营企业家的增多,弃商从政的个案越来越多。在浙江、广东、上海等省市,民营企业家甚至甘愿放弃公司股份,开始应聘副厅级职务。

第三,"小富即安"的心理特征与不懈打拼的企业家精神之间的矛盾,导致了创业与"守成"之间的两难。

小农经济在经营方式上具有高度的重复性,在实际收益上具有高度的可预测性,在社会分配上具有高度的均等型,相对静态而稳定的小农经济更重视的不是创业与创新,而是稳重与"守成"。浓厚的"均富"意识和墨守成规的心理偏好导致了创新精神的匮乏。在小农经济中,不需要、也不愿意进行大胆的创新,不愿意进行独立的创业。

但是,在市场经济条件下,生产要素是流动的,而不是静态的;生产过程中也需要通过革新来提高效益与质量,市场开拓过程中的"不确定性"随时可能出现。民营企业家承担了巨大的市场风险和社会压力,实现了"一次创业"之后,便面临着是继续开拓市场、扩大经营,还是在已有基础上"守成"的问题。实际上,很多民营企业家倾向于"小富即安",不愿意继续承担各种市场风险,使其创业初期的企业家精神有所淡化。各种调查数据显示,在"一次创业"结束后,民营企业家对于企业家精神的理解已经不是起初的承担风险、勇于打拼等,而是更多地倾向于在现有事业基础上，谋求更大的经济利益。

表 3 - 5　　　　　　　　对企业家精神的理解

选　　项	被 选 频 率
追求最大利润	35.4
勇于创新	31.1
乐于奉献	19.6
敢于承担责任	13.0
其　　他	0.9

资料来源：中国企业家调查系统网站（http：//www.cess.gov.cn）；《素质与培训——变革时代的中国企业经营管理者》（1998 年度报告）。

民营企业家的成长、成才、成功、成熟是四位一体的过程，也是其人力资本形成的四个不可分割的重要环节。同时，这一过程中的成本承载者主要是民营企业家自身，"干中学"是主要形式。但是，社会文化环境对民营企业家的认知与期许依然是传统的、功利主义的，主要表现在两个方面：一是对其成功的某种质疑。对于改制型民营企业家的主要质疑是"第一桶金"的来源问题，对于自主创业型民营企业家的主要质疑是"暴发"的原因问题，比如是否钻了市场的空子，是否存在偷税漏税等现象，而对职业型民营企业家的质疑则主要是其本土适应性（或者说，实际工作中的适应能力），及其对股东和企业自身的忠诚度问题；二是对其成就的期许，这集中表现在对其社会公益行为的期许方面，并将其与民营企业家的社会责任简单化地挂上了钩。

3. 民营企业的企业文化

企业文化是指企业等经济实体在生产经营中，伴随着自身的经济繁荣而逐步形成和确立并深深根植于企业每一个成员头脑中的独特精神成果和思想观念,企业文化对企业的生存和发展起着举足轻重的重用,建设适合民营企业自身发展的企业文化是现代民营企业的现实需求和必须的追求。

从不同角度可以把企业文化划分为不同的类型。美国企业管理专家特伦斯·迪尔、阿伦·肯尼迪(1989)在《企业文化》一书中,按照企业行为方式的不同将企业文化归纳划分为四种类型:硬汉胆识型文化、勤奋活跃型文化、孤注一掷型文化、按部就班型文化。任荣等(2003)从企业的价值观着手将企业文化分为如图3-7所示的五种类型。企业的价值观是指在企业中占主导地位的、为大多数成员所共同遵守的关于客观对象意义的总观点和总看法。他为全体员工提供了共同努力的方向以及个人行为的准绳,是企业文化中的核心内容。

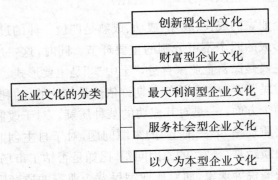

图3-7　企业文化的分类

由于中小民营企业一般规模不大,组织机构相对简单,管理方式较为单一,员工素质相对不高,在激烈的市场竞争中处于劣势,在这种情况下企业忙于生计,免于被市场淘汰,只能更多地考虑企业当前所处的位置和现状,追求短期利益,而对长远利益的战略无暇顾及,而且它们一般认为企业文化战略是大企业、大集团的事,中小企业没有必要进行战略方面的考虑,这也使很多中小民营企业的领导者认识不到文化战略对企业生产经营的重要作用以及对企业可持续发展产生的影响。制度的供给和需求决定了我国民营企业独特的企业文化,企业中利益相关者互相博弈达到了一种利益均衡。企业文化变革属于强制性制度变迁、成功变革的充分条件是企业遇到了良好的变革时机,必要条件是满足企业及其利益相关者的盈利性要求。李力(2007)指出,但过分的依靠企业家,将企业文化变成个人的文化,是民营企业文化建设的最大误区。余沿福等(2009)①总结了我国民营企业的文化特征,见表3-6。

表3-6 民营企业文化的特征

分　类	典型的民营企业文化
精神文化	以利润为导向,比较注重短期物质利益 注重"关系"资源:包括政府关系、血缘关系、地域关系等 信任不足:对家族之外成员包括客户、供货商、内部员工等不太信任 没有明确的愿景,较多企业不注重社会责任
制度文化	没有健全的制度:重人管而轻制度 不严格执行制度:制度经常为短期物质利益让位
行为文化	领导者(所有者)集权:企业内外都深深打上了所有者的烙印 家企不分:外聘的职业经理人有时候会被当成家族的管家 经营不透明:企业经营数据和财务数据一般都会保密 决策效率高、行为灵活 员工流动性高:外聘管理者和普通员工都更换频繁 员工上班时间较长,但效率不高
物质文化	封闭式办公 崇尚节俭,费用控制很好

我国民营企业要提升企业文化水平,最主要是要从提高企业家素质和企业家精神入手,也即回归到民营企业家人力资本的提升。

---

① 余沿福:《我国民营企业文化的形成与变革分析》[J],《科技进步与对策》,2009年第22期。

对于以家族化经营为主的民营中小企业,家族式文化在民营企业创业初期有其历史必然性,也对企业家精神起到了重要促进作用。然而,在企业的成长过程中,以血缘的远近决定关系的亲疏,以辈分尊卑渗透到企业管理中便会导致家长制集权管理,受企业所有者自身素质的限制,家长制集权管理又导致企业在发展中缺乏科学论证和民主决策。要加强我国民营企业的文化建设,就要全面提升民营企业家素质,建立有效的企业文化管理模式,树立良好的企业形象并赢得商业信誉,使民营企业走上可持续发展的道路。

二、民营企业家人力资本形成的社会舆论氛围

在民营企业家成长的过程中,中国的社会舆论氛围也在不断地改变对这一群体的看法,但始终存在一些相反的论调,社会舆论氛围与民营企业家的实际生存发展状态之间一直存在着显著的认知差异。中国企业家调查系统的统计数据显示,相对于市场环境和经济体制等,民营企业家对于社会文化与舆论氛围的研判不佳,甚至高达57.6%的人认为"文化环境"一般,高达47.3%的人认为"社会舆论环境"一般(如下表3-7所示①)。本文拟从公共媒体的角度分析民营企业家人力资本形成过程中的社会舆论氛围。

表 3 - 7　　　　　　　　民营企业家对外部环境的总体认知

选　项	很有利	比较有利	一般	不大有利	很不利	均值	百分制
市场环境	8.2	44.3	30.8	14.2	2.5	3.42	68.4
经济体制	8.7	43.4	27.1	18.3	2.5	3.38	67.6

---

① 中国企业家调查系统网站 (http://www.cess.gov.cn):《中国企业家队伍成长现状和环境评价》(2003)。

选　项	很有利	比较有利	一般	不大有利	很不利	均值	百分制
政策环境	5.7	28.5	45.3	18.1	2.4	3.17	63.4
文化环境	2.8	25.1	57.6	13.2	1.3	3.15	63.0
社会舆论	3.8	27.0	47.3	18.6	3.3	3.09	61.8
法律环境	3.7	20.6	49.3	22.2	4.2	2.97	59.4

伴随着30多年以来的改革开放，我国媒体关于企业家的报道也经历了如图3-8所示的四个阶段。从改革开放开始到1986年，我国企业家群体从无到有，企业家报道也实现了零的突破。从1987年到1992年，我国企业开始全面推行承包责任制，并且开始鼓励非公有制经济的发展。同时新闻业务改革上，报纸开始扩大版面，报道体裁和报道手法都开始更加多样化。企业家作为一个群体正式开始受到关注，并围绕企业家阶层的成长展开了诸多相关探讨。从1993年到2000年，党的十四大正式确定我国经济体制改革的目标是建立社会主义市场经济体制，同时市场经济下的新闻改革也是一个全方位与多层次的改革。有关企业家如何管理好企业，对企业家自身成长问题展开探讨的理论性文章，数量继续增多且探讨更为深入。从报道对象上看，关于私营企业家的报道数量明显增多。从2001年至今，企业家报道的最大特点就是对企业家的明星化倾向。随着社会主义市场经济稳步发展，尤其是民营经济的迅速发展，民营企业家已经成为企业家报道的主要对象。

图3-8　企业家报道的发展变化

　　纵观民营企业家与媒体之间的互动关系,可以看出,民营企业家经历了从闷声发财到谨小慎微地偶尔走上银屏的过程。迄今为止,虽然也有少数的民营企业家喜欢抛头露面,甚至借助于"爆料"等方式吸引眼球,提高企业的知名度。但从总体来看,绝大部分民营企业家依然保持了低调,尽量与媒体保持一定的距离。其中的原因很多。

　　从媒体方面来看,在改革开放初期,媒体对民营企业和民营企业家的报道总体上趋于谨慎,报道的内容也相对严肃一些,这与当时的时代背景以及民营企业家群体的敏感性是相一致的。1984 年开始实行厂长责任制试点之后,才开始有些在承包制中大胆改革、锐意进取的国企管理者涌现出来并为媒体所报道。"优秀厂长经理"、"厂长经理光荣榜"这样的栏目从同年 9 月开始出现在《经济日报》等官方媒体上。在这一时期,人物新闻和人物通讯的篇幅都比较短小,宣传的痕迹明显,相当一部分企业家报道都混淆于劳动模范和先进工作者的宣传①。随着民营企业家群体的初步形成,媒体开始以肯定的口吻介绍一些民营企业家的成才经历、成长历程和成功经验,当然,也开始零零星星地出现一些创业失败的个案报道。在数量上,媒体对民营企业家的报道持续增加,报道的专业水准和深入程度也不断增强。

表 3 - 8　　1986～2003 年间《经济日报》对民营企业家的报道篇数

年　份	篇　数	年　份	篇　数
1986	1	1989	5
1987	3	1990	5
1988	5	1991	8

---

①　杨岱若:《改革开放以来我国企业家报道的研究——以〈经济日报〉为主要分析对象》,《新闻记者》,2004 年 6 月。

年　份	篇　数	年　份	篇　数
1992	6	1998	24
1993	10	1999	29
1994	15	2000	34
1995	22	2001	42
1996	22	2002	43
1997	23	2003	50

　　说明：相关数据来源于杨岱若的统计结果，参见杨岱若《改革开放以来我国企业家报道的研究——以〈经济日报〉为主要分析对象》，《新闻记者》，2004 年 6 月。

　　但是，自 20 世纪 90 年代以来，无论是基于抢新闻的自身需求，还是鉴于民营企业家处事方式的渐趋张扬，媒体对民营企业和民营企业家的报道开始出现很多负面内容，甚至不免一些炒作的味道。尤其是在报道民营企业家的个人生活问题和民营企业经营不善的问题时，时常能嗅到幸灾乐祸、夸大其词的报道，不实之词也偶尔出现在报端。无论是媒体，还是民营企业家，都曾出现过浮躁的迹象。但很快，民营企业家的调子开始转低，而媒体的调子却始终高企。实际上，相对于民营企业家而言，媒体有着社会地位、公共资源和大众舆论等方面的显著优势。在现实生活中，部分新闻媒体把民营企业创始人的经营活动当作娱乐新闻来处理，不适当地夸大民营企业创始人对民营企业的影响力，从而导致其他经营者对民营企业的资信状况产生错误的认识，进而严重损害了民营企业在市场上的信誉和产品的声誉。最典型的例子就是"胡润中国富豪榜"的出台。应该说，1997 年刚出现这一新鲜事物时，很多民营企业家是抱着乐观其成的态度，媒体也只是半信半疑地猎奇。但是，人们很快就发现，上榜的民营企业家们很少有由此得益的,翻船落马的几乎年年有,业内甚至笑称这是"杀猪榜",民营企业家赶紧躲到了幕后,倒是媒体对这一排行榜的热情未减。

表 3-9 对有关说法的赞同程度

	非常同意	比较同意	一般	不太同意	很不同意
不少人对企业家存在误解	14.1	42.1	28.4	14.6	0.8
不少人对企业家有一种仇富心理	17.7	37.9	28.3	14.9	1.2

资料来源:中国企业家调查系统网站(http://www.cess.gov.cn):《民营经济发展取得新突破,期待进一步完善外部环境——2007·中国民营企业家问卷跟踪调查报告》。

从民营企业家群体来看。他们在媒体面前选择的是回避,很少有自愿凑到媒体面前的。原因很多,主要包括:一是不愿惹出是非。大多数民营企业家的文化水平、自身修养等达不到与媒体进行熟练交流、自如交往的程度,也缺乏相关的经验和技巧,与其冒着风险走上媒体版面,增加自身发展的"不确定性",还不如沿着中国传统的思维方式,远离媒体,低调办事,闷声发财。浙江民营企业家云集,但绝大多数人的态度是:该干啥干啥。当听到自己走上富豪排行榜时,几乎全都忧心忡忡,而不是兴高采烈,以致被媒体人斥为"缩头乌龟"。① 归根到底,绝大多数的民营企业还处于创业的初期阶段,远未建立现代企业制度,根本谈不上进行有效的媒体"包装",更不存在所谓的"新闻发言人"等,一般不敢将企业家推向前台,借由企业家发声,从而为企业带来广告效应和社会认可。在《21世纪经济报道》主办的"21世纪中国经济年会"上,全国政协常委、全国政协经济委员会副主任胡德平大声疾呼,"现在任务加重,新闻宣传还是要把创业放在宣传的首位,现在对于一些民企的不利报道很容易就在一些全

---

① 冯洪江:《企业家的媒体困惑》,《中国中小企业》,2004年第11期。

国性的媒体上刊登出来，到底核实没有，如果冤枉企业，影响了企业的经营，这对就业伤害很大，真正希望新闻宣传、舆论、主管部门重视民营企业报道的保护，实行客观报道。新闻报道也得有经济发展的观点"。这种表态本身就将问题提到了一个新的高度：媒体报道是否存有某种倾向性或私利性？

二是民营经济的发展和民营企业家的成长时常遭到各种质疑甚至炒作，公众舆论对这一群体的宽容度不够。其中，炒作得最厉害的就是两点，第一是民营企业的"原罪"：是否偷逃税款？是否国有资产流失？是否有政府背景？是否投机专营？迄今为止，只要一提及这一"原罪"，很少有哪个民营企业家胆敢顶嘴，第二个则是对民营企业家居高临下的审视：文化水平低？作风有问题？处事太张扬？经营太刁蛮？媒体只要抓住一点，进行描述与传播，甚至可能将一个民营企业、一个民营企业家置于绝境。归根结底，民营企业和民营企业家成长于中国经济转轨、社会转型、文化转生的特殊历史背景下，在制度变迁过程中，他们作为总体上的"得利者"，确实在某些方面有着这样那样的不足之处，甚至可疑之点。在一个有着"均富"传统甚至偶尔"仇富"的转型社会中，低调意味着安全，不引起关注意味着可以闷声发财，并减少社会责任的担当。这就造就了中国民营企业家人力资本中的又一缺失：媒体公关能力欠缺。在信息时代，企业的发展离不开新闻媒体的支持。但是，如果新闻媒体在制作新闻作品时，没有仔细地区分企业家、企业和企业产品，没有认真地梳理企业家的名誉权、企业商业信誉权、企业产品和服务的声誉权，那么，很可能会出现所谓"牵连性的损害"——新闻媒体报道民营企业家的个人行为，结果却导致民营企业的其他股东利益受到损害。由于部分新闻记者不了解我国法律体系结构，在制作有关新闻作品的时候，将名誉、信誉、声誉等概念混淆在一起，在报道民营企业家行为时，直接或者间接地波及民营企业自身，从而给民营企业的发展带来不应有的损害，这就进一步加剧了民营企业家们的顾虑，不愿意接近媒体。

　　自 20 世纪 90 年代末开始,在政府政策的有意识引导下,社会各界对民营企业和民营企业家的未来持乐观态度,民营经济进一步发展的社会舆论环境逐渐形成。1999 年,中国经济景气监测中心等完成的调查显示,七成京沪穗居民受访者认为民营企业在我国国民经济中发挥着不可或缺的作用,其中相当一部分人坦陈这一认识的上升得益于当年的修宪。调查显示,舆论的引导在相当程度上破除了人们对私营企业的偏见和认识上的疑虑。有 20.0% 的人认为私营企业已经对国民经济发挥出"补充加推动"的作用,只有 10.0% 的人认为私营企业目前仍然仅起到补充作用。① 媒体与民营企业家的互动关系开始趋于平常,社会舆论对民营企业家的态度也少了一些激愤与偏见,多了一些宽容与务实,从而使民营企业家成长的社会舆论氛围趋于正常。

---

① 吴波:《私营企业主阶层的政治参与与发展趋势分析》,《社会主义研究》,2004 年第 4 期。

第四章　民营企业家人力资本形成的内部机制

　　民营企业家人力资本形成的过程也是中国民营企业发育成长的过程，所有民营企业都是在某个或某些民营企业家的设计与带领下，逐步建立、发展起来的。在人的因素方面，民营企业家对民营企业成长的贡献率无疑是最高的，而且通常是决定性的。即使在少数已经开始了"二次创业"的民营企业中，民营企业家阶层的地位与作用也是企业内部其他任何群体无法相比的，民营企业内部机制与民营企业家人力资本高度关联。

　　从民营企业的角度来看，一方面，民营企业内部机制的发育程度与民营企业家人力资本的内涵与特质直接相关，甚至长期取决于后者。因此，民营企业内部机制的规范完善也在很大程度上取决于民营企业家人力资本的形成与发展；另一方面，民营企业作为民营企业家发挥才能的舞台和基地，对于民营企业家人力资本特质的形成与嬗变形成了某种程度的约束与制衡，以至于很多民营企业家深感舞台太小、独木难支，或者苦无"伯乐"。

　　从民营企业家的角度来看，一方面，民营企业家是民营企业发展的最重要决策者和各种市场风险与内部危机的主要担当者，对于民营企业的发育成长拥有最大的发言权和最多的决策权；另一方面，民营企业家人力资本的不完善甚至残缺直接导致了民营企业内部机制不健全、不完善，使其在现代市场经济中相形见绌，面临着微观机制不彰的种种风险。

民营企业的内部机制在很大程度上反映了民营企业家人力资本的特质和层级,民营企业家人力资本的完善与提升有赖于民营企业微观机制的建立健全。如果说,外部制度变迁规定了民营企业家人力资本形成的路径依赖,那么,内部机制则从微观层面上规定了民营企业家人力资本的主要特质。他们的企业家精神和企业家能力都一览无余地通过民营企业的内部机制运营充分体现出来,并对民营企业家人力资本形成路径的转换提出了一系列具体要求。

故此,本章主要从民营企业的产权制度、管理机制和企业文化三个方面探讨民营企业与民营企业家之间的互动关系,并重点研究民营企业现有的内部机制对民营企业家人力资本形成的规定性与约束力。

第一节 民营企业家人力资本 形成的产权制度

产权制度是国家为调整与财产有关的经济权利关系所作出的一系列制度性规定。党的十四大确立社会主义市场经济体制的改革目标后,产权的概念得到了广泛使用,产权制度在社会主义市场经济中的基础性作用也越来越受到重视。党的十六届三中全会明确提出要建立健全现代产权制度,并概括了现代产权制度的四个特征,即归属清晰、权责明确、保护严格、流转顺畅。民营企业的产权制度形成于外部经济制度变迁的特殊历史背景之下,并烙下了中华传统文化的诸多印记,与民营企业家人力资本的特质基本匹配。

企业组织形式发展变化过程表明,人力资本所有者在企业中的地位不断上升,而非人力资本所有者在企业中的地位不断下降,即人力资本在企业中不断被挖掘和重视。人力资本和物质资本最本质的区别是他们的产权特征的不同(见图 4 - 1①)。

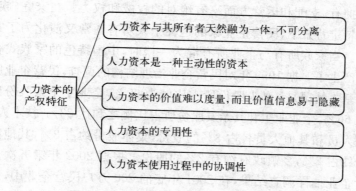

图 4 - 1　人力资本与物质资本的产权差异

转型时期,我国民营企业家的人力资本同样具有以上的产权特征,但是存在着企业的产权结构和形式模糊,特别是人力资本的产权制度尚未有效形成等问题。

一、民营企业的产权模糊

民营企业的产权结构形成于民营企业家的创业过程。在"一次创业"过程中,民营企业家就是民营企业的"灵魂",承担了各种市场风险和决策中的"不确定性",由于各种市场风险和不确定性的存在,尤其是民营企业家人力资本的不完整,导致了企业产权结构的模糊不清。如今,产权模糊已经成为了民营企业"一次创业"之后的普遍现象,并引起了各种争议。

第一,个人所有权与企业所有权之间的关系不清

民营企业的前身通常就是民营企业家的创业基地,是民营企业

---

① 周新平:《企业家人力资本的产权及其激励》,《山东大学学报(哲学社会科学版)》,2006 年第 6 期。

家从事经营活动的合法载体,企业就是企业家个人的,个人在企业资产的拥有、支配和运营方面享有绝对的权威和权力。在家庭(族)文化的特定背景下,民营企业家的这种个人所有通常又演化为了家族所有。当家族所有与企业所有混为一谈时,中国特色的家族式企业也便产生了。据 1999 年对民营企业治理结构的调查,民营企业股权结构基本情况是:私人股份所占比例为 92%,企业主个人股份比例高达 66%,企业业主和其亲友股份所占比例之和达 83%;技术人员、管理人员和其他人员各占 3% 的股份,集体股份约占 3%,其他法人股份约占 2%,乡镇政府约有 2% 的股份。根据 2002 年第五次全国民营企业抽样调查结果,在 2001 年底的 200 万户民营企业中,民营独资企业中一人投资的占 85.5%,14.5% 为两人或两人以上投资;而民营有限责任公司中约 1/7 实际上是一个人投资。无论何种组织形式的民营企业,企业主个人投资都占投资总额的一半以上;即使有多位股东共同投资,企业主在大多数企业中仍是"一股独大"的。另据调查,1996 年,业主个人资本占企业资本总量约 80.1%,1999 年为 80.0%,而 2001 年仍为 76.7%。从总体来看,真正意义上的多元合作远未形成(见表 4 - 1)①。

表 4 - 1　　　　　　　　不同类型企业投资者人数

企业类型	投资者平均人数	同类型企业中投资者为 1 个人的比例(%)
独　资	1.30	85.8
合　伙	3.58	1.2
公　司	7.59	16.1
合　计	5.66	32.8

① 中华工商联和中国民(私)营经济研究会主编:《中国私营经济年鉴(2000～2001)》,中华工商联合出版社 2003 年版,第 327 页。

在这样的所有权结构中,企业所有权必然在很大程度上受到了民营企业家及其所在家庭(族)的干扰甚至直接控制,难以区分个人资产与企业资产,企业的发展必然要依托于民营企业家个人及其所在家庭(族),不能独立存在,而企业家个人又是家庭(族)所有权的最主要支配者和控制者。如今,尽管我国的家族式民营企业虽大多采取有限责任公司和股份有限公司形式,但公司只是一种组织形式,改变不了以民营企业家为主的家庭(族)所有制,绝大多数家族式民营企业并没有也不需要按照规范的公司法人制度来运作。家族式民营企业财产所有权对法人财产所有权的干预和控制主要表现在企业经营问题上:家族式民营企业财产所有权高度集中在企业主或其家族手中,这既为家族式民营企业主干预企业的经营管理提供了保证,又提供了激励。企业主对企业经营管理的干预使企业的发展深受个人和家族的制约①。血缘的纽带保证了家族企业中家族成员相对统一的利害关系,并为民营企业家挑大梁、充当企业的"家长"提供了平台和舞台,直接影响到了民营企业家人力资本的特征,比如:敢作敢当的个人英雄主义、奋力打拼的个人牺牲精神、把企业当成自己财产的那种敬业与勤奋,等等。换言之,正是个人(所在家庭)所有权与企业所有权的混淆不清,才使民营企业家将企业当成了自己的"家",并彰显了类似于对待自己家庭(族)利益的那种企业家精神,与 AIG 金融高管们在金融危机中的冷漠与贪婪形成了鲜明对比。

各种研究显示,在市场化初级阶段,对于不断变化的外部市场环境和不断变迁的外部制度环境,民营企业家必须具备以下几个关键性的能力:适应市场经济快速变化的能力,果断决策并立即付诸实施的能力,不断创新和变革的能力,以及责任感和凝聚力。实际上,只有当民营企业家有能力和权力将民营企业当成自己的"家",才有可能达到这一目标。因此,在"一次创业"的过程中,它对民营企业家

---

① 吴天凤:《简析家族式民营企业产权制度》,《生产力研究》,2008 年第 24 期。

人力资本的形成提供了产权层面的便利通道。

第二,民营企业与外界产权关系不清

民营企业成长的过程,既是投资的过程,也是适时投机的过程。身处国有企业和外资企业的夹缝之中,民营企业和民营企业家的起步晚,资历浅,"出身"低,关系少,一些民营企业不失时机地钻到国有企业名下,或者与外资企业"攀亲戚",在获得了一些政治资本或政策优惠之后,也吞下了产权不清的苦果。

与国有企业的"合作"形式主要是"挂靠"。在创业初期,民营企业家由于对于国家政策存有较大疑虑,担心财产安全缺乏保障,同时也为了减少税费负担、避免地方政府的苛刻、提高获得银行信贷的信用度,主动"挂靠"在行政机关、事业单位、国有企业、科研机构等的名下,以公有制企业的名义出现,或者纯粹是为了赢得更多的社会认可,最典型的就是高校中的"校中校"。这往往会导致企业现实所有与法律归属上的不符,出现法律形式上认定的产权与经济事实上发生的产权之间的不一致。这种不一致随着改革的深入和民营经济政治保障、法律地位、国民待遇等问题的逐步解决,越来越成为民营企业进一步发展壮大的障碍①。同时,在这种状况下,民营企业家人力资本形成的路径依赖也非常明显,有意无意地将企业发展和自身能力的提高与"挂靠"单位靠在了一起。最通常的表现就是努力提高与政府部门或相关"挂靠"单位的人际交往能力,或者说,在企业家精神与企业家能力之间,相对而言,他们更注重的是后者。

比民营企业处境好、地位高的还有外资企业。为了改变国内物质资本严重匮乏的状况,并学习借鉴国外的先进技术和管理经验,招商引资成为了各级政府工作的重中之重,并为外资企业提供了接近于"超国民待遇"的各种政策优惠,集中体现在税收减免、土地征用、项目审批等方面的特殊政策。惊羡于如此优厚的政策措施,很多民

---

① 李剑荣:《论民营企业产权制度的二次飞跃》,《特区经济》,2007 年 8 月。

营企业家便开始与一些外企或者纯粹的外国人"攀亲戚",让一些外商无须投资就能拥有公司的股份,使一些民营企业不明就里地成为令人神往的"合资企业",所有权不清导致了一系列的经济纠纷,留下很多后遗症。

第三,民营企业内部产权关系不清

家族式民营企业在产权主体上带有强烈的血缘和亲缘色彩,这种以"血亲"为纽带结成的资本联盟,各成员之间的产权界定必然不清,并没有将股权清晰化,量化到个人。在企业发展初期,家庭或家族成员之间靠血缘关系或亲情团结一致,共同渡过创业难关,相互之间的利益摩擦少。但随着企业的发展壮大、财富的积累,家庭成员间迟早会提出在各个成员之间重新界定产权的要求,这是"经济人"的本能。即使父子之间、夫妻之间、兄弟姐妹之间也难以逾越这种本能。这就迟早会影响到民营企业的稳定与可持续发展[1]。对于民营企业家而言,问题的关键在于角色定位问题,即必须努力协调这种关系,平衡各方的利益诉求,维系企业的正常运营和股权稳定,这也为中国民营企业家的"家长制"作风提供了天然的平台,使中国的很多企业家面临着"经营企业容易、管理家庭太难"的苦衷。但另一方面,这种产权结构也为不同利益诉求之间保留了一根纽带,这就是血缘。在"家"文化情节浓厚的中国社会,这一纽带发挥的作用远远超出了规章制度甚至法律法规,也为民营企业家的经营活动获得了某种心理保障。实际上,在企业初创阶段,这种不清晰的所有权关系比"陌生人社会"基础上清晰的所有权关系更便于民营企业家的操控和协调,使其充当了最终利益分配的监护人和最合适的折中者。纵观近年来,我国很多大型家族式民营企业的内部所有权纠纷,真正对簿公堂的非常罕见,导致企业四分五裂的也很少见,血缘纽带对家庭(族)内部的不同利益诉求构成了明显的刚性约束。

---

[1]　李剑荣:《论民营企业产权制度的二次飞跃》,《特区经济》,2007 年 8 月。

民营企业一元化、家庭(族)化所有权的这些特征,在其尚未完成物质资本积累的转型时期,由于权责利高度统一,所形成的激励机制、约束机制以及无须监管,曾经使民企充满生机和活力。随着民营企业经营规模的扩大,管理层级随之增加,利益分配机制趋于复杂化,如何对责权利进行有效分配并保持企业的发展活力,成为民营企业和民营企业家面临的新问题,甚至对企业发展形成制度性障碍,表现在以下两个方面:第一,由于产权结构一元化,往往导致把产权关系和血缘关系融为一体,因而摆脱不了家庭血缘关系的干预;第二,由于产权结构一元化,切断了人力资本与货币资本的结合,往往会管企业的没有钱,有钱的人不会管企业。换言之,当家者不能做主,做主者不能当家,使得企业始终无法摆脱民营企业家个人及其所在家庭(族)的制约①,也使民营企业家人力资本中掺杂了一些与企业家精神和企业家能力不相关的内涵。

二、民营企业的所有权与经营权高度统一

民营企业大多数为私人投资兴办,所有权高度集中在家族手中,而且所有权与经营权高度统一。民营企业家集所有权与经营权于一身,在决策管理过程中,只需对私人利益或少数家族投资者负责即可,这就形成了个人专权的家长式经营模式。民营企业家的家庭或家族在企业最终所有权结构中占绝对优势;企业的投资主体即使有多个,但除家族外的投资者在企业产权主体结构中的比例微乎其微,企业资本的社会化程度很低。据有关统计调查数据显示,大约 70%的民营企业是由民营企业家及其所属家庭(族)空着 80%以上的企业股份(见表 4-2②)。最典型的就是温州模式。温州人出于"求生"的

---

① 王静涛:《民营企业产权制度变迁的路径依赖问题》,《经济论坛》,2004 年第 11 期。
② 孙文镔:《中国民营企业治理结构现状与第三次创业》,《经济师》,2008 年第 5 期。

本能,凭借"以血缘筹措资金,以亲缘进行管理"的管理模式,闯出一条"温州模式"的民企发展之路。造就了温州的多数草根农民成了民营企业主,而温州占90%比重的小农经济模式,其企业文化暨老板文化的特点也越发凸显得淋漓尽致。

表4－2　　　　　　　　　民营企业产权构成情况

民营企业家与家族成员的股权	家　数	比　重(%)
100%	106	43.6
小于100%大于80%	62	25.5
小于80%大于50%	45	18.5
小于50%	30	12.4

　　所有者直接参与经营决策,产权链条短,在企业内部产权结构序列中,从终极所有权到法人财产权再到经营管理权,其间实际上构成了一个环节的纵向产权链,并由此而产生了委托—代理关系。但在大多家族企业中,家族集资本投入者和经营管理者于一身,基本不存在或很少存在真正严格的委托—代理关系,企业法人所有权深受家族所有权的干扰和控制,没有健全的企业法人制度保证企业以独立的法人资格存在,企业的生存发展和传承主要由家族内部成员决定[1],使得民营企业家在民营企业经营过程中拥有远远高于国企高管和外企高管的决策权,民营企业家人力资本的形成空间要比国企和外企大得多,以至于很多人更希望进入民营企业,接受这种职能划分不清、需要面面俱到的"全面发展",而不希望到科层制非常清晰、职能定位明确的外企或国企从业。

　　但另一方面,由于家族式民营企业的出资者和企业的经营管理

[1]　王静涛:《民营企业产权制度变迁的路径依赖问题》,《经济论坛》,2004年第11期。

者是统一的,企业的产权链条极短,很少存在委托—代理关系。虽然一些民营企业试图把企业管理权放开,由职业型民营企业家(职业经理人)担任,但大多情况下以失败告终。家族式民营企业的经营决策权主要集中、控制在"家长"手中,家族式民营企业重要部门的控制以家族成员为主,董事会成员、经营管理人员的来源具有封闭性和家族化的特征①,从而为我国的职业型民营企业家队伍建设构成了持久的阻滞与约束,不利于这一类型的民营企业家人力资本的形成。

表4-3　　　　　民营企业家"一身二任"的企业比例

年　份	1996	1999	2001	2003
百分比	97.2	96.8	96	92.9

资料来源:"中国私营企业研究"课题组1997~2004年历年调查报告。

　　在所有权与经营权高度统一的状态下,英雄式的自主创业型民营企业家获得了非常便捷的、得心应手的发展平台,职业型民营企业家却难以插足,两个群体之间显著的落差成为当代中国民营企业家人力资本形成和队伍建设的一大特色,并带来了一系列的隐患:

　　第一,规模越大,民营企业家的决策风险越大。民营企业的创业机制决定了其管理者便是经营者,这种所有权和经营权合二为一的企业结构特征,在企业规模小的时候,便于控制和提高效率,但当企业规模壮大后,管理者由于在经营决策和管理决策方面的权限过大,责任过重,加大了企业决策的风险。相关统计显示,民营企业中,超过80%的重大经营决策由业主作出,超过70%的一般管理决策由总经理作出,而经营权与管理权的高度统一则使民营企业的决策风险居高不下,如表4-4所示②。

①　白岱恩:《我国家族企业产权关系的缺陷及完善》,《经济纵横》,2007年第15期,第80~81页。
②　孙文锴:《中国民营企业治理结构现状与第三次创业》,《经济师》,2008年第5期。

表 4-4　　　　　　　　　　　民营企业决策结构

决　策　人	重大经营决策(%)	一般管理决策(%)
业　主	81.2	20.3
总经理	5.1	71
业主与总经理	13.7	8.5
其他管理人		0.2

第二,民营企业家人力资本形成的成本加大。在经营权与所有权高度统一的状态下,对民营企业家个人的要求是多方面的、无条件的,既没有责任分摊的机制,也没有风险分担的保障,企业发展过于依赖于英雄式的民营企业家的个人智慧、经验与决断,造成了民营企业家人力资本形成过程中太多的成本与风险。他们不仅需要致力于企业经营,不断地开拓市场,寻找商机,而且需要投身于企业自身的管理工作,平衡各种复杂的人际关系,尤其是家族式企业中的家庭成员关系,并在已有各种特殊身份的基础之上,进行有效的激励与约束,保证企业的平稳发展。这就直接导致了中国民营企业家人力资本的严重残缺,集中体现在对企业家精神和企业家能力的无限追求,对企业家自身价值和生活质量的忽视。由于权力过大、责任过重、工作过多,他们在时间、精力和生活方面也付出了巨大的代价,多次发生令人扼腕的创业悲剧。中国企业家调查系统(1995)的调查结果显示,几种与工作紧张有关的疾病在我国企业家中具有较高的发病率,其中 26.9％的企业家患有神经衰弱症,24.1％的企业家患有慢性胃炎,17.6％的企业家患有高脂血,16.4％的企业家患有高血压,13.8％患有冠心病,10.9％患有动脉硬化,8.0％患有溃疡病,等等。这说明中国企业家的工作是高度紧张并具有相当风险的。民营企业家成为民营企业的"灵魂",这对于民营企业家自身,以及对于民营企

业,都是一种高风险的运营模式。

第三,民营企业家进行决策的难度不断加大。随着市场经济体制的逐步完善,经济知识化进程加快,知识经济渐渐成为促进经济发展的主流。民营企业家在适应高度市场化和网络、信息为代表的知识经济催化的产业革命方面,往往显得无能为力或手足无措。经营与管理活动日趋复杂化,这就需要集思广益,通过建立企业运营团队,形成科学、多元的决策机制,但经营权与所有权的高度统一使主要的重大决策系于一人。为此,很多民营企业也开始倚重于董事会或其他管理人的意见与建议,但在重大经营决策方面,集所有权与经营权于一身的主要投资人唯恐大权旁落,从来都不敢掉以轻心,始终充当着企业重大决策的"最后决定者"。产权制度是现代企业制度的基础。民营企业发展和民营企业家成长的特殊历史背景决定了民营企业产权制度的特质。民营企业的发育成长是一个漫长的过程,民营企业家人力资本的完善也与民营企业成长相伴。尽管少数的民营企业已经开始实行股份制改革,逐步建立现代产权制度,但绝大多数的民营企业依然处于业主制的状态下。这为自主创业型民营企业家提供了极大的发展空间,却使大批职业型民营企业家陷入了力不从心的境地,毕竟,所有权与经营权的高度统一使民营企业管理机制更有利于业主控制,而不是有利于专业性、规范性的经营管理。

第二节　民营企业家人力资本
形成的企业管理模式

管理模式指管理所采用的基本思想和方式,是指一种成型的、能供人们直接参考运用的完整的管理体系,通过这套体系来发现和解决管理过程中的问题,规范管理手段,完善管理机制,实现既定目标。民营企业的管理模式形成于创业过程之中,而不是从起初便按照某种现成模式进行规划设计,这与成熟市场体系中的企业管理模式形成过程差异很大。相应地,民营企业的发育成长过程、民营企业家人力资本形成过程与民营企业管理模式的形成过程三位一体,相互影响和制约。经过"一次创业"之后,中国的民营企业逐步形成了自己特有的管理模式,除了少数已经或正在推行西方管理模式的企业之外,绝大多数属于家族式管理模式,这与民营企业的产权制度也是一致的。

通俗地讲,当一个家族或数个具有紧密联盟关系的家族拥有企业全部或部分所有权,并直接或间接掌握企业的经营权时,这个企业就是家族企业。根据家族关系的类型,可以将家族式企业划分为三种类型:一是所有权与经营权完全由一个家族控制;二是掌握部分所有权但控制着主要经营权;三是掌握较大部分的所有权但不掌握经营权。三种类型之间的区别是内容上的,但不是层次上的,不能简单地进行高低之分。据统计,目前在中国大陆的非公有制经济中,家族式经营的企业至少占到了90%以上。在这些企业中,既有家庭作坊式企业或单一业主制企业,同时也有合伙制企业、共有制企业,甚至还出现了家族成员保持临界控制权的企业集团。

一、民营企业家在家族式管理模式中的角色定位

1. 家族成员掌握企业的经营权,民营企业家不仅是主要经营者,而且要领导和管理家族成员,自然成为家族的家长和企业的家长,形成了家长式管理。在家族制企业中,一些重要岗位基本上是由民营企业家本人、家属或亲戚占据,这就产生了凭借人情、亲情基础上的信任管理。在现代社会诚信体系尚未建立、员工与企业的忠诚度不高的情况下,基于亲缘的这种管理模式可以大大降低制度成本和管理风险,有效地降低企业的激励成本和监督成本,增强管理团队的凝聚力,并保持民营企业家在企业内部的威信和决策权。企业经

营决策权由民营企业家本人垄断,通常采用集权式管理,并根据经验作出判断。决策果断、实施迅速、执行力强,能够及时把握商机,降低决策成本。在企业经济管理过程中,也通常是以伦理规范代替行为规范。相应地,民营企业家必须保持勤于经营、事必躬亲的风格,时常超负荷地卷入一些繁杂的日常管理和经营事务中去。

表 4－5	民营企业家付出的身心代价	单位：%
大量透支时间和精力		66.6
承受很大的心理压力		60.9
对家庭/亲人关照不够		53.0
影响个人身体健康		26.7
舍弃个人兴趣爱好		16.6
失去其他发展机会		15.2
遭受各方面诸多误解		13.7
在一些人生原则上让步		13.4
人身与财产安全受到威胁		2.5
其　　他		0.7

　　资料来源:中国企业家调查系统网站(http://www.cess.gov.cn);《民营经济发展取得新突破,期待进一步完善外部环境——2007·中国民营企业家问卷跟踪调查报告》。

　　2. 民营企业家成为企业经营过程中各种矛盾与问题的主要担当者和最终裁判者。企业是物质资本与劳动力(或者人力资本)的合约,企业的运作必须按照企业自身的利益需求和发展规律,而不能掺杂一些主观性因素。但是,家族式管理模式将家庭与企业两者糅合在一起,必然会带来一系列的矛盾,而民营企业家则成为这些矛盾的折中者。

　　首先,任人唯亲与任人唯贤的矛盾。在家族式企业中,具有亲缘关系的很多成员充塞到了人事、财务、日常管理等重要岗位上,牢牢地把持着家族对于企业经营的最高决策权。但是,这些成员本身未必是所在岗位的合适人选,实际上,不可能有任何一个家族能为企业所有重要岗位提供恰到好处的所有人选,外聘人才便成为自然选择,也是很多民营企业家常见的选项。但是,外聘人才的考核主要是业绩,家族成员的亲缘关系必然会对外聘人才的日常工作及实际绩效形成某种约束。换言之,任人唯亲的思想基础就是怀疑和排斥家族之外的人选,排外也成了家族式管理模式的固有倾向。外来人员在家族制管理模式的企业中很难得到应有的支持,这极大地限制了他们的特长和潜能的充分发挥。能否及如何平衡家族成员与外聘人才之间的关系,成为民营企业家在经营管理过程中面临的一道难题。

其次,企业利益与家族利益的矛盾。家族建立在血缘和亲缘基础之上,是个自然性的、相对狭隘的团体概念,家族成员的价值判断与效忠的对象并非是整个公司,而是其家族利益,两者之间并非完全协和一致,而是多有冲突。比如,在制定规章制度、进行日常管理的过程中,家族成员是否可以在违反纪律时免除惩戒?同时,当家族成员与企业其他成员在企业经营方略方面存在分歧时,应该企业利益至上,还是家族利益至上?实际上,民营企业家的个人偏好往往成为解决这些问题的主要依据。

再次,人治管理与制度管理的矛盾。制度化是企业管理的基本目标,但制度化的重要条件就是个人服从制度,而不是凌驾于制度之上。从人治到制度化的过程中,必然会带来一些制度成本,如果流程过于繁琐,甚至可能降低管理效率,削弱企业的灵活性。这就要求民营企业家必须把握人治管理与制度管理之间的平衡,防止家族成员干扰制度的建立与执行,同时,促使家族成员适应相关的规章制度,形成规范化的职业操守。

3. 民营企业家面临着集权化趋势与分权化要求之间的两难选择。家族企业以血缘为纽带,由一位强有力的民营企业家充当最高管理者,实行高度集权化的管理,其内部治理机制也是以家族成员间

的权力分配与制衡为核心的,所有者、经营者、管理者、生产者四位一
体,决策权与管理权高度集中,采取以亲友为主体、以亲情为纽带的
管理模式,其根源在于所有权与经营权紧密结合,进而造成家庭与企
业两个系统的重合或部分重叠,并由此衍生出管理权与决策权集中、
家长式领导、企业内部管理带有浓厚的家族色彩等特点[①],基本特征
就是企业管理的集权化。

表4-6　　　　　　历次调查中民营企业决策结构　　　　单位:%

决 策 人	重大经营决策				一般管理决策			
	1995	1997	2000	2002	1995	1997	2000	2002
主要投资人决定	54.4	58.7	43.7	39.7	47.3	54.7	35.4	34.7
董事会决定	19.7	11.0	26.3	30.1	15.1	10.0	18.2	25.9
主要投资人和其他管理人共同决定	25.6	29.7	29.1	29.6	37.3	34.5	41.8	36.5
主要投资人和其他组织共同决定	0.0	0.3	0.5	0.2	0.3	0.4	0.8	0.7
其　　他	—	—	0.2	0.7	—	0.3	3.4	2.3

资料来源:中华全国工商经济联合会和中国民(私)营经济研究会主编:《中国民营经
济年鉴(2000～2001)》,中华工商联合出版社2003年版,第325页。

　　但是,随着经济知识化进程的加快和市场经济体制的初步形
成,企业管理主要依靠的不是勇于开拓、敢于担当的企业家精神,
而是越来越专业化的管理技能。管理趋于复杂化,而管理权限趋
于集中,这不仅对民营企业家的精力提出了挑战,而且对其能力构
成了越来越大的挑战。在趋于复杂化的管理模式中,必须借助于

---

① 薛天山:《家族治理——中国民营企业不得已的选择》,《内蒙古社会科学》,2004年第
3期,第117页。

扁平化模式,保持信息交流的对称与迅即,而不能恪守传统的科层模式和官僚习气,管理过程中的分权成为了必然,并与民营企业家的集权化趋势反向而行,导致很多民营企业家在收权与放权之间的两难选择。

二、家族管理模式演进与民营企业家人力资本形成的路径依赖

1. 家族企业发展的前景研判

民营企业主要由民营企业家带领,从国有企业与外资企业的夹缝中成长起来,对中国市场化进程和民营经济发展起到了举足轻重的作用。近年来,随着大批民营企业"一次创业"的基本完成,学术界对民营企业的家族式管理模式提出了过多的质疑与批评,也对创业成功的第一代民营企业家表示了某种疑虑与不屑。其实不然,对于家族企业的成长及家族式管理模式的形成,不仅要客观分析其形成的特定社会文化背景,而且不能擅自否定或低估这一模式的发展前景。

中国是一个以家庭为基本单位的熟人社会,中国的民营企业多数是家族企业,但是,不能将这一企业的形成完全归结于传统的"小农经济"。实际上纵观世界级著名大企业的发展史,几乎就是一部部家族企业的发展史,如强生、福特、沃尔玛、宝洁、摩托罗拉、迪斯尼等。不论是在新兴市场还是成熟市场中,家族企业都在本国经济中发挥着重要的作用。美国90%的企业是家族企业,对全国 GDP 贡献了超过六成的份额,英国70%的企业是家族企业,港澳台的企业也有很多是家族企业。① 世界 500 强企业中,目前有 34%属于典型的家族企业。

---

① 夏显波:《中小型民营企业的家族企业管理激励机制分析》,《软科学》,2005 年第 2 期。

表4－7　　　　　　　部分国家家族企业占企业总量的比重

国　别	家族企业占企业总量的比例
美　国	90％的企业由家族控制
英　国	8 000家大企业中76％是家族企业，产出占GNP的70％
德　国	80％的企业是家族企业
荷　兰	80％的企业是家族企业
西班牙	销售额超过200万的企业中71％是家族企业
澳大利亚	80％的非上市公司和25％的上市公司是家族控制企业
韩　国	48.2％的公司由家族控制
印　度	500家大企业中75％由家族控制，注册公司中99％是家族企业
拉美国家	非国有企业中的80％～98％是家族企业

资料来源：洛桑国家管理学院：《世界竞争力报告》，家族企业网络（The Family Business Network，FBN），瑞士，2000年。

有国内专家预测，以家族式经营为主的温州由于企业不上规模且专业市场衰落，如果不尽快建立大企业集团，经济增长速度不会超过10％。然而事实让他们大跌眼镜，温州经济年增长率为20％，其99％的企业为家族式中小企业，而那些集团企业却时常陷入僵局。家族式企业适应了"船小好调头"的需要，也深深留下了民营企业家个人行为特点的烙印。这种管理模式属于"个人魅力"型。这种家族式的企业也使企业主有更强的责任感和使命感。民营企业家的经营绩效决定着家族的成败兴衰，一荣俱荣，一损俱损，承担着家族的使命。这一方面是因为企业所有权与经营权的统一使企业主行为与其利益相关，另一方面是民营企业家必须对所属家族负责，不辱使命，不负众望。这些利益机制迫使民营企业家必须竭尽所能来推动企业发展,而个人的经营管理才能也得以充分发挥。① 因此,不能简单化地认为西方企业似乎都起源于规范的现代企业制度,更不能用这一标准衡量和要求中国"布衣出生"的民营企业和民营企业家。即使在研发投入方面,2002 年,在标准普尔的家族企业中,一共花掉了 6.18亿美元,比非家族企业多出约 8 000 万美元。很多家族企业,包括杜邦、盖普等知名公司在内,无论是在版图扩张还是在研究开发方面,都不惜花费重金来推动企业发展的车轮。经济学的主流观点,常常把家族制企业作为一种落后的产业组织象征,把这种组织形式当作企业进一步发展的障碍。受此影响,许多民营企业纷纷声称自己要走出家族制。其实,家庭企业在竞争力方面是有优势的,关键在于如何在保持优势的前提下,规避亲缘关系带来的一些约束,确保企业管理中的流程规范与要素优化,为企业经营活动提供优质平台。

2. 民营企业家人力资本形成的路径依赖

在民营企业的成长过程中,家族式管理模式使民营企业家人力资本形成产生某种路径依赖,导致了对职业经理人的信任危机和家长式民营企业家的绝对遵从。在相当大程度上,正是家族式管理模式规定了民营企业家人力资本的某些特质,主要包括:

第一,英雄主义情结。这是当代中国民营企业家的普遍倾向。他们不仅是企业的主人,而且是家族的主人;不是要忙于经营,而且要勤于管理;不仅要敢于、善于挑大梁,而且要事必躬亲;不仅要与政府部门处理好关系,而且要对商机进行研判。各种调查数据显示,中国的民营企业家处于健康状况不佳、体力和精力透支严重的状况。但是,迄今鲜有民营企业家愿意隐身淡去。他们依然竭力在维系着家族企业的发展与传承。

---

① 滕建华:《我国民营企业管理机制探析》,《学术交流》,2007 年第 7 期。

表 4 - 8　　　　　　　　**不同类型企业家队伍的年龄结构**

企 业 类 型	34 岁以下	35～44 岁	45～55 岁	56 岁以上	平均年龄
总　　　体	2. 9	26. 4	53. 5	17. 2	48. 7
国有企业	2. 2	22. 2	57. 3	18. 3	49. 3
集体企业	3. 6	34. 9	51. 9	9. 6	46. 6
私营企业	10. 3	48. 3	34. 5	6. 9	42. 9
联营企业	11. 8	26. 4	41. 2	20. 6	47. 9
股份制企业	3. 3	36. 3	43. 2	17. 2	47. 6
外商投资企业	3. 0	19. 4	43. 3	34. 3	51. 6
港澳台投资企业	7. 3	31. 7	46. 3	14. 7	46. 6

资料来源：中国企业家调查系统网站(http：//www. cess. gov. cn)；《素质与培训：变革时代的中国企业经营管理者》(1998 年度报告)。

第二，基于家庭(族)利益的发展思路。家族式的管理模式为民营企业家提供了相对较高的信任度，更强化了企业家精神的内涵。在现代社会信用体系尚未建立、法律法规不健全、市场不确定性大的情况下，家族式的企业管理模式使民营企业家形成了对家族的某种依赖，并努力从家族内部、而不是从外部获得各种支持和帮助，"眼光向内"成为了民营企业家的某种潜意识，而不是致力于建立健全外聘人才的体制机制与股权结构，即使已经建立了股份制，也有意无意地努力增加家族成员的股份或职务。

相应地，他们对于现代企业制度始终存有某种半信半疑的敬畏态度，在企业规模扩大的情况下，往往很难跨出家族利益的视域，在更高层次上构建新的企业发展平台，以至于很多人形成了一种印象，似乎华人企业天生就长不大，弗朗西斯·福山更是傲慢地危言耸听了一番。

第三节　民营企业家人力资本
形成的企业文化

企业文化是民营企业的重要组成部分,与民营企业和民营企业家共同成长,在很大程度上反映了民营企业家的价值取向、个性特质和人格追求,并进而影响着民营企业家的经营理念、管理哲学和行为方式。一般而言,企业文化主要包括四个层级,即物质文化、精神文化、制度文化、行为文化。物质文化,是一种以物质形态为主要研究对象的表层企业文化。行为文化,也可称之为企业文化的幔层,即浅层企业文化。制度文化既是适应物质文化的固定形式,又是塑造精神文化的主要机制和载体。精神文化是一种更深层次的文化内容,在整个企业文化体系中处于核心地位。[1] 就当前而言,民营企业的精神文化恰恰折射了民营企业家的企业家精神,是对其精神状态的最好写照和物化层面的具体反映。

一、民营企业家在民营企业文化形成中的主导作用

1. 民营企业家是民营企业文化的主要倡导者和设计者

我国很多民营企业有主管企业文化建设的职能部门,对企业文化建设进行指导、协调和实施。部分知名民营企业文化个性鲜明,既提升了企业形象,又推动了企业发展,企业文化建设成效显著。严格地讲,企业文化不是简单的"企业"+"文化",更不是用来装饰企业的文化,而是民营企业家及其团队在长期经营和管理过程中形成的共

---

[1] 李顺:《我国民营企业文化建设存在的问题及提升策略》,《决策与信息》,2008 年第 6 期。

同拥有的企业经营理念、处世哲学、价值取向和道德规范等的总和。因此,企业文化最主要的两个来源:一是企业自身的经营管理活动;二是企业所处的外部环境。

　　在民营企业的"一次创业"过程中,以民营企业家为首的创业团队必须勤于拓展市场,善于整合资源,敢于承担风险,彰显积极向上的企业家风貌和企业精神。因此,民营企业的文化雏形必然会彰显这种精神和价值取向,强调团结向上、开拓进取、不断创新、甘于奉献等。同时,在外部制度环境急剧变迁的大背景下,也必然要强调如何寻找制度转型所留下的巨大发展空间,强调要灵活应变,及时抓住各种机遇。因此,初创时期的民营企业文化主旨通常就定在了"拼搏＋机遇",这也恰恰是民营企业家及其团队基本的行事方式和价值取向,并提炼成了"时间就是金钱,效益就是生命"、"机遇留给有准备的人"等经典口号。企业文化的形成如图4－2①所示:

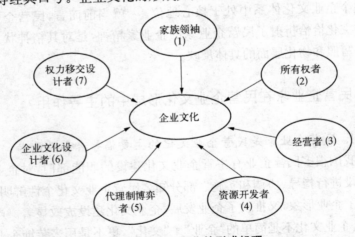

图4－2　企业文化的形成机理

―――――――――

① 黎永泰:《家族创业者角色与企业文化的相关性分析》,《湘潭大学学报》,2007年第1期。

实际上,在企业创建之初,民营企业家往往已经确定了企业要向市场提供什么产品或服务、用什么样的企业环境(如设备、厂房、生活环境)提供该产品或服务等,这就构成了企业物质文化的雏形。在此基础上,民营企业家以其文化经历和个性特征为基础,对怎样实现企业发展目标和个人理想有自己的独特见解,并对企业在社会中的地位与作用、人性及人际关系的本质、怎样管理时间和空间等有自己的期望。民营企业家自身的行为及对企业员工行为的期望构成了企业行为文化的雏形。受企业家自身的知识、掌握的生产要素的限制,以上两"层"文化较为稳定,①并构成了企业文化的主体。因此,可以认为,在民营企业发展的第一期,企业文化雏形的形成机制为:在中国传统文化与企业外部环境下,受企业利益相关者、政府职能部门的影响,以企业创立者即民营企业家的价值观为核心的思维方式和行为方式等外化形成企业文化的雏形。到第二期,企业职业劳动者才开始对企业文化产生影响,但影响较小,②民营企业家的精神与个性特质始终主导着民营企业的价值取向和行为方式,并通过企业文化渗透到企业的经营管理活动和企业自身建设之中。

2. 民营企业文化充分反映民营企业家人力资本的特点

在民营企业家及其团队的创业过程中,民营企业文化逐步沉淀并成为企业的重要组成部分。由于形成过程的特殊性,它对民营企业家精神和能力的彰显与宣示最为显著,并展现了民营企业创业时期朝气蓬勃、奋发向上的文化导向。

首先,面向市场、自强不息的价值取向。与国有企业和外资企业享受各种政策优惠与政府保护不同,民营企业很少得到政府的特殊照顾,必须向市场要商机,向管理要效益,这就形成了适应市场经济

---

① 许平:《民营企业的企业文化的生成机制》,《科技管理研究》,2008 年第 6 期。
② 许平:《民营企业的企业文化的生成机制》,《科技管理研究》,2008 年第 6 期。

要求的自主意识、竞争意识、效率意识、风险意识,等等。这些意识恰恰是民营企业家人力资本中企业家精神的最好写照,也是时代发展对民营企业家的内在要求。

其次,高度灵活、随时应变的文化理念。民营企业家人力资本主要形成于"干中学"的具体实践过程,而不是预先接受较为系统的理论教育与训练。在应对外部制度变迁释放出的巨大市场空间的过程中,民营企业家必须默认不同所有制企业之间事实上不公平、不平等的社会现实,默认市场秩序不规范、融资渠道不畅通、法律法规不健全等现实问题,形成灵活变通、顺应环境的柔性特点。尤其是在学习借鉴其他企业和社会新兴文化理念、经营思路的过程中,民营企业和民营企业家表现了高度的实用主义和兼容并包。只要对企业发展有用,可以随时拿来;只要不合时宜,随时可以取代。尽管掺杂了一些径自效仿的浮躁气息,但民营企业和民营企业家的应变能力和不断调整、适应的能力和精神充分体现在民营企业文化的方方面面。

二、民营企业文化的欠缺折射了民营企业家人力资本的不完整

北京中关村 5 000 家民营企业中,生存时间超过 5 年的企业只有 430 家,超过 8 年的仅占总数的 3% 左右。就目前而言,我国民营企业平均寿命只有 2.9 年。[①] 原因之一是民营企业内部没有形成与设备现代化、管理现代化相适应的企业文化理念和企业文化氛围,企业员工在经营活动中没有与企业形成共有的价值观念和行为准则,民营企业家也不注重人文环境对企业发展的重要影响,忽视了企业文化建设的推进,跟不上快速前进的时代脚步,[②]也使人们开始关注企

---

① 范毅:《浅谈我国政府支持科技型中小企业创新政策环境的现状与不足》,《太原科技》,2006 年第 4 期。

② 石军:《民营企业文化建设存在的问题及对策》,《江南论坛》,2008 年第 3 期。

业文化在企业发展和企业家成长过程中的重要地位和作用。

1. 对形式的关注超过了对内涵的关注

企业文化的形成是一个漫长的过程。在"一次创业"过程中,民营企业家自身文化素质与民营企业发展的阶段性特征决定了企业文化内涵的欠缺。企业本身发展不成熟,企业家精神和企业家能力还不完整、不稳定,为了塑造良好的企业形象,不得不通过一些表面化的方式方法,如提炼口号、张贴标语、文艺表演、统一着装等,营造企业规范、成熟的文化形象和企业印象。这本无可厚非,但很多民营企业家往往忽略企业文化底蕴的积淀,尤其是时常忽视规范化的制度建设,只是将企业文化作为游离于经营之外的附加物,尽管开办了图书馆、阅览室、文化中心等,实际利用效果不佳,甚至只是对外彰显企业实力的"花瓶"。特别是文化建设与经营业绩、员工薪酬、激励约束机制等没有能有效地结合起来,使很多文化建设措施流于形式,把企业文化生活视为日常工作之外、取得成绩之后的休闲娱乐,或者停留在宣扬企业业绩和民营企业家的创业历程。

2. 对创业精神的关注超过了对创新精神的关注

在"一次创业"过程中,民营企业家由于物质资本匮乏、政策变化太快、自身条件限制等原因,必须奋力打拼,努力开拓市场、降低成本,表现了可贵的创业精神,并体现在企业文化的各个方面。但另一方面,他们对于创新的关注不多,除了少数从事高科技产业的企业之外,一般性民营企业更多地关注的是横向市场开拓,而不是精深的产品开发,在产品与服务的创新方面,存在着诸多不足,甚至经常陷入打价格战的恶意竞争之中,或者一度热衷于仿制、打擦边球的"山寨文化"之中。在知识产权保护体系不健全、创新成本太高的情况下,无论民营企业家自身,还是所属的民营企业,对创业精神的关注都远远超过了对创新精神的关注。

3. 对企业家精神的弘扬超过了对企业家能力的弘扬

民营企业的创业过程复杂、曲折,民营企业家人力资本的内涵首先体现在了企业家精神层面,包括开拓市场、担当风险、忍受艰辛、抵御压力等,这些都充分体现在了企业文化层面,并激励员工维持这种打拼精神、冒险精神。但另一方面,对企业家能力的关注明显不够。很多企业的文化塑造中,热衷于对企业家精神的歌功颂德,却对民营企业家能力层面的着墨太少。同时,在企业文化中,强调通过学习、培训等提高企业家自身及企业员工能力和水平的动力严重不足,很多民营企业家甚至将"充电"视为可有可无、浪费时间的行为,一味地将企业家人力资本形成依托于企业家精神的维系,难以在企业内部形成勤于学习、善于学习的企业文化。如今,对于经验和精神的偏爱,以及对于知识和能力的忽视,成为民营企业文化的一大特色,也折射了民营企业家人力资本的诸多欠缺。

许多民营企业之所以能够生存发展下来,是与民营企业经营者的曲折经历联系在一起的,对于企业家精神的过度弘扬也导致了民营企业文化的老板化。许多民营企业所形成的企业文化,深深地打上了民营企业家的烙印,最具有代表性的就是温州地区民营企业文化对"老板"的遵从与敬畏。在取得成功之后,借助于所有权与经营权的高度统一,民营企业家逐渐形成了唯我独尊、精神至上的观念,管理手段简单化、管理模式集权化、经营决策随意化,这种企业文化形成后,将不利于民营企业家人力资本的形成,而是进一步强化企业文化的个人色彩。实际上,每一个成功的民营企业家都有自己成功的故事,但是,企业家精神的内涵是相似的,而企业家能力的内涵则有很大的差异。由于企业文化过于强调企业家精神,也就导致了不同民营企业的企业文化普遍缺乏个性特质。

4. 企业文化的"家庭(族)化"

在企业经营中家族色彩就比较浓厚,许多民营企业文化具有血缘性、亲缘性和类血缘性的特征。突出表现为把"家文化"强行植入企业，无论是用人、激励，还是信任度排序，都体现了"以家人为本"的特色，对于"外人"总是表现出某种不信任，并致力于安插亲属、设置障碍等方法进行有效的"约束"。即使在大型的民营企业中，也难免会看到企业文化家族化的影子。在强调企业家精神的威望的同时，努力将企业营造成一个由家长带领的"家"，努力强化"差序格局"，商业伦理文化和企业本位价值观缺乏。不是基于企业自身的价值定位，而是基于家庭利益需求，运用整合家庭关系的方式方法处理企业内部关系（图 4 - 3①），导致民营企业文化的误区和民营企业家人力资本的错位。

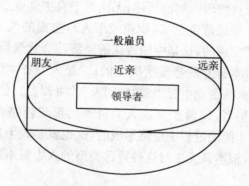

图 4 - 3　家族式企业内部关系处理方式

　　民营企业家是民营企业文化的主导者，企业文化对民营企业家的精神和能力都进行了各种形式的宣示与传扬。但是，民营企业文化在内涵层面存在着诸多不足之处，这就需要通过企业文化的重塑与提升，形成有利于民营企业家人力资本形成的企业"内环境"。

---

①　林芝芳：《我国家族企业文化渊源探讨》，《商业时代》，2006 年第 9 期。

第五章　优化民营企业家人力资本形成机制

民营企业家人力资本形成于我国经济转轨、社会转型的复杂制度背景和社会环境下，人力资本的形成过程主要包括两个阶段：一是人力资本投资阶段。如前所述，无论对于自主创业型民营企业家，还是对于职业型民营企业家（职业经理人），主要的人力资本投资是通过"干中学"完成的，这是中国特殊的经济社会背景所决定的，也是企业家人力资本自身的特质所决定的；二是人力资本使用阶段。如前所述，企业家在企业中充当着"中间人"、"协调者"、创新者等"不确定因素"的承担者，民营企业家人力资本的形成便是在发挥这些才智、使用这些才能的过程中最终形成的，这也就是人力资本价值的实现过程，否则，根本就无法对这种特殊类型的人力资本进行准确的判断与评估。

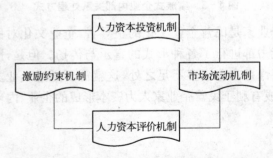

图5-1　民营企业家人力资本形成机制的总体框架

因此,本书研究认为,在优化民营企业家人力资本形成机制的过程中,需要基于人力资本的主体性和企业家的主导性,主要探讨四个问题,这就是民营企业家人力资本投资机制、市场流动机制、激励约束机制和评价机制。

第一节 民营企业家人力资本投资机制

一、民营企业家人力资本投资的主要类型

1. 相关理论分析

舒尔茨采用收益率法测算了人力资本投资中最重要的教育投资对美国 1929～1957 年间的经济增长的贡献,其比例高达 33%。他在《论人力资本投资》中进一步指出,人力资本投资有正规教育、成人教育、由厂商进行的在职培训、健康保健和适应就业形势变化所引起的迁移等五种形式。丹尼森采用传统的经济分析方法,依据相同的数据计算出由教育投入而引起的国民收入增长占整个国民收入增长的 23%。我国也有很多学者采用不同的方法对教育引起中国经济增长的贡献进行了计量,贡献率在 25% 左右。[①] 贝克尔(1964)在《人力资本》中把人力资本投资定义为,通过增加人力资源、影响未来货币收入和精神收入的活动。更准确地讲,增加人的生产与收入能力的一切活动。贝克尔认为,人力资本投资包括学校教育、在职培训、医疗保健、迁移等多种形式。

丁越兰、张伟琴和张磊(2007)借鉴 C－D 生产函数,以我国 1978～2005 年的经济发展数据为依托,分析了不同层次人力资本投

---

① 谭永生:《教育所形成的人力资本的计量及其对中国经济增长贡献的实证研究》,《教育与经济》,2006 年第 1 期。

资对中国经济增长的贡献。[①] 建立经济增长的实证分析模型,以分析固定资产投资、劳动力、教育所形成的人力资本对经济增长的贡献:

$$Y = A_0 K^\alpha L^\beta H_1^{\gamma_1} H_2^{\gamma_2} H_3^{\gamma_3}$$

其中:Y 代表国民生产总值;K 和 L 分别代表固定资产投资和劳动力人数投入及学校正规教育所形成的人力资本投入;H_1、H_2、H_3 分别表示初等教育形成的人力资本、中等教育形成的人力资本和高等教育形成的人力资本。α、β、γ 为三个变量的参数,且满足 $0 < \alpha, \beta, \gamma < 1$。

为了消除自相关,对上式两边取对数可得:

$$\ln Y = \ln(A_0) + \alpha\ln(K) + \beta\ln(L) + \gamma_1\ln(H_1) +$$
$$\gamma_2\ln(H_2) + \gamma_3\ln(H_3)$$

假定样本期为 1978~2005 年,如果估计的回归方程通过显著性检验,则通过下式可计算出 1978~2005 年不同人力资本各自对经济增长的平均贡献率。

$$\overline{E_i} = (\gamma_i * \overline{h_i} / \overline{y}) \quad (i = 1, 2, 3)$$

$\overline{E_1}$、$\overline{E_2}$、$\overline{E_3}$ 分别表示初等、中等和高等教育对经济增长的平均贡献率;$\overline{h_1}$、$\overline{h_2}$、$\overline{h_3}$ 分别为初等、中等、高等教育在校人数 1978~2005 年年均增长率;$\overline{y}$ 为国内生产总值 1978~2005 年年均增长率。

丁越兰等(2007)选择了 1978 年到 2005 年我国的国内生产总值、固定资产投资、劳动力人数等经济数据,计算出的回归方程如下:

$$\ln Y = -18.904 + 0.624\ln(K) + 1.258\ln(L) +$$
$$0.893\ln(H_1) + 0.112\ln(H_2) + 0.012\ln(H_3)$$

模型中固定资产投资的估计系数均为正,说明固定资产投资对

---

① 丁越兰、张伟琴、张磊:《不同层次人力资本对中国经济增长贡献的实证研究》,《电子科技大学学报(社科版)》,2007 年第 6 期。

经济增长具有明显的影响。模型中用中小学在校人数来代表初等人力资本投资,系数为正,并且弹性系数最高。这说明初等教育对我国经济增长起着较为重要的作用。这与内生经济增长理论和人力资本是经济增长的主要"引擎"的假设一致。模型中用高等学校在校人数代表高等教育人力资本投资,在5％显著水平上不显著。这反映出高等教育对经济增长的作用未能显现。说明尽管我国近20年来不断加大对高等教育的投资,高等学校在校学生也在不断提高,但是由于社会和高等教育体制等因素,高等教育所形成的人力资本在经济增长中应发挥的重要作用并未充分发挥。高等教育形成的人力资本未能转化成经济增长的动力的问题发人深思。

　　关于人力资本形成的途径问题,亚历克斯将其归纳为五类十四种、五个中心和五个过程。(1)五类人力资本投资形式：A. 研究与发展：导致知识的创造和积累的发明活动、促进有关物质世界和人类的知识有效传播与应用的创新活动。B. 教育：由父母投资的作为代际教育后果的家庭非正规教育、通过各级教育机构而进行的正规教育、对适龄劳动者进行的包括农业在内的广泛项目的成人教育。C. 培训：在职培训(由公司组织的以传授一般或特殊职业信息为目的的各种培训)、由家庭组织的传统的从父母到孩子的传授技术和知识的培训。D. 健康：由政府提供的包括预防医疗在内的公共卫生服务、由公司组织的各种医疗保健、提供充足而平衡营养的消费以及所有其他对改善人类能力有直接影响的诸如穿着、居住等条件。E. 迁移：国内迁移、国际迁移、由私人或公共机构提供的导致流动和较高生产率的市场信息服务[①]。

2. 民营企业家人力资本投资的主要形式

　　人力资本是投资形成的。根据舒尔茨的观点,投资渠道有五种,

[①]　朱国宏：《人口质量的经济分析》,上海三联书店 1994 年版,第 27～28 页。

主要包括营养及医疗保健费用、学校教育费用、在职人员培训费用、择业过程中所发生的人事成本和迁徙费用。对于本文所探讨的民营企业家而言，这些不同形式的投资均可以增加人力资本的存量，提高民营企业家的才能。但是，民营企业家主要是改革开放之后经济体制改革的产物，我国并不存在正式的民营企业家人力资本投资体系。自邓小平南方讲话之后，随着建立社会主义市场经济体制这一目标的确立，作为基本的市场要素，企业家才被正式提上了正规人力资本投资的议程，各种 MBA、EMBA 蜂拥而至，并为民营企业家量身打造了花样百出的进修与培训。但从总体来看，我国迄今远未形成健全的民营企业家人力资本投资体系。针对我国民营企业家成长的一般历程，可以将其人力资本投资形式概括为以下几种：

第一，"干中学"。这是我国民营企业家人力资本形成的主要形式，也是关键环节。在探究并适应市场信息变化的同时，跟踪并适应政策变化，及时调整思路，并进行"建设性破坏"即创新活动。

表 5 - 1 　　　　　　　获得现代经营管理知识的途径

	正规大专院校学习	"五大"学习	短期培训	国外进修学习	其他途径
总　　体	15.3	23.0	29.8	3.0	28.9
国有企业	17.7	21.3	30.0	2.7	28.3
集体企业	6.9	34.0	29.3	3.0	26.8
私营企业	10.3	24.2	31.0		34.5
联营企业	6.1	27.3	39.4		27.2
股份制企业	12.6	23.4	28.2	3.3	32.5
外商投资企业	14.7	16.2	29.4	10.3	29.4
港澳台投资企业	29.3	9.8	24.4	4.9	31.6

资料来源：中国企业家调查系统网站(http://www.cess.gov.cn)；《素质与培训：变革时代的中国企业经营管理者》(1998 年度报告)。

第二,教育。绝大多数民营企业家都接受过教育,主要形式包括:一是家庭教育。这不需要花费过多的实物成本,更多的是时间成本和机会成本,通过父母的言传身教,有意识地对孩子进行适应社会的初步能力和完成各项操作的技能的培养,可以加快未来人力资本提高的速度,并不受经济条件的制约;二是正规教育,分为三个阶段:初等教育、中等教育和高等教育。通过初等、中等教育提高了人力资本的知识存量,加快了人力资本增长的速度;如果接受高等教育,可以接受到更高级的知识和技能,提高知识的层次性,为未来人力资本深化提高奠定良好的基础。正规学校教育投资的成本分为两类:一是学费、杂费等直接经济成本,二是由于时间投入而产生的机会成本。

就目前而言,民营企业家的整体文化水平不高,受教育年限偏短,这在特定的历史时期有某种有利之处,使之思想顾虑少,开拓市场的动力大,敢闯敢干。但是,在社会主义市场经济体系形成之后,更主要的不是横向的粗放式市场拓展,而是纵向的精细式市场经营,宽广的视野和缜密的思维必须形成于一定的思维训练基础之上。这就需要通过调整教育结构,形成直接面向市场、面向企业家培养的教育机制,以及企业与教育部门之间的多种形式的合作模式,形成理论教学与职业教育相结合的现代教育模式,为民营企业家的形成奠定良好的基础。沉淀成本包括两层涵义:一是承诺的投资成本中无法通过转移价格或再出售价格得到完全补偿的那些成本;二是指契约安排下的权力承诺,一旦终止无法得到补偿的那些投资,也会产生沉淀成本(宋冬林,2006)。人力资本沉淀成本的产生是由于知识更新速度快,人力资本本身的专用性特征等。

李宪宝(2008)建立了包含沉淀成本的人力资本投资模型,考察了教育和"干中学"两种情况下,沉淀成本对人力资本投资的影响。结果表明,沉淀成本对人力资本投资选择存在较大影响,而"干中学"

则可以有效地减轻沉淀成本对人力资本投资的影响。①

首先分析不考虑"干中学"积累的人力资本投资模型:

令 I_t 是投资主体在时间 t 的人力资本投资数量,人力资本投资模型为:

$$H_t = (1-\alpha)H_{t-1} + I_t$$

H_t 是在时间 t 的人力资本存量,α 是人力资本折旧率。

时间 t 投资主体的投资收益函数为:

$$\prod_t = R(H_t) - C(I_t)$$

其中 $R(H_t)$ 为投资总收益,$C(I_t)$ 为投资总成本。把 I_t 的表达式代入到 $C(I_t)$ 中得到人力资本投资利润约束为:

$$\prod_t = R(H_t) - C(H_t - (1-\alpha)H_{t-1})$$

考虑人力资本投资 I_t 的符号问题:投资主体进行教育投资时,$I_t > 0$;投资主体放弃教育投资,进入劳动力市场时,$I_t < 0$;投资主体既不进行教育投资,也不进入劳动力市场时,$I_t = 0$。

人力资本投资主体在进行人力资本投资时追求投资收益最大化,根据边际收益等于边际成本的原理,人力资本投资的最优原则是:

$$P * MPI = MCI$$

其中,P 是人力资本投资产品的价格,可以理解为单位人力资本带来的工资收益。MPI 是人力资本投资的边际产品,MCI 是人力资本的边际投资成本。

---

① 李宪宝:《沉淀成本对人力资本投资的影响及对策分析》,《华东经济管理》,2008 年第 11 期。

人力资本投资存在沉淀成本的情况下,上式两端不再均衡,即进行人力资本投资的边际成本大于边际收益。

"干中学"型人力资本投资方式与教育型的人力资本投资的特点是不同的,通过"干中学"可以对工作中知识技能的应用状况进行总结,适时地改变自己的技能结构,设人力资本积累率为 β,则资本投资模型变为:

$$H_t = (1-\alpha)H_{t-1} + I_t + \beta H_{t-1}$$

变形可得:

$$H_t = H_{t-1} + I_t + (\beta - \alpha)H_{t-1}$$

由上式可知,如果"干中学"的人力资本积累效率 β 大于人力资本折旧率 α,则人力资本积累相当于原有人力资本基础上人力资本投资的累积。这给我们提供了减轻人力资本折旧影响的有效途径,即通过"干中学"形式的人力资本积累可以有效地减轻人力资本折旧,以补偿人力资本沉淀成本。

通过包含沉淀成本的人力资本投资模型的分析,沉淀成本对人力资本投资产生负激励,影响了人力资本投资。可以从以下几个方面减轻沉淀成本对人力资本投资的影响:加强基础性教育投资,提高人力资本载体的知识获取、应用能力。鼓励"干中学"形式的人力资本投资,鼓励人力资本流动,完善人力资本市场制度,提高人力资本配置效率。

第三,迁移。主要是指企业家地域性的迁移和职业性流动的投资,包括迁移成本,以及与此迁移、流动相关的信息成本和机会成本。其中,迁移成本不仅包括安置费用、搬迁费用等货币成本,而且还应包括心理成本、时间成本等。最频繁的便是职业型民营企业家的迁移。通过迁移,可以实现民营企业家人力资本的优化配置,并促进区域间企业家信息的交流和企业家人力资本市场的形成。①

　　第四,培训。为了增加企业家知识资本存量,提高其分析处理各种市场信息的能力,借以形成正确判断能力,需要适时并适度"充电"。通常情况下,这种能力是通过学校正规的高等教育而获得的,例如 BBA、MBA、EMBA 教育等。但对绝大多数民营企业家而言,这是难以企及的。尤其是多数自主创业型民营企业家本身的文化水平偏低,很难再接受系统的理论知识教育,往往习惯于根据企业发展需要,适时并适度"充电",学以致用。

二、民营企业家人力资本投资的主体

　　民营企业家人力资本的投资不是一次性的,而是一个漫长的过程,投资主体也往往是多元的,而不是单一的。根据民营企业家的特点,可以将其分为三个部分:一是企业家个人的投资行为,包括个人所属家庭所作的投资,这里主要探讨物质资本形态的相关投资;二是所在民营企业的投资,如果是自主创业型民营企业家,实际上还是个人投资,但如果是职业型民营企业家,承担投资成本的主体则是企业

---

①　值得一提的是,我国学者唐家龙则认为将迁移纳入人力资本理论框架是一个历史性错误(参见唐家龙:《论迁移是人力资本投资的伪形式》,《人口研究》,2008 年 9 月,第 32 卷,第 5 期:26～31)。他认为迁移只是影响人力资本回报的外在因素,迁移本身并不会造成人力资本如教育、知识和技能增加,人力资本存量水平与其他环境要素(如物质资本、社会平均生产率、行业垄断性等)才是个人收入水平的内生决定因素。即便迁移过程中人力资本的质量与数量有所增加,其实还是对教育、知识、健康、经验、技能进行的投资所形成的。因此,迁移不是人力资本投资而是人力资本投资的伪形式。

　　但是,正如唐家龙指出的,如果政府仅仅看到了迁移的收益幻觉而忽视了对迁移者的人力资本进行开发,将会发生错误的估计,形成潜在的政策失误。历史地看,从发达国家和发展中国家经济社会发展的进程来看,迁移和流动代表了一个国家的经济活跃程度,迁移已经成为一个国家实现人力资本优化配置的重要手段,成为城市化进程中不可或缺的重要环节。我们认为迁移虽对个别单位不利,但是从经济发展总体来看,企业家迁移顺应了企业家人力资本市场化配置的要求,从政府视角看,把促进企业家迁移的政策等可视为一种企业家人力资本的投资形式。

的所有者;三是政府提供的人力资本投资,包括针对民营企业家的各种教育、培训等。

1. 个人(家庭)

尽管不能排除先天因素的某种形式的存在,但这不在人力资本投资的探讨范围内。个人(家庭)对企业家人力资本的投资主要包括直接用于教育、培训与卫生保健的费用、国内外迁移流动费用,以及机会成本等等,主要的资金来源于个人或其所属家庭的即期收入和存量现金。个人及所属家庭是初始的投资者,而且投资的目的未必就是为了获得企业家人力资本,尤其对自主创业型民营企业家而言,在从事企业经营之间的人力资本投资不能简单被视为旨在成为企业家,而只能作为一般意义上的人力资本投资,并具有一般性投资的目的,包括经济收益(经济收入、职业保障、消费效用)和非经济收益(心理收益、社会地位、交往环境等)两部分。但对于职业型民营企业家而言,初始的投资目的就是经营企业,并在此过程中有意识地进行了相应的安排,如直接从事企业经营与管理相关专业的学习、研究与实习等。

2. 民营企业

基于企业利润最大化原则,民营企业对企业家进行人力资本投资,旨在获得符合企业特殊需要的、专用性的企业家人力资本,增加企业物质资本与人力资本的互补性,提高企业物质资本的边际贡献,为企业带来更多的超额利润。投资的具体内容包括薪资、福利、奖金、劳保、利润分享和剩余索取权激励、教育培训开支等。因此,企业家人力资本的形成离不开企业,民营企业家人力资本的形成离不开民营企业,正是中国民营经济发展的特殊道路造就了民营企业家人力资本的内在特质,使其与国有企业企业家、三资企业企业家有着本质的区别。可以说,没有民营经济和民营企业的成长,也就没有民营企业家及其人力资本的形成,两者不仅高度相关,而且紧密相连。在完成"一次创业"之后,尽管出现了股权结构的某种程度上的多元化趋势,但民营企业家在民营企业中的主导地位依旧(详见表5－2①),民营企业家人力资本形成对民营企业的依赖依旧。

表5－2　　　　企业经营者在本企业的持股情况　　　　　　(％)

企业类型	没有	10％及以下	11％～30％	31％～50％	51％～99％	100％
总　　体	27.0	11.2	13.1	13.3	26.3	9.1
大型企业	58.3	15.9	8.2	5.2	10.6	1.8
中型企业	27.2	12.2	13.7	13.1	25.5	8.3
小型企业	17.2	8.7	13.8	15.9	32.0	12.4
国有企业	85.4	13.1	1.1	0.4		
民营企业	7.3	9.4	16.8	18.0	36.0	12.5
上市公司	58.3	25.2	9.7	1.0	5.8	

就我国当前而言,不少民营企业家缺乏在经营管理方面的各种创新素质,80％左右的民营企业家人力资本还处于"经验型—管理技术复合型"演变过程初期,在市场经营和企业管理过程中,他们更习惯的是"经验型"经营理念和"家长制"的管理模式,无力从各种经营管理活动中汲取经验教训,也无法在更高层次和更宽广视野进行系统的研究分析,与严格、规范的科学管理和现代经营还有着相当大的差距。这就需要借助于政府产业政策引导,促使民营企业的产业结构优化升级,形成提升民营企业家人力资本的外部需求和内部压力。

---

① 中国企业家调查系统网站(http：//www.cess.gov.cn)：《新使命·新素质·新期望——2008·中国企业家队伍成长与发展十五年调查综合报告》(上)。

3. 政府

民营企业家人力资本中的相当一部分属于公共品或准公共品，对其投资形成的产出具有较强的正外部经济性特征，体现为投资者只得到全部收益的一部分，而社会可得到正的外部利益。因此，这种投资属于公共品供给的范畴，而第一收益主体则是企业家自身。在一定程度上，由政府政策决定的人力资本存量及类型将直接影响着企业家人力资本成长的速度、规模、质量及其投资的效率等。这也是我国中西部地区在培养地方性民营企业家方面所长期面临的困境之一。相应地，沿海民营企业相对集中的省市，加大了对民营企业家人力资本的投资力度，很多做法和思路值得关注和借鉴。

政协提案助推民营企业家培训 ①

截至 2007 年底，苏州市民营企业累计已达 12.24 万家。民营企业家已成为推动苏州市经济社会发展的重要力量。但要根本改变民营企业总量虽多，整体偏弱，生产密集型、低端加工业偏多的状况，关键在于培育一批优秀民营企业家和造就一批领军人物。为此，华敏、徐仁华、柯小荣、杨丽、汪利明等 5 名政协委员联名在 2008 年初召开的苏州市政协十二届一次会议上，递交了一份关于财政提供民营企业家培训专项资金的提案，建议加大投入力度，扶持民营企业家队伍的培养和建设。

提案得到政府有关部门的高度重视，并被列为今年主席督办的 5 件重点提案之一。苏州市经贸委多次与委员进行面对面的恳谈和沟通，反复征求和听取意见和建议，展开深入细致的调查研究。在此基础上，从两方面着手圆满落实了提案。

一是制定并由市政府转发《关于实施苏州市双百企业高级经营管理

---

① 系作者参阅《江苏政协》，2008 年第 48 期黄建萍文章整理而成。

人才培养工程的意见》。加强全市 100 家品牌企业和 100 家中小型民营经济标杆企业高级经营管理人员的培养,通过 3 年的努力,由两级财政提供约 1 000 万元左右的补贴,针对全市民营经济发展的特点和发展中"管理方式、战略眼光、发展动力、创新观念"等存在的不足和问题,开展系列培训,参加这项工程培养的全市民营企业高级经营管理人员将达 1 万人次以上,使他们的战略思维能力、管理创新能力和经营决策能力得到全面提升。

二是政府继续在有关专项资金中加大投入,多渠道、多项目争取培训经费。市级企业家人才专项资金由 2007 年 20 万元增到今年 30 万元;中小企业专项资金中今年安排紧缺人才专项资金 25 万元。与此同时,还依托优质资源扩大培训效果,抓住清华远程教育走进苏州一周年机遇,扩大远程用户 50 余家。注重联合和利用创元教育培训中心、群峰企业教育咨询有限公司、清华远程教育江苏项目组等一批中介培训机构的平台,进行政策解读了解并分析企业家的"充电"需求,做好长期培训规划,整合资源、上下联动,加快形成政府支持、社会各界积极参与的经营管理人才培养体系。

三、民营企业家人力资本投资中的几组关系

企业家人力资本作为一种特殊的人力资本,具有稀缺性、私有性、不可分割性、不易观察的特点。它的形成既有企业家天生的禀赋因素,但更多的是后天投资所形成的。

1. 人力资本多元投资与个人所有之间的关系

人力资本的创造力潜藏于人体之内,个人拥有绝对所有权。但另一方面,由于知识本身具有一定程度的共有性、可复制性和非排他性,同时,企业家人力资本的投资主体从来就不可能是单一的,即使

在"干中学"过程中,也不完全是民营企业家的个体投资行为①,还存在着政府、企业、家庭等多重投资主体,使得企业家人力资本具有某种宏观层面上的、抑或抽象意义上的共有,这集中体现在国家、企业、家庭和民营企业家个人都有着促使人力资本增值的不可推卸的责任和义务,同时,由此塑造的企业家精神和企业家能力所产生的各种收益也不具有完全的独享性,而是具有一定程度的共有性,这与工业经济时代物化形态劳动成果的独享性特征有着本质区别,也是企业家作为"不确定"因素担当者的特殊角色所决定的。

但是,任何一种人力资本都兼具所有权不可转让与使用权可转让的特征。民营企业家人力资本所有权同样具有完备性和关闭功能。它的所有权一旦受损,其资产可以立即贬值或荡然无存。企业家人力资本的所有权具有高度的完整性(不可残缺),从而促成了它相对于企业内其他生产要素的比较优势,这是交易发生(企业家人力资本配置)的前提之一。另一方面,民营企业家人力资本的使用权却

---

① 关于人力资本所有权问题。按照目前主流经济学理论,市场中的企业是一个人力资本与非人力资本的特别合约(周其仁:《市场里的企业:一个人力资本和非人力资本的特别合约》,《经济研究》,1996年第6期),合约的实质是个人之间财产所有权交易的配置方式,而签约方即要素主体对其投入于企业中的资本要素拥有法律上明确的权力是当然前提。随着知识经济的产生和迅速发展,以往作为经济增长外生变量的人力资源完全具备转化为经济增长内生变量的人力资本的条件。然而,人力资本的主体性特征使其难以准确定价,而动态性特征则使其成为关于人力资本权利问题的一系列争论的焦点(郑兴山、唐元虎:《企业人力资本产权理论研究》,上海社会科学出版社2003年版,第2页)。人力资本无疑属于个人所有,但自科斯以来的相关争论往往忽略了另一个现实:在多元经济社会形态中,国家与企业之间、企业人力资本所有者与人力资本所有者之间、企业物质资本所有者之间产权不明晰的现象依然很多,完整意义上的知识经济形态远未形成,尚未建立现代企业制度的企业也还大量存在,尤其是以往计划经济发展过程中形成的一些国有企业(如中国的大型国企)和公营企业(如印度的大型公营企业)中还存在严重的产权不清现象,首先表现在人力资本所有者不一定完全拥有人力资本支配权和使用权。只有当人力资本的上述权属关系完全归人力资本所有者控制,才谈得上人力资本产权和相应的产权交易,也才能推动人力资本从外生变量向内生变量的转化,从而推动多元经济社会形态的顺利演进。故此,本书从多元经济社会形态的演进方向和人力资本的本质特征出发,认为人力资本所有权完全归人力资本所有者个人所有,所出现的产权不清特例不仅不能否定人力资本所有权个人所有的本质要求,而且恰恰是相关改革的重点之一。

具有可分割性,可以转让。(当然与以往客体性存在的根本区别就在于这种转让必须完全主动)有学者认为人力资本存在于人体之内,故而与其所有者是不可分割的。① 实际上,这里指的是人力资本所有权,而所有权只是产权的一部分。在交易过程中,人力资本产权结构将发生变化,作为人力资本的所有者,民营企业家必须让渡一些与产权相关的权利(包括创造性的使用权和处置权等),否则就没有参与交易的标的。可见,民营企业家的市场配置是将创造性的使用权和处置权等作为标的进行的交易行为,所有权的不可转让与使用权的可转让同时出现在同一个标的上,而如何妥善处理人力资本的多元投资与个人所有之间的关系,便成了能否以及如何进行民营企业家人力资本追加投资的核心问题。

2. 人力资本专用性与通用性之间的关系

方竹兰②在分析现代企业的真正风险时认为,相对于物质资本,人力资本具有专用性特征和团队化趋势。人力资本的专用性特征表现为:在现实生产力发展条件下,社会化大生产以社会分工的充分而广泛的发展为基础,社会分工越细,社会发展程度越高,社会分工的不断发展实际上就是劳动者自身人力资本专用性的不断强化。人力资本专用性是实现生产力发展的主体特征和标志,而且由于人力资本在自然形态上与其所有者不可分割,在社会形态上具有专用性特征,所以当人力资本所有者在将自己的资本投入某一特定的行业后,往往成为一种抵押品,带有人质的特性。非人力资本的证券化形式使其所有者进入和退出企业没有什么障碍,而人力资本的专用性使其所有者在进出企业时要考虑自己人力资本的特殊适用性。随意进入一个不适合自己专长的企业,或随意退出一个适合自己专长的

---

① 邓新华:《人力资本产权分析》,《中国人力资源开发》,2001年第3期。
② 方竹兰:《人力资本所有者拥有企业所有权是一个趋势》,《经济研究》,1997年第6期。

企业,都会对自己造成损害。如果换一个企业,劳动者原有的专用性人力资本就可能会发生贬值,为了适应新的要求,还需要进行新的人力资本投资,因此,人力资本专用性反映了社会分工对人力资本所有者进出企业的客观性制约。

但另一方面,民营企业家成长的外部制度环境和社会氛围始终在不断变化,市场经济在形态上属于高度动态的经济,民营企业家与外部制度环境之间的协调性、互动性也在不断增强。无论是基于人力资本投资主体的角色要求,还是中华传统文化对人才的"全才"偏好,以及企业家这一投资对象的特殊性,各种人力资本投资行为都或多或少地要强化企业家人力资本内涵的通用性,使其在不同领域、不同维度都能得到一定的发展。结果,接受了人力资本后续投资的民营企业家的专用性增强了,但通用性也增强了,可能比没有接受追加投资的民营企业家更易于流动,或者说,企业家人力资本流动与重新配置的可能性提升了,而不是降低了。简单地看到专用性提高对民营企业家流动的约束作用不能说明:为何职业型民营企业家人力资本流动概率远高于自主创业型民营企业家,而交易的标的就是这种专用性的人力资本。

3. 人力资本投资的公益性与功利性之间的关系

人力资本投资与生产性投资特别是流动性基本投资不同,它是长期投资,而不是短期性投资,其投资与收益之间间隔一般较长,而且越是早期投资,距离收益的时间就越长,这种收益有时是投资人所不能得到的,而且一次性投资往往是终生收益,人力资本投资的这一特性决定了其不确定性、风险性及收益终生享有的特性。这种享有既有物质上的,也有身心上的。毋庸置疑,改革开放以来,各种不同形式的人力资本投资,造就了民营企业家这一庞大的社会群体。尽管面临着诸多不足之处,与投资前的初始状态相比,他们的文化素质、思想观念、工作能力、思维方式等都发生了质变,并成为了中国社会整体素质提高的一个重要方面。因此,无论投资主体是个人、企业还是政府,民营企业家人力资本投资的公益性是显而易见的。

但另一方面,人力资本投资的首要目的是收益,主要是经济收益。实际上,各种统计数据显示,民营企业家在参加各种进修、培训时,功利性最为突出,这也是企业作为投资主体的普遍偏好。如前所述,现有的诸多进修、培训实际上并非以实际操作能力为唯一目标的,还带有提高素质、拓宽视野、增长见识、增强社会责任感和使命感等一系列的具体目标(对于一些不正规、质量不高、简单化的营利性培训项目,不在本书的探讨范围之内)。由于民营企业家整体队伍的现状,尤其是自身角色定位的特殊性,他们往往也是从实际工作需要、从功利目的出发,安排或有选择性地接受已有的各种教育、培训、社会关系联络等。因此,如何处理好民营企业家人力资本投资的公益性与功利性之间的关系,是人力资本投资部门所需考量的重要维度。

四、民营企业家培训中心:完善人力资本投资机制的重要环节

民营企业家人力资本投资机制包括教育、培训、企业家流动、激励与晋升等重要环节。按照相关章节安排,这里主要探讨民营企业家培训中心的建立与运行。近年来,随着民营企业家人力资本投资力度的加大和投资渠道的拓宽,民营企业家的教育程度与专业知识水平显著提高。中国企业家调查系统的数据显示,企业经营者的教育程度明显提高。2007 年,大专及以上的被调查者占 80%,比 1993 年的 69.1%提高了 10.9 个百分点。经济与管理类专业的人数显著增加。其中,经济类专业的比重由 1994 年的 5.4%增加到 2007 年的 32.5%,管理类专业的比重由 1994 年的 15.4%增加到 2007 年的 47.6%,而理工类专业的比重由 1994 年的 38.1%减少到 2007 年的

23.7％,改变了原来理工科背景比重高的情况。此外,2003 年的调查显示,75.8％的企业经营者有出国考察的经历,比 2000 年提高了5.8 个百分点。[①] 但是,"一次创业"的完成只是意味着民营企业家队伍的初步形成,相对于"二次创业"的需求而言,民营企业家人力资本投资体系还面临着诸多问题和挑战,集中体现在人力资本投入力度不够、培训系统不完善、民营企业家流动与配置机制不健全、激励机制不完善等方面。

随着中国民营企业规模的扩大,民营企业家"二次创业"面临着诸多全新的问题和挑战,需要加大人力资本投资,形成完整的投资体系,促进民营企业家人力资本的形成与发展。为此,中共中央办公厅、国务院办公厅在《2002～2005 年全国人才队伍建设提纲》中指出:要建立一支职业经理人队伍,逐步实行职业资格制度,加强研究资质认证标准和市场准入规则,参照国际惯例,探索建立符合中国实际的首席执行官制度。随即,中国商务部批准设立了"全国商务培训认证项目"(简称 CBMA),由中国城市商业管理委员会统一管理,在全国范围内开展职业经理人认证培训,从而正式拉开了中国企业家培训的大幕。

就目前而言,我国的民营企业家培训已经呈现出公益性与营利性并举、官办与民办同时进行的局面。一方面,各地以专项经费的形式,由政府直接出资,依托于各类党校、普通高校和管理类专科学校,对民营企业家开展培训,属于政府购买服务性质;另一方面,随着职业经理人市场的萌芽和经理人资格考试的开展,各种营利性的民间培训机构纷纷涌现,但通常也是保持着与现有国民教育体系的密切合作,甚至在教师聘任、课程设计等方面经常出现与官办培训雷同的现象。实际上,无论是官办,还是民办,民营企业家的各类培训面临

[①] 中国企业家调查系统网站(http://www.cess.gov.cn):《新使命·新素质·新期望——'1993～2008·中国企业家队伍成长与发展报告》(上)。

的很多问题非常相似,培训方式单一,培训内容陈旧。在培训方式上往往采取短期培训,常常是上级主管部门下指标,下级按通知办。在培训内容上,过于强调理论学习,局限于对一些基本理论知识的补课,忽视经营管理能力的培养和提高,而理论又往往脱离实际,成了纸上谈兵。[①] 这既反映了我国民营企业家培训市场的不成熟和培训技能的欠缺,也不能排除为了降低培训成本而导致的偏重理论传授。

企业家培训中心应选聘高校管理学科的知名教授、国内外成功企业家授课,并根据民营企业发展的实际需要编撰专业教材,采用工作轮换、角色扮演和案例讨论等学习方式,将理论学习寓于案例教学之中,避免纯粹形而上的说教。当然,培训成本也将大幅度上升。在开展民营企业家培训的过程中,需要妥善处理好以下几个问题:一是公益性与营利性的关系问题;二是培训资源整合与培训市场发育的关系问题;三是培训成本的分摊问题;四是素质教育与技能培训的关系问题。鉴于现有的民营企业家人力资本培训系统存在的各种问题,以及所面临的上述挑战,需要在确保正常的企业家培训市场发育前提下,逐步形成地市级的民营企业家培训中心,适当整合培训资源,采取政府购买服务的形式,为地方经济发展进行有针对性的民营企业家培训。

第二节 民营企业家市场流动机制

"没有企业家的正常流动,就没有真正有效率的市场经济体制"。[②] 一个科学合理的企业家选择机制必须保证最有经营管理能力的人成为经营者,实现"才"(民营企业家)与"事"(民营企业)的最

---

① 戚艳萍:《建立符合时代需要的企业家培训机制》,《化工技术经济》,1999 年第 3 期。
② 邓宏图:《企业家流动的博弈模型:经济含义与企业家能力配置》,《经济科学》,2002 年第 3 期。

优配置。这是企业家作为"资本"的特性所规定的,也是企业作为"资源束"或者"资本集合"的整合需求所规定的。随着职业型民营企业家队伍的不断壮大,以及一般性民营企业"一次创业"的完成,需要学习借鉴西方发达国家的成功经验,建立健全民营企业家市场流动机制,促进民营企业家人力资本的优化配置。

一、企业家人力资本市场的产生与发展

1. "经理革命"与企业家人力资本市场的产生

如前所述,在 19 世纪初期之前,企业家主要是经营者与所有者的合二为一,既拥有企业固定资产所有权和"剩余索取权",又亲力亲为地经营管理着自己的企业,充当着"工业的总司令",实际上就是业主,只是规模不同而已。这是与生产力发展水平和社会分工的细化程度直接相联的。但第一次工业革命之后,专业化、技术化、规模化程度大大提高,这种"单一业主制"难以为继了。一部分企业主开始尝试将经营权与管理权分离,从而产生了对专业性的"经理人"的社会经济需求,一个特殊的群体开始出现,并于 19 世纪后期在西方流行开来。企业的控制权逐渐从所有者手中转移到实际经营者手中,这是一场历史性的变革,即"经理革命",所形成的企业被称为"经理式企业",并逐渐成为了西方企业的主要形式,企业起初的苦心经营者们逐渐从前台淡出。如果从 1841 年产生于美国马萨诸塞州的第一家经理制企业算起,历史已经非常悠久,并在其间经历了几次重大变革,最终实现了从近代公司制向现代企业制度的提升。同时,"经理人"作为一种职业和一个群体,也经历了几个发展阶段,并逐渐成熟起来。

"经理革命"是企业家职业化的重要前提,也是企业和企业制度发展到一定阶段的产物,即当企业的所有权与经营权必须进行有效分离时,经理职业化的社会需求产生了,才有可能逐渐形成一个企业

家的人力资本市场,并形成相关的配套制度。在理想的、或者说是成熟的企业家人力资本市场里面,一是需要有透明的信息显示机制,透过企业家的声誉和其他信息,显示企业家自身的实际能力、可能的发展潜力和努力工作的程度,市场发展越成熟,信息越对称,企业家配置的风险就越低;二是市场竞争机制。正如法玛(Fama,1980)所言,企业家人力资本市场的竞争机制是约束企业家行为的最好机制。在充分、透明的信息采集与交流的基础上,需要对同类企业家进行对照比较,分析各自的优势劣势及自身特质,并通过竞争提高企业家人力资本配置的质量,充分体现企业家人力资本的经济价值和社会价值。

当然,企业自身的新陈代谢是市场经济条件下的常态,企业家人力资本市场也不是完全的、单一的。从选择的方式来看,美国的企业主要从外部市场来选择企业家,日本则偏重于从企业内部选择,但这是一种竞争式的内部选择。比起我国的选择方式,这两种方式都更能客观、公正地保证选择到有能力的企业家。从选择主体来看,美国是外部董事为主导的选择机制,而日本则是由以内部董事为主导的董事会来选择。我国由于正处于改革转轨阶段,各种选择主体兼而有之,最主要的两个主体是董事会和政府部门。而正是由于我国的企业家市场运行机制尚不完善,所以在选择的范围上也比前两个国家显得狭窄。① 事实上,即使在当代西方社会,三种不同的企业形态仍然存在,而且也仍然存在着生生不息地由业主型企业家(Entrepreneurial Entrepreneur)的企业向经理型企业家(Managerial Entrepreneur)的企业,再向职业化企业家或职业经理人(Professional Entrepreneur)的企业的演变过程。但是,企业家人力资本市场的形成与发展是不可避免的,并有效促进了企业家人力资本的有序流动与有效配置。

---

① 宋超英:《企业家市场:现状与对策》,《西部论丛》,2008 年第 8 期。

2. 企业家人力资本市场的内在特质

从理论上讲,企业家人力资本市场是一种异质性人力资本支配权与使用权的交易场所和交换过程的总和,本质上就是企业家精神和才能作为标的与企业之间的交易。显然,这一标的的特殊性决定了这一市场与一般的商品市场有着本质区别,属于典型的高端要素市场。作为企业家人力资本形成的重要途径和制度基础,企业家人力资本市场是优化配置异质性人力资本的一种制度安排,但属于外部配置机制,从而导致了这一市场的诸多内在特质:

第一,企业家人力资本市场在提供企业家人力资本的相关信息时,面临着有形信息与无形信息之间的矛盾。无论是企业家精神,还是企业家能力,作为一种标的,只能借助于各种有形信息,如学历、从业经历、以往职位、获奖情况、以往企业的经营业绩等,但当无形信息借助于有形资料显示时,信息的失真是难免的,因此,作为招标方,对信息的某种质疑或保留就是必然的,也是必要的,甚至是必须的。

第二,作为高端的生产要素市场,具有高度的专有性和专业性,不能像不同商品市场一样,进行参照比较。作为参与市场招标与竞标的各方,无论市场信息对称程度有多高,都无法改变企业家本身作为企业"不确定"因素承担着的特殊定位,这也就决定了绝大多数的市场信息仅供参考,人力资本配置的风险性要比一般的商品市场和劳动力市场大得多。换言之,交易成功只是衡量标的自身的人力资本含量与质量的开端,而不是结束。

第三,作为人力资本市场标的的企业家自身还具有诸多的主观性,从而导致了人力资本交易成功后的风险。事实上,不仅企业家能力是可变的,企业家精神更为易变。企业家进入企业主管岗位之后,能否及在多大程度上发挥自身的企业家精神和企业家能力,对企业的所有者而言,是难以衡量和约束的,甚至经常是无法进行界定的。

第四,企业家人力资本交易过程中的成本收益问题。严格地讲,市场交易的核心在于成本收益的合理核算,竞价机制的有效建立与有序运行是交易成功进行的重要条件。但是,由于企业家人力资本的特殊性,这种竞价机制对企业家人力资本的约束力大打折扣,这就需要通过交易成功后的一系列企业内部配套制度设施进行补充性的约束。但从各种试验来看,都未能真正解决这一难题。

　　企业家人力资本成为市场交易的标的,这是市场经济高度发展的标志。企业家人力资本成为一种可以交易的生产要素,这是企业演进到所有权与经营权分离阶段的产物,是企业发展阶段性进步的标志。但是,在进行企业家人力资本交易的过程中,必须充分考虑到这一市场的特殊性和企业需求的特殊性,而不能简单地套用一般性的市场运行规则和运营机制。能否充分考量到这一市场的内在特质及特殊规律,也是企业家人力资本市场成熟与否的重要标志。

二、民营企业家人力资本市场的一般分析

　　人力资本的分布是不均匀的,并始终处于不均衡—趋向均衡—打破均衡—趋向均衡的循环之中。对于高层次、异质性人力资本而言,稀缺性和不均衡性更为显著,市场配置显得更为重要。在社会主义市场经济条件下,企业家人力资本的有序流动是市场经济体系的重要一环,也是民营经济发展的重要保证。通过有序的企业家流动与有效配置,能够提高企业家人力资本自身增值的可能性和空间,并使民营企业发展获得应有的企业家人力资本供给。中国企业家调查系统(1997)的调查结果也表明,50.2%的企业家认为"人才流动"是促进企业经营者成长的最重要社会因素之一;该系统(1996)的调查结果又表明,中国企业家职业流动时主要考虑更好地发挥自己的经营才能(50.0%)、更好的经营环境(36.4%)与更多的收入(3.9%)。可见,企业家人力资本流动与配置无论对企业家自身,对民营企业自身,对市场经济发展自身,都具有非常重要的促进作用。

1. 民营企业家人力资本市场的主要功能

民营企业家人力资本市场在配置企业家资源的过程中发挥重要的基础作用,具有如图 5 - 2 所示的主要功能。

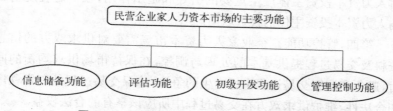

图 5 - 2　民营企业家人力资本市场的主要功能

第一,信息储备功能。在民营企业家人力资本市场上,作为市场秩序维护和准公共品的供给者,政府或其他主办方借助于现代信息技术,建立企业家信息资料库和民营企业资料库,并及时地为信息供求双方提供服务。其中,前者主要提供关于企业家基本概况、从业经历、职业能力、求职意向等信息,供民营企业筛选和比较;后者主要提供关于民营企业行业特征、基本规模、发展现状、对企业家的具体岗位需求等,以便于进入市场的准企业家们与其接洽。衡量企业家人力资本市场的信息库建设情况的基本标准就是信息的对称性与保真度,即在多大程度上为供求双方提供了所需的有效信息。

第二,评估功能。民营企业家可以根据科学合理的评估指标和科学的评价方法,对已经在职的企业家的精神状态和实际工作能力、主要业绩等进行动态的跟踪与评估,并对已经进入人力资本市场的企业家进行一定程度的量化评判,为企业提供经过适当筛选的信息资料和更为客观的决策依据。应该说,如果没有这一功能,企业家人力资本市场便沦为了一般性劳动力市场或商品市场,也就谈不上所谓的特质问题。进而言之,正由于人力资本市场在为供求双方提供基本信息的基础上,能够为供求双方尤其是企业提供经过加工的信息资料,才能体现出企业家人力资本的异质性特征,为市场的健全、合理发展提供动力。

第三，初级开发功能。如上所述，企业家人力资本市场的一个重要任务便是对企业家人力资本的相关信息进行"粗加工"，这必然会对人力资本投资主体产生重要的引导和暗示作用，在一定程度上影响人力资本投资主体的投资取向。

第四，管控功能。企业家人力资本市场需要对供求双方的信息资料及交易过程提供基本的处理与调控，在保持市场供求均衡的同时，避免和调解交易过程中所产生的争议，确保交易过程的正常秩序和合法性，维护供求双方在交易过程中所应该享有的合法权益。

2. 民营企业家人力资本市场流动机制的特殊性

民营企业家是经济体制改革的产物，民营经济是中国多元经济体系的重要生力军，民营企业家人力资本市场是社会主义市场经济体系的重要一环。我国的民营企业家人力资本市场流动机制，必须充分依据这一群体及其所对应的民营经济自身的特质，并充分体现以下几点特性：

第一，民营经济性质。民营企业家人力资本市场的需求方是民营经济，必须遵循民营经济自身的发展规律。它缺乏国有经济在体制层面上的规范性与官办特质，多数还处于创业阶段，高度的灵活性与一定程度的不规范性或者说制度缺失紧密相连。同时，民营经济的层次性强，落差大，既有大规模、高层次、已经建立现代企业制度的民营企业，又有管理不规范、制度不健全、发展方向不明确的民营企业，更有大批作坊式经营和家族式管理的民营企业。换言之，对中国的民营企业家而言，所需要的不只是单纯的专业性的经营管理能力，更需要企业家精神，需要高度的本土适应性，需要社会资源整合能力、市场洞察能力、企业发展规划能力、突发事件处理能力等。这是外部经济制度不健全的要求，也是民营企业尚未完全建立现代企业制度这一现实的客观要求，更是民营经济发展的阶段性要求。因此，在建设民营企业家人力资本市场的过程中,需要高度关注他们对民营经济运营适应程度,也就是说企业家精神、民营企业的灵活性、高度"不确定性"的担当能力。简而言之,包括已经进入"二次创业"阶段的民营企业在内,中国的民营企业家必须具备第一代民营企业家的社会适应性和企业家精神。

第二,人力资本性质。人力资本市场与商品市场不同,交易的标的是无形的、或者可以随时变形的企业家能力和企业家精神。人力资本的真实价值和价格只有在初次交易完成后,才能逐步显现出来。在我国传统的"重器物"文化传统下,总是力图借助于有形器物衡量这种无形的精神和能力,比如,对于高学历、高职称、高职务者的遵从。但是,人力资本市场的标的的核心是知识、技术及其内含的各种创造性,即无形的人力资本。因此,在建设民营企业家人力资本市场的过程中,不能被学历、职称、职务等有形标示所误导,而必须始终紧扣民营企业的实际需求,紧扣企业家的精神、能力和经历三个环节。这是由人力资本的本质决定的,也是企业家人力资本的特质所在。作为企业"不确定性"的主要担当者,他必须具备这样的内在素质,否则,其人力资本便是残缺的,或者说达不到民营企业家的标准。

第三,企业家性质。企业家市场与一般的劳动力市场不同,无法对其初次交易后的工作(所从事的劳动)进行简单的量化,对于企业发展前景、企业家在企业发展中所起的具体作用等,都不是一般的量化指标所能体现的。民营企业家更是如此。因此,通常的做法有两种:一是简单化的高薪聘请,并确定业绩标准;二是企业家人力资本参股。两者的共同特征是无法处理一个问题,即企业家对企业经营风险承担什么样的责任?按照前者的要求,无非是降薪;按照后者的要求,无非是减持。换言之,企业家人力资本市场不能沿袭一般性劳动力市场的竞价机制,而必须根据企业家自身特征,形成相应的定价规则。

事实上,"真正制约民营企业成长的是信任资源。由于信任不足,因而家族企业主难以从经理人市场吸纳管理资源,因为有效的经理人市场的缺失也就是社会缺少制度来保证企业能吸纳到守信的经理人；由于信息不对称和信任不足，企业家授让控制权时心有疑虑，对授权后可能导致的风险、成本有很高的敏感度和预期。因此，大量的民营企业发展陷入以下困境之中：爱也经理人，恨也经理人，授权—失控—收权也成为大多中小民营企业中一个较为普遍的现象"。① 对于企业家精神和企业家能力这一特殊标的，不能套用劳动力市场的一般做法，而必须根据民营企业发展的实际需要，形成民营企业家与民营企业之间责任分摊、利润分担的共享体制，而不是通过静态的薪酬设计与制度约束进行规范。这就需要一整套的制度规范和行为规则，而不能仅凭显性评估指标和量化考核机制。

3. 民营企业家人力资本市场流动机制的关键：商业诚信

诚信是现代市场经济的伦理基础。在交易成功之后，企业家需要以自己的创造力、洞察力和统帅力，发现和消除市场的不均衡性，创造交易和效用，给生产过程指出方向，使生产要素组织化。同时不断在经济结构内部进行"革命突变"，对旧的生产方式进行"创造性破坏"，实现生产要素的新组合，因此，企业家与民营企业之间的合约必须建立在现代商业诚信的基础之上，而这种商业诚信的起点恰恰是企业家人力资本的交易过程。事实上，在 20 世纪 90 年代中期前，我国的经理人需求矛盾更多地是数量上的矛盾，而在 90 年代中期后，这一需求矛盾更多地体现为结构性矛盾。前者是由于职业经理人市场培育赶不上市场需求，而后者除了市场培育因素外则是由于经理人市场供求双方不信任或是企业因素造成的，我们把它归纳为市场交易的矛盾问题②，而企业家人力资本市场交易过程中的信息不对称只是供求双方不信任的诱因，根源还在于企业家人力资本与企业

---

① 储小平：《信任与家庭企业的成长》，《管理世界》，2003 年第 6 期。
② 施祖留：《转轨期民营企业职业经理人市场交易研究》，《福建论坛》，2005 年第 5 期。

物质资本合约的制度设计不足。一方面,当代中国的职业型民营企业家不再匮乏①,另一方面,他们与民营企业所有者之间的商业信任关系尚未正式建立。

表 5-3　　　　　　　　　**各类企业经营管理人才丰缺程度**

企业类型	短　缺	饱　和	富　余
国有及国有控股公司	42.8	45.2	12.0
其中:国有企业	40.1	44.1	15.8
非国有企业	54.2	40.4	5.4
其中:私营企业	61.1	36.3	2.6
外商及港澳台投资企业	53.2	42.1	4.7

造成这种局面的原因很多,其中,从人力资本市场的角度看,主要包括:一是信息不对称,供求双方所提供的交易信息要么是不完全的,要么是不完整的,交易过程中的相互疑虑与防范成为重要内容,也成为后来的不信任的开端。张维迎(2001)指出:"职业经理人的职业道德对企业的扩张十分重要。如果没有职业道德,对所有者缺乏忠诚,就不会有资本家信任他们,那企业只能是一个家族企业。"二是信息可比性。西方发达国家非常注重内部选拔,有规范的筛选、聘用程序。西方有一个衡量企业成熟的标志,就是看它重要的岗位是否都是通过内部提拔,而不是外部引进。从企业内部选择经营管理者,兼顾了员工个人发展与企业业务发展,有利于企业文化的延续,更在生产一线造就了一个人才库②。但是,中国民营企业的发展情况非常特殊。民营经济和民营企业家都是与社会主义市场经济共

---

① 中国企业家调查系统:《企业家价值取向——中国企业家成长与发展报告》,机械工业出版社 2004 年版,第 189 页。

② 吴文洁:《国内外企业家市场比较分析》,《西安石油学院学报》,2002 年第 3 期。

同成长的,而不是在已经非常完善的市场秩序和法制环境下成长的,带有很多市场经济发育时期的特征,集中体现在:企业家精神比企业家能力重要,企业家经验比企业家精神重要。这就很难进行有效的比较与相对准确的评估,从而大大提高了民营企业家人力资本的专用性,增加了交易风险。

三、民营企业家人力资本市场建设的具体路径

企业家人力资本市场的有效性包括两层含义:一是企业家人力资本的有效配置;二是企业家人力资本市场的有效运行。这是衡量企业家人力资本市场建设的两个基本标准。

1. 民营企业家人力资本市场配置的逐步形成

企业家人力资本市场一般由各企业家评聘委员会、"猎头"公司、人力资源评估机构、审计稽核机构等组成。同任何市场一样,企业家市场由企业家供给、企业家需求和企业家供求双方的交换这三方面构成,[①]在微观上主要从事企业家搜寻、评价、培训、推荐、咨询等,为企业和企业家提供现实或虚拟的交易空间;在宏观上是建立企业家的流动、升迁机制,以市场手段来配置企业家,把企业家的流动、升迁推向市场。20世纪90年代以来,国内不少地区陆续建立了企业家人才交流机构,人才的市场化配置发展较快。1992年前后,深圳首先成立了企业家人才管理中心;1995年,由国家人事部、河北省和唐山市共同建立了第一个国家级的企业家市场——中国唐山企业家市场;同年,上海市先后组建了上海厂长经理人才公司、上海经营者人才公司和上海东方经理人网络信息有限公司;1998年,四川经营管理人才中心诞生,并成功举办了"经营管理人才拍卖会",逐渐形成了

---

① 申彩芬:《建立我国企业家市场的探讨》,《商业研究》,2004年第17期。

一套经营管理人才测评、培养体系。

相应地,企业家人力资本的市场配置率也不断提高。《2008·中国企业家队伍成长与发展十五年调查综合报告》的数据显示,直到2002年,组织任命方式在企业家选择的各种方式中都是比例最高的,但近几年来有了明显的下降,从之前的超过一半减少到2007年的18%,比1997年下降了57.1个百分点,应该说这是一个很好的发展趋势。此外,2007年有31.5%的企业经营者是"自己创业",比2000年提高了15.4个百分点。这种变化反映了企业经营者来源的市场化程度的提高和建立现代企业制度方面的明显进步。同时,民营企业的规模越大,经营管理越复杂,现有的民营企业家队伍越无力独当一面(见表5-4①)。步步高老总的一席话道破了天机:当我的企业规模超过10亿时,我将没有能力管理这个企业!

表5-4　　民营企业家对直接掌握企业经营权的基本态度

		必须直接掌握管理权		合 计
		同 意	不同意	
企业资本规模	20万以下	64.1	35.9	100.0
	21万~50万元	51.0	49.0	100.0
	51万~100万元	46.0	54.0	100.0
	101万~200万元	40.1	59.9	100.0
	201万~500万元	34.0	66.0	100.0
	501万~1 000万元	33.6	66.4	100.0
	1 001万元以上	26.7	73.3	100.0
总计		38.9	61.1	100.0

① "中国私营企业研究"课题组:《2002年中国私营企业调查报告》,转引自人大复印资料《乡镇企业民营经济》,2003年第3期。

随着"一次创业"向"二次创业"的提升,越来越多的民营企业家和民营企业面临着市场配置和外部选择的重要转折,企业家人力资本市场配置的经济动因开始显现,从而为企业家市场和定价机制的形成提供了条件。

2. 当前面临的几个主要问题

第一,企业家人力资本市场的人为分割

有效的企业家市场建设有赖于企业家人力资源在各区域内、外合理流动。受制度、经济、文化等因素的影响,我国企业家市场形成了典型的"二元"性结构特征:一是以国有企业为核心的主要由政府有关部门把持的内部企业家市场;二是以非国有企业为核心的外部企业家市场。内部企业家市场以行政区域或部门为单位,被分割成各个局部市场,企业家流动性差,其人力资本价格很难反映其人力资本价值,企业家资源配置低效;外部企业家市场的需求方主要是非国有企业,与国企相比,非国有企业灵活的经营机制及政府的较少干预和保护,企业家人力资本价格能更好地反映其人力资本的价值。但是,目前非国有企业中有较大一部分是家族制企业,对企业家才能的市场需求较低,加之资本等要素市场不发达,企业家才能、声誉的信号传递及显示机制、企业家定价机制尚未建立,因而对企业家资源配置的效率也是低下的。从区域经济的角度来看,目前两大市场呈现出明显区域性且不平衡发展格局:在中、西部经济落后地区,内部企业家市场较为明显;而在东部沿海经济比较发达的地区,外部企业家市场表现明显;以企业家才能为核心的通过市场机制进行企业家资源配置的全国统一性市场尚未形成,企业家市场运行低效或失灵。

严格来讲,企业家市场需求主体应是具有独立经营权、纯经济利益目标的企业,即具有我国《公司法》所确定的"三会四权"(股东大会、董事会、监事会;权力机构、决策机构、监督机构和执行机构)制衡机制的现代公司。在古典资本主义(业主制)企业中,资本的所有权与经营权合一,企业家就是资本家,不存在对企业家的市场需求。随着社会分工的进一步发展,企业家才作为一种稀缺的要素资源进入市场,由此产生对企业家(才能)的市场需求。目前,我国真正意义上的企业家市场需求主体是非国有企业,但非国有企业中的较大部分是家族制企业,因而需求信息具有极大的隐藏性。在现阶段企业家市场建设、中介组织不规范和落后的情况下,有关企业家供求信息量的搜集成本大,企业家供求信息存在着严重的不对称现象。

企业家市场是不完全市场,它对企业家才能这一资源的配置必然是低效率的。正如卡森指出:尽管企业家能提高其他市场效率,但企业家市场本身是低效率的。因为企业家的判断性决策是典型的隐藏信息且具有专用性,企业家市场难以通过有效的信息甄别机制准确地把判断性决策配置给企业家,在企业家声誉机制、评估机制、定价机制、激励与约束机制尚未健全的情况下,企业家市场失灵程度更大。①

第二,企业家人力资本市场的参与主体问题

一方面,需要纠正政府在市场经济中的角色定位。在市场经济中,保护产权、维护法治、维护市场秩序是政府的首要职责。政府的职能不是自己拥有财产,而是保护公民的财产权,不是拥有自己的利益,而是保障公民的利益,不是自己拥有企业、管理企业,而是为企业创造良好的市场环境,使企业能够发展。为市场配置人才资源制定相应的"游戏规则",运用市场机制开发配置企业家人才资源是一项改革的新生事物,从一开始就应该遵循一定的"游戏规则",如何管理该行业,促使其规范运作,是各级政府义不容辞的责任。简言之,政府对企业家人力资本的扶持与干预是必须的,但不能擅自谋利。

---

① 周立新:《我国企业家市场失灵的理论分析及政策建议》,《经济体制改革》,2002 年第
4 期。

另一方面,我国企业家市场中介机构在数量和质量上都不足。以国外最普遍的猎头公司为例,在美国约有 1.8 万家这样的人才中介机构,仅纽约地区就有几百家。1998 年,美国最大的猎头公司之一的 Korn/Ferry International 公司在全球的年营业收入达到几十亿美元,已在全球 40 多个国家设立了 70 多个办事处。我国的猎头产业产生于 20 世纪 90 年代初。1992 年,由新加坡投资的沈阳维用科技成立了猎头部,这是中国猎头行业的首创。1993 年,北京泰来猎头咨询事务所成立,是国内最早具有独立法人资格的猎头机构。到 2005 年,全国通过政府相关部门注册成立,并正式经营猎头业务的猎头公司超过 950 家。若加上从事猎头业务的人才市场、管理咨询公司,总数在 3 000 家左右。但比较而言,中国猎头产业与国外仍差距明显。国外猎头公司一般经历了 60 多年的发展,它们在行业规模、业务水平、专业素质等方面远胜于我国。

除了上述两个方面的问题之外,我国还面临着民营企业家人力资本的流动性不足、市场信息系统不健全等问题。人力资本市场必须建立发达高效的信息网络,通过信息网络,企业家人力资本供给者和需求者能够全面掌握人力资本的稀缺度,以最低成本实现交易,增强民营企业家的流动性,提高流动效率。但我国人力资本市场信息化建设相当落后,信息在我国人力资本供求机制中还没有充分发挥导向性作用,全国人力资本市场信息联网还没有充分实现,这都在很大程度上制约了民营企业家人力资本市场的充分发育与良性运营。

3. 民营企业家人力资本市场发展的具体路径选择

第一,加强政策法规体系的建设。民营企业家人力资本是基础性经济资源,能否及如何配置,涉及整个民营经济的成长与市场经济体系的运营。在市场运行过程中,人力资本供求双方的市场风险、利益取向、激烈竞争等,均会给劳动关系带来新的矛盾和问题,从而影响市场正常运行,这就需要通过制定法律、法规和具体的政策措施,对民营企业家人力资本投资、开发、使用、流动、交易等进行有效的规范,保证人力资本市场规范和高效地运行,彻底改变目前民营企业家人力资本的市场配置率太低的现状。

表 5 - 5　　　　　　企业经营者职位获得的途径　　　　单位: %

获　得　途　径	2000 年	2002 年
组织任命	4.2	2.6
市场双向选择	3.3	3.5
组织选拔与市场选择相结合	4.2	2.6
自己创业	84.2	86.3
职工选举	2.8	3.1
其　他	1.4	1.8

资料来源:中国企业家调查系统网站(http://www.cess.gov.cn):《中国企业家队伍成长现状与环境评价》(2003 年度报告)。

第二,建立省级民营企业家人才市场(人力资本交易中心)。要建立全国性民营企业家人才市场,必须首先形成地区性的民营企业家人才市场。因此,可以借鉴深圳市的办法,以省(自治区、直辖市)为单位,由各地政府规划组建。在人才市场建立之后,需要将区域管辖范围内的现有民营企业家详情存档备案,建立区域民营企业家人才信息库,以便日后对企业家市场人才进行整体掌握。区域市场的职责和功能是:搜寻企业高级经营人才,及时更新信息库,进行动态管理;对企业家进行培训指导;为企业提供企业家人才信息;促进地区间企业家的交流和信息共享,形成信息共享机制,并建立人力资本市场信息发布制度;对企业家市场的运行进行宏观调控和监督。应允许和鼓励有条件的社会团体和个人进入这一领域投资和依法经营,并在政策上提供优惠条件予以扶持。

　　第三,培育中介服务组织。一方面,需要加强对中介服务组织的扶持与管理。猎头公司、人力资源评估机构等作为市场中专门搜寻并向用人单位推荐高级专业人才的机构,加速了企业家人力资本的合理流动,并扩大了企业的用人范围。这就需要努力培育和引导中介服务机构,完善人力资本中介服务机构的服务功能,进一步开展人事代理、人才推荐、人才培训等业务;积极开发人才派遣、人才测评、人事诊断、猎头服务、管理咨询等专业化程度高的服务项目;建立健全人力资本中介和人力资源管理的职业标准与职业标准认证办法,使其诚信经营、规范运作。另一方面,需要推动政府所属的人力资本中介服务转变为市场竞争主体。目前,政府部门所属人力资本中介服务机构占全国总数的76%以上,由于事业单位的公益性特征和单位性质,竞争意识和竞争能力相对欠缺。这就需要通过引导和扶持,促使这些中介服务机构最终脱离对行政主管部门的依赖,逐步成为自主经营、自负盈亏、自我约束、自我发展的法人实体和市场竞争实体。

　　民营企业家人力资本市场是民营企业家人力资本有序流动与优化配置的主要平台,也是民营企业家人力资本形成的重要环节。在现代市场经济条件下,民营企业家人力资本能否最终实现自身价值的保值增值,在很大程度上依赖于市场配置的能力与效率,并有赖于传统文化的转生。

第三节　民营企业家激励约束机制

　　激励约束机制是民营企业家人力资本形成的重要外部条件。从词源学的角度来看,中文的"激励约束"或英文(motivation)既包括正向的激励,如激发、鼓励、奖酬、诱导、保持等,也包括反向惩罚,如控制、管束、规约、修正、惩罚等,即约束的含义。显然,在现代公司治理中,激励与约束是一个硬币的两面,通常由委托人按照一定的制度安排,激发并控制企业家的行为,实现利益最大化。通过激励机制与约束机制的有机统一,能够在实现委托人自身利益需求的同时,确保企业家利益需求的实现。因此,这就包含了一系列的制度设计,主要由四个部分构成,即:薪酬激励约束机制、控制权激励约束机制、声誉激励约束机制和市场竞争激励约束机制。

薪酬激励约束机制　　　　控制权激励约束机制

民营企业家

声誉激励约束机制　　　市场竞争激励约束机制

图 5-3　民营企业家人力资本激励约束机制的基本构成

随着很多民营企业规模的不断扩大和经营结构的日益复杂化,经营权与所有权逐步分离,如何对企业经营者进行有效的激励与约束,这不仅涉及民营企业自身的发展,而且对民营企业家人力资本的形成至关重要。其中,激励机制是前提,约束机制是关键。对于民营企业家的激励与约束均源于对其权利与责任的规定,并主要通过四个维度展开。其中,在激励层面,薪酬激励机制居于主导地位,并规定了民营企业家人力资本价值实现的主要维度,即经济收益。实际上,没有人力资本经济价值的实现,也就谈不上人力资本的最终形成,谈不上对民营企业家的激励与约束。在约束层面,对于民营企业家的真正持久性的约束来自经理人市场竞争。正是这种强有力的外部约束,迫使民营企业家努力实现自身的人力资本保值增值,并通过各种人力资本投资行为提升自身的核心竞争力。民营企业家的激励约束机制由两个层面、四个方面共同构成,不同部分之间环环相扣,共同构成了对民营企业家人力资本形成的激励与约束,规定了民营企业家人力资本形成的基本路径。

一、薪酬激励约束机制

1. 一般分析

新古典经济学的分配原理认为,投入生产的要素以其价格分享生产成果的份额。民营企业家的主要职责是担负企业的"不确定性"。作为一种特殊的稀缺性生产要素,民营企业家人力资本所获得的就不能是固定的、确定的经济报酬,而必须在获得一定份额的固定经济报酬的同时,与企业发展的"不确定性"挂钩,主要包括两层涵义:一是当企业发展获得较高利润率时,如果民营企业家的经济收益依然是固定的,那后续的动力何在? 二是如果由于企业家决策失误导致了企业发展不力,仅仅投入人力资本的民营企业家应该分摊什么责任? 因此,作为企业家人力资本的投入者,民营企业家不仅要承担经济风险带来的后果,而且要获得经济发展带来的成果,使其人力资本具有区别于一般性人力资本的"不确定性",也就需要在制定薪酬激励约束机制过程中,充分考虑到激励与约束的动态平衡。

金融危机的重要启示之一:

薪酬激励机制与约束机制的对称

自 20 世纪 90 年代以来,为了强化股权激励,华尔街等地的投行精英们完全背离了"同志加兄弟"般的合伙人制度,以致上市后的投行股权极为分散,股东对公司控制力和决策权下降,没有强有力的股东能对公司管理层进行有效约束。同时,公司内部人员持股逐步上升,进一步削弱了传统的委托代理所产生的制衡作用,无限的风险责任被有限的风险约束取代,但是,巨大的激励机制却没有改变,最终形成了"非对称性的薪酬系统"。

在激励机制与约束机制失衡的状态下,短期操作行为也就取代了企业发展的长期战略规划。高管们的薪酬和激励机制没能真正与机构的风险管理、长期业绩相挂钩,形成较高的"道德风险",甚至连通用都可以气定神闲地无视日本汽车行业的经营战略转型。企业经营管理层可以在公司业绩基础上得到丰裕的薪资与股权,却无需在公司亏损时担当起相应的责任。结果,金融风暴来袭,各路英豪各奔东西。

在完善的管控体系下,应该更加重视短期绩效与长期绩效的均衡,高层管理人员薪资模式设计应以企业长期利益为目标,通过建立均衡的激励约束机制,充分调动管理层的工作积极性。一方面要通过诸如长期股权激励等建立长期激励机制。另一方面,经营风险必须与管理者的个人利益挂钩,建立长期的责任追究制度。

尤其在已经建立现代公司制的民营企业中,由于所有权与经营权逐步分离,企业的组织结构和责任分担机制发生了深刻变化,企业的实际控制权和经营权落到了一些职业型的民营企业家手中,只能通过有效的激励约束机制来矫正他们的经营行为。换言之,企业的经营绩效、而不是企业家的经营行为成为确定企业家人力资本薪酬的主要依据。有鉴于此,越来越多的企业、特别是民营企业,更倾向于以年度为单位,确定企业家的经济报酬,也就是所谓的"年薪制"(如表5-6所示)。这一比例甚至超过了外商独资企业和港澳台投资企业。

表5-6　　　　　我国企业的年薪制实行情况　　　　单位:%

总　　体	17.5
国有企业	15.2
集体企业	20.2
私营企业	41.4

	续　表
总　　体	17.5
联营企业	11.8
股份制企业	25.1
外商独资企业	15.2
港澳台投资企业	12.5

　　资料来源：中国企业家调查系统网站(http://www.cess.gov.cn)；《素质与培训：变革时代的中国企业经营管理者》(1998年度报告)。

　　当然，激励约束机制的基本目标是激励。报酬的增加一方面可以吸引相关的人力资本转化为经营管理型人力资本，另一方面，可以更好地配置现有的企业家人力资本。一个典型的例子是当初在国有企业表现平常的管理人员成为外资企业甚至民营企业中优秀的管理者。事实上，这同时表明企业家的供给与企业家报酬两者之间有着循环的影响关系。① 具体而言，这一机制主要包括两个部分：一是物质激励；二是精神激励。在不同的经济体制中，精神激励的分量不同，但物质层面的激励通常要重要于精神激励，物质激励是激励机制的基础。其中，股权激励最为常见。相对而言，工资比较稳定，但缺少灵活性；奖金能激发企业家的创业和创新动力，但可能会导致短期行为；通过购买股权或奖励股权的方式，可以使民营企业家成为企业的股东，实现企业家利益与企业利益的同向性，并避免企业家的短期操作，降低企业的运营成本。股票期权的最大优势是将企业家的权益与责任直接捆绑在一起，将激励与约束直接捆绑在一起，将短期利益与长期利益捆绑在一起，使企业家很难不从企业的角度、而只从自身的角度权衡利弊。

----

① 李爽：《企业家市场供求的影响因素》，《商业研究》，2006年第8期。

2. 基于虚拟股票的企业家激励机制

企业家股权激励方式可分为股票购买、股票奖励后配股,虚拟股票、虚拟股票期权、业绩单位等 5 种类型。股票期权的类型有一般股票期权、虚拟股票期权、股票溢价权等。[①]

公平偏好的发现,为解决激励问题提供了一种新的视角。赵亮等(2009)在建立考虑经营者公平偏好的最佳报酬契约的基础上,考虑了虚拟股票期权激励机制设计问题,此方法同样可以引入民营企业家激励机制设计当中[②]。虚拟股票期权(Plantom Stock Option)激励是指企业授予激励对象一定数量的"虚拟"的股票期权,激励对象可以从中享受"股票价值"的收益和一定的分红收益。这是股票期权激励形式的一种,但与传统的持有股票的制度不同,持有虚拟股权的人没有表决权,不能出售和转让,离开企业的时候自动失效。虚拟股权的发放不影响企业的所有者权益结构,其奖励资金直接来源于企业的收益。

虚拟股票期权一般以企业内部的经济增加值(Economic Value Added,EVA)作为实行和定价的基础,这样可以避免我国资本市场不完善及弱有效性为股票期权激励的实行带来的诸多问题。虚拟股票期权的实行不需要企业扩充股本,有效地解决了股票的来源问题。其次还有审批简单、易于操作等特点,可以克服很多传统股票期权实行时的企业内部和外部障碍。

EVA 是一种价值取向的业绩评价指标,在激励机制设计中能够较好地将企业报酬与业绩相结合,而且在理论研究和实践中已经比较成熟,EVA 的计算公式为:

$$EVA=税后经营利润-投入资本总额×加权资本成本$$

① 廉志端:《中国企业家成长的制度环境创新及市场机制选择》,《商业时代》,2008 年第 27 期。

② 赵亮:《考虑公平偏好的虚拟股票期权激励机制研究》,《价值工程》,2009 年第 12 期。

从上式可以看出，EVA 综合考虑了为企业带来价值增长的所有资本的加权成本，这样可以更加直接地和股东价值相挂钩。同时，EVA 可以用来评价企业总体经营业绩大小，代表了企业扣除全部成本后的经营所得。如果企业所处的内外部环境稳定，且最大限度考虑经营者的公平偏好时，虚拟股票期权行权时经营者的总报酬是一种考虑企业未来增长程度的对等产出分享报酬机制。

我国现有的企业家激励主要也集中在物质激励方面，但沿袭了很多国有企业的传统做法。美国企业经营者的固定收入不足一半，股票期权所占比例比其他国家高；日本、中国企业经营者的固定报酬均在 70% 以上。这说明，美国注重对企业经营者的长期激励，而日本、中国更侧重于现期激励。如果从经营者与员工的收入差距来看，美国为 100 多倍（平均数，大公司的差距有四五百倍，甚至上千倍），日本为 4 倍左右，中国最低，只有 2 倍左右。① 同时，中国、日本的薪酬机制更凸显了稳定感、归属感的价值取向。因此，在设计民营企业的薪酬机制时，不能过多地偏重于股票期权，而必须保持工资、奖金、股权等的最优组合。

目前，仍有不少民营企业主把经理人员仅仅看作一种必要的生产要素投入，他们认为在新创造的财富中，作为出资者的企业主应当拿走大部分甚至全部的新增价值，而经理人只应拿到当初合约约定的工资。中国企业家调查系统《2004·中国企业经营者价值取向专题调查报告》显示 29% 的经理人对自己的薪酬不满，22.9% 的经理人认为自己所付出的努力、承担的责任和风险没有得到相应的回报。由于股权直接涉及企业的控制权，中小型的民营企业更多地倾向于家族式管理，即使实行了股份制，也主要是在家族内部成员之间进行。即使是已经上市的民营企业中，也有相当多的经理人尚未获得

① 吴文洁：《国内外企业家市场比较分析》，《西安石油学院学报（社会科学版）》，2002 年第 3 期。

股权,以致大型民营企业的"零股权"现象严重。

表 5 - 7　　　　　民营企业高管人员持股情况

高管人员持股比例	0.00	0.00~0.05	0.05~0.10	0.10 以上
百分比	60.5	35.6	1.9	2.0
累计百分比	60.5	96.1	98.0	100.0
高管人员持股比例平均值	0.005 3	高管人员持股比例最大值		0.23

　　资料来源:武志鸿:《民营企业经理人激励约束机制探析:基于 X-效率角度》,《工业技术经济》,2008 年第 12 期。

二、控制权激励约束机制

　　给经营管理者以足够的控制权,使其发挥其经营管理才能,自由经营管理公司,给其创新活动留有足够的空间,这是有效的公司治理结构中必不可少的环节①。实际上,在民营企业经营权和所有权适度分离之后,经营控制权依然是最重要的权力,也是民营企业家凭借自身的人力资本获得企业"剩余索取权"的主要依据。因此,在委托代理框架下,企业家拥有包括投资、管理、生产、营销等相关决策的主导权,可以使民营企业家在充分发挥自身才智的同时,获得如下两种需要:

　　首先,能够获得应有的社会尊重,提高自身的社会地位。根据马斯洛需求理论,社会层级越高,精神需求的层次也就越高,而不是仅仅停留在一般性的物质需求方面。企业家层次的精神需要是非常突出的。只有获得了企业的实际控制权,企业家才能形成处于核心地位的心理优势,并获得影响他人行为的驱动力,理顺企业经营者与其

---

① 孙捷:《公司治理结构的控制权机制与经营者激励约束》,《重庆大学学报》,2002 年第 2 期。

他成员之间的关系。

其次,能够获得职位消费的需要。通常情况下,一旦获得企业的实际控制权,必然可以获得与其职位相匹配的职位消费。但是,如果企业的激励约束机制过于强调相对静态的工资待遇,那么,相应的职位消费往往会大打折扣,并相应地削弱企业经营者的驱动力。换言之,职位消费不仅能增加企业家的职位认知,强化精神激励,而且能为之带来诸多物质层面的利益满足,使其为了保持既有的职位消费水平,以及对未来获得更多职位消费的心理预期,而努力工作去维持目前的企业控制权。

当然,企业控制权是很特殊的激励约束形式。过高的控制权也会产生与预期目标相反的结果。国外学者曾经将企业家的成就、权力和归属等三种需要与公司绩效联系起来加以研究,结果显示:最高绩效的公司是由高成就需要和中等权力需要的企业家领导的;高成就需要与高权力需要相结合的企业家,其公司绩效低于前者;而中等成就需要一组内,绩效较高的公司是由高归属需要的企业家领导的公司。该研究的重要价值在于:企业家的控制权及其追求控制权的欲望需要得到遏制,否则会降低公司的绩效[①]。

但是,在我国的民营企业中,由于企业内部机制和外部发展环境的不健全,远未形成真正意义上的经营权与所有权分离,也就很难实现企业控制权的真正转让,也就很难通过授予企业控制权的形式对民营企业家形成有效的激励约束机制。"中国私营企业研究课题组"2000年的调研发现,虽然部分民营企业主意识到家族管理的局限性,并且力图从家族管理中突围,如建立权力分散、授权经营的科层制管理方式,"用股权换管理"、聘用社会上的专业人士来担任主要管理者,但其中相当多的企业是把生产过程剥离出来让"外人"去管理,而财务、销售等环节还是牢牢抓在自己手中,变

---

① 黎志成:《简评管理学中的激励理论》,《科技进步与对策》,2003年第12期。

相地掌握着企业的控制权。

三、声誉激励约束机制

相对于物质激励与约束,精神激励是补充,主要包括企业家的社会责任感、事业成就感、个人荣誉感等精神激励。如果说在社会主义计划经济时代,我国非常注重精神激励,那么,改革开放后,这一优良传统恰恰被过度的功利主义所取代,精神激励显得微不足道。在较为成熟的民营企业家人力资本市场中,企业家的声誉至关重要。

声誉制度(the reputation institutions)"是介于单纯建立在重复关系之上,依赖博弈双方自我实施的声誉和以国家强制力为实施保障的国家司法系统之间,或者依靠社会规范(social norm),或者依靠缺乏强制力的私人司法系统(the private judicial system)来组织实施的围绕合约执行而展开的有关社会成员商业行为的信息披露、纷争的仲裁、欺诈行为的惩罚等活动的规则和程序的总和"。[1] 实际上,对于企业家而言,在企业经营过程中所形成的声誉至关重要,这是对企业家自身价值的社会认同和肯定,也为企业家与企业进行合约谈判增加了必要的筹码。因此,建立有效的企业家声誉激励机制不仅能够满足企业家对追求长期利益的需要,而且还可以作为具有较高声誉企业家的信号机制,使其在人力资本流动与配置中获取更高的收益。声誉机制的形成有赖于成熟的企业家人力资本市场的建立,企业经营者为了其人力资本的升值增值,必将会在经营中更加注重自己的声誉,成熟的经理人市场是形成企业经营者声誉的有效制度,同时也是约束企业经营者的一种有效机制。

从管理学的角度来看,声誉激励属于精神激励,指为了追求成就的需要或自我实现的需要,从而激励企业家追求良好的社会声誉。

---

[1] 钱颖一:《企业治理结构改革和融资结构改革》,《经济研究》,1995年第1期。

图 5－4　企业家精神激励的基本形式

"自我实现的需要"是管理学激励理论奠基人马斯洛认为的最高层次的需要,他的需求层次理论得到了普遍的认同,主要归功于该理论简单明了,具有内在逻辑性,然而众多研究分析并未对该理论提供验证性的支持。也就是说,需求层次理论缺乏实证基础。我们可以认为并不是所有的企业家都会受到声誉的激励,一部分原因是需求层次理论本身的缺陷。另一方是因为在企业家的职业生涯中也存在类似于马斯洛的不同的需求层次,不同阶段的职业生涯中,对应着不同性质、不同特点的需求,换句话说,"自我实现需要"的满足是否对企业家有显著的激励效果,这主要取决于企业家自身所处的职业生涯中的具体阶段。

正如哈特所指出:尽管激励计划也许能够很好地激励经营者提供努力,但不能有效地阻止经营者营造帝国或者放弃控制权。因此,对管理者实施有效的激励只是实现所有者目标的必要条件而非充分条件,但这恰恰可以说明激励的重要性。但前面研究的都是物质激励的作用,而非物质激励也是对管理者激励的一个重要方面。这不仅是因为管理者的需求本身是多层次的,还因为非物质需求的满足往往是实现物质需求满足的一种途径。李垣等(2001)研究了对管理者的最佳激励应该是物质激励和非物质激励在量上的一个组合。这一组合的含义是,在一定的激励成本约束下,使管理者的效用最大化。

这是因为:首先,非物质的需求本身是管理者的一种正常需求,根据马斯洛的需求层次论,人的需求是多层次的,当物质需求得到一定满足后,非物质的需求就会产生。如被尊重的需求、自我实现的需求等。并且非物质需求会随着物质需求满足程度的提高而逐步得到加强。这一结论已被心理学、社会学得到了充分的验证。其次,对管理者来说,非物质需求的满足是实现物质需求满足的途径之一。如果管理者的人力资本是市场化的,并且其活动是多时期的,那么管理者在任一时期所积累的无形资产(如信誉、能力、合作精神等)都会影响到未来收入的实现。这是因为,市场化的人力资本意味着管理者在未来任一时期所能获得的收入都需要根据市场进行重估。重估的依据既包括管理者在以前各期边际产品的实际值(Fama,1980),还包括管理者所拥有的无形资产的价值。而后者无法完全通过收入来体现出来。只能靠公众的承认和传播等非物质的方式来体现。事实上,任何一个管理者都不会无视这一"商标"价值的存在。因此,从跨时期的角度讲,非物质需求的满足可以作为实现未来收入的一种途径。

对所有者来说,对管理者实施非物质激励可以产生两方面的有利作用。第一,非物质激励在一定条件下可以节约激励成本。第二,非物质激励能够适度约束管理者的行为。在两权分离的企业中,由于目标的不一致,管理者可能会有机会主义的动机,但机会主义行为发生的可能性在不同的人身上是不同的。由于荣誉本身具有一定的约束作用,对于已经获得诸多荣誉的管理者而言,已有的荣誉本身就构成了一种无形的约束力。为了保持已有的形象,增加自身的心理收益和社会价值,往往会尽量克制自己的行为,尽可能地减少机会主义行为。故此,对管理者实施非物质激励对所有者也是有利的。综上所述,对管理者实施非物质激励无论对管理者还是对所有者都能产生效用。因此它是一种有效的激励方式。下面,我们一般性地对非物质激励的计量问题进行讨论。

这里把非物质激励用两个维度来度量,一个是激励强度(如奖励的级别以及对激励对象所产生的影响程度等),另一个是激励次数。

这样,可以把非物质激励量 M 定义为:

$$M = \sum 激励强度 * 激励次数$$

由于激励强度并不存在客观的计量标准,因此,它可能存在计量的困难。在我们看来,解决办法是根据某一标准,将激励强度分为若干档次,并分别赋予不同的数字(强度越高,数字越大)。为了体现非物质激励的激励成本,我们令:

$$C = \sum 激励成本 * 激励次数$$

其中,激励成本包括:1) 非物质激励的直接支出(如信息成本等)和 2) 非物质激励的间接支出(由于非物质激励提高了管理者的人力资本,从而使管理者在未来工资谈判中谈判力的增加而引起的额外成本)。令:$C/M = p$,即:$C = pM$,p 就是非物质激励的单位成本。以后我们将会看到,p 在决定最优激励组合中起着重要的作用。

事实上,非物质激励量 M 对所有者和管理者是不同的,对管理者来说,它体现为一种人力资本投资。也就是说,非物质激励是影响管理者人力资本价格的重要因素之一。对所有者来说,它体现为一种成本。所有者是否会对管理者实施非物质激励以及以一个什么样的(物质激励与非物质激励)组合实施激励取决于这一组合能否以某一激励总成本实现对管理者的最优激励(使管理者的效用最大化),或在某一激励效果(管理者的效用一定)下,使激励成本最小化。关于这一点我们将在模型中给予论证。

自亚当·斯密开始,经济学中一直把声誉作为保证契约诚实执行的十分重要的因素[①]。由于任何契约都不可能是完备的,其得以履行的基础是契约各方通过长期合作所形成的相互信任机制,即良

---

① Milgrom&J. Roberts, *Economies*, *Organization&Management*, Prentice Hall, 1992, 3.

好的声誉。以经济学的角度分析,从利益最大化的理性假设出发,企业家追求良好的声誉是为了获得长期利益,尤其是为实现企业家人力资本增值而提供良好的外部舆论条件,增加人力资本配置过程中的信用度。总体来看,我国民营企业家与民营企业之间的契约属于不完全契约。企业与企业家之间的信任机制尚未形成,这就更需要保持企业家的良好声誉,否则,将对企业家人力资本市场的发育产生非常消极的后果。能否形成完善的声誉激励约束机制,是衡量我国民营企业家人力资本成熟程度的重要标准。很多职业经理人始终"怀才不遇",与企业家声誉激励机制的不健全有着非常直接的关联。

四、市场竞争激励约束机制

随着民营企业家人力资本市场化配置机制的逐步形成,市场不仅为企业家提供了一个公平竞争、信息汇集、价格形成的平台,市场机制也有效地遏制了企业家的机会主义行为,最大限度地促进了企业家行为的长期化和保证其才能的充分发挥。换言之,通过市场竞争机制对成功的企业家进行强有力的激励,同时,市场竞争压力对其经营行为形成了有效的约束。

法玛(Fama,1980)认为在竞争的经理市场上,经理的价值决定于过去的经营业绩,从长期来看,经理必须对自己的行为负完全的责任;因此,没有吸纳性的激励合同,经理也有积极性努力工作,因为这样可以改进自己在经理市场上的声誉,从而提高未来的收入。

霍姆斯特朗(Holmstrom,1982)模型化了法玛的上述思想,张维迎[①]给出了如下的一个简单模型来证明这一点。

---

① 张维迎:《博弈论与信息经济学》,上海三联书店 2004 年版,第 3 页。

假定只有两个阶段，$t = 1, 2$，每个阶段的生产函数如下：

$$\pi_t = a_t + \theta + u_t, \quad t = 1, 2$$

这里 π_t 可以理解为产出，a_t 是经理的努力水平，θ 可以理解为经理的经营能力（假设与时间无关），u_t 是外生的随机变量（如技术或市场的不确定性）。

当然，说帕累托一级最优在无限期代理关系中可以实现本身是没有多大意义的，因为他要求一些特殊的假设，特别是，经理是风险中性的，并且不对未来收益贴现。但重要的是，上述模型证明，声誉效应可以在解决代理问题中起作用，隐形激励机制可以达到显性激励机制同样的效果。

市场竞争对民营企业家的激励与约束作用最终来源于企业家市场的竞争机制，而该机制的实现是企业家市场、产品市场和资本市场协同作用的结果。根据经济发达国家的经验，企业高级管理人员通常会受到商品市场竞争、资本市场竞争和经理市场竞争的三重约束，其中最重要的就是经理市场的竞争。市场竞争越充分，不断提升自身的企业家才能、提高生产性努力程度就会成为企业家的最优选择。否则，只能导致企业家人力资本的贬值。

但是，我国的民营企业家人力资本依然不健全，企业家人力资本市场配置的方式单一、流程不规范、信用体系不健全等，均阻碍了这一市场的发育，但经理人之间的竞争已经开始初步形成，并导致了不正常的频繁跳槽与"挖人"现象。应该说，在家族化的企业治理结构中，企业家的培养可能会优先考虑企业内部人选，按照家族利益进行布局，这就必然会导致一种特殊的内部市场的形成。一方面，这不利于统一的、开放式的民营企业家人力资本市场的形成，但另一方面，在特定的历史背景下，它也大大降低了企业与企业家进行博弈的成本，维护了企业自身利益。因此，在今后相当长时间内，我国可能将一直保持着内部市场与外部市场并存的局面。

第四节　民营企业家人力
资本评价机制

　　评价机制是民营企业家人力资本形成环节的基本尺度,对于民营企业家市场的发育与人力资本的市场化配置有着重要的度量、筛选、排序功能。但是,这一评价机制的前提是企业家人力资本的价格形成机制健全,并能充分、准确地反映人力资本的实际价值。因此,在构建民营企业家人力资本评价机制的过程中,首先必须深入探讨企业家人力资本的价值与价格问题。实际上,当前中国民营企业家评价机制的主要问题就体现在企业家人力资本价格严重偏离了其价值,市场信号不灵,各种人为扭曲的企业家信息对价格形成机制造成了严重干扰。

一、企业家人力资本价值与价格的一般分析

1. 企业家人力资本价值的特殊性

　　企业家人力资本价值是由社会必要劳动时间决定的市场价值。企业家人力资本的市场价值,由一般价值和特殊价值共同构成。其中,特殊价值包括风险与创新价值、贡献价值两部分。尽管同样形成于交易过程,但与一般性商品的价值不同,企业家人力资本价值具有不可度量性和风险性。

　　首先,企业家人力资本价值的不可度量性。企业家人力资本属于典型的异质性人力资本,其价值体现在交易成功之后所开展的各种创新、创造过程中,表现为企业家自身的经营和管理行为,而这一过程不仅是动态的,并且发生在人力资本交易之后,而不是之前,也就使交易过程中对企业家人力资本的估算很难与企业家的实际劳动

价值保持一致。唯一的例外是：企业家根据人力资本交易过程中的价值估算和所提供的报酬，相应地控制自身的劳动过程，确保"价格反映价值"，有保留地进行经营管理。换言之，即使假定实现了充分的信息对称，交易之后的企业家人力资本价值实现过程也不是通过静态核算与评估所能约束的，这一过程与企业发展直接相关，而无法独立核算，但又不能简单地与企业经营业绩形成映射关系，这就是AIG薪酬丑闻的关键所在。

典型案例：AIG 高管"派红"丑闻的重要启示

在对企业家人力资本价值进行评估的过程中，由于实际上的不可度量性，相应的激励机制往往也就偏向股权与期权激励，促使经营人员努力工作，但是，它往往难以在企业家人力资本应得报酬与企业整体经营绩效之间形成有效平衡。这次"百年一遇"的金融危机，更多地引发了人们对这种激励机制的深刻反思。

自从动用纳税人金钱救助 AIG 以来，美国政府对 AIG 的薪酬计划严加限制，比如禁止高管薪酬超出 50 万美元等。但是，政府无权修改接管之前确定的奖金计划。2009 年 3 月，濒临破产的美国国际集团（AIG）向高管发放巨额"花红"，立即在美国朝野各界掀起了轩然大波。各方面的反应如此强烈，我们不禁要思考，到底是什么原因导致 AIG 敢于冒天下之大不韪，发放巨额奖金？

归根到底，激励本身是针对企业家行为的绩效，但企业家经营行为的绩效不能进行简单切割，而必须与整个企业的经营绩效挂钩。如果经营管理者个人的工作绩效完全符合企业薪酬激励机制的各项规定，但企业整体发展陷入了困境，企业家人力资本是否、以及如何分摊相应的（人力）资本投资风险，这便是这一丑闻的关键所在，也是中国很多民营高科技企业探索人力资本参股问题时的核心问题：人力资本拥有者不仅要参与股权分配，而且要参与风险分摊！

其次,企业家人力资本价值实现的风险性。与管理者拥有管理型人力资本,技术人员拥有技术型人力资本和一般员工或工人拥有技能型人力资本不同,企业家拥有的是经营型人力资本,即一个人所拥有的,凝结在其体内的,具有资源配置功能的知识结构、能力结构、素质结构和经验经历等的价值总和,属于边际报酬递增性质的异质型人力资本。在与企业的合约中,即使对企业家经营管理行为的定价"物有所值",也无法避免劳动过程中的"不确定性",而这恰恰是企业家人力资本与上述一般性人力资本的根本区别。正是通过担当、引导并利用这种"不确定性"为企业发展谋利,企业家才可能获得"剩余索取权"。企业经营绩效本身不能与企业家人力资本价值划等号,但企业家必须为此承担直接风险,包括物质层面的,也包括精神层面的。

2. 企业家人力资本价格的特殊性

企业家人力资本的价格取决于其市场价值,只是市场价值的外在表现形式,但能否尽量准确地反映人力资本价值,形成健全的人力资本价格形成机制,是问题的关键,而最大的影响因素则是企业家人力资本的市场供求关系。从需求方来说,是否将需求市场化是一个重要条件。我国目前的民营企业更多地倾向于家族化管理,也就是说,将企业家人力资本需求内部化了,而不是市场化,从而大大削弱了民营企业家人力资本的市场需求。进而言之,民营企业对企业家人力资本的需求必须建立在一定的制度架构之下,而不是只要有需求,就一定能在企业家人力资本市场上体现出来;另一方面,企业家人力资本形成过程是一个漫长的成长过程和投资过程,不能简单地等同于教育投资,还包括健康投资、社会历练、工作经验的形成和心理素质的调适等非常复杂的环节。因此,在人力资本形成之后,企业家不仅要谋求自身价值的实现和人力资本的保值增值,还需要承担人力资本贬值或更新所带来的巨大风险。

供求双方的特性决定了中国民营企业家人力资本市场供求中的某种刚性约束,市场弹性极小。换言之,中国民营企业家人力资本市场供需两旺的局面远未形成,并且不能简单地从供求双方探求出路,还必须充分考虑到制度环境、社会氛围、文化传统等外部约束。这也就注定了现今民营企业家人力资本价格形成的特殊性。

3. 企业家人力资本评价的基本原则

第一,指标设定的全面、系统。指标体系是测评系统的基础,能否将企业家人力资本评价的关键指标纳入评价体系而不产生遗漏,对评价体系的科学性与合理性至关重要。这就需要将民营企业家的能力与精神、业绩与潜力、个体业绩与企业业绩等按照不同权重,建立综合性的评价模型,避免测评中可能出现的偏差,形成对企业家自身的立体式认知与整体性评判。

第二,评价方法的科学、合理。在具体的技术层面上,不能简单地设定似乎"放之四海而皆准"的一般性模式,随便套用,而必须结合民营企业发展的具体情况。比如,运用层次分析法确定指标权值,可以在一定程度上删除个人的主观偏见的影响,提高评价的可靠性。通过各种模拟手法,力求将定性研究与定量研究有机结合,将静态分析与动态分析有机结合。既不能为了保持客观性而忽视对企业家主观性要素的评判,也不能偏好主观性判断而湮灭了评估的横向比较性。建立计算机支持系统的系统框架,通过计算机模拟实现心理测评和情报模拟,是进行测评的一个发展趋势,但必须与企业家主体的各项动态指标紧密结合。

4. 人力资本评价的一般方法评述

由于人力资本本身所具有的特殊性、复杂性和不确定性,使得对人力资本价值评价的难度远远超过物力资本。就目前国内外研究的现状来看,人力资本的评价一般从三个方向入手,即成本、收益和市场,并从不同的角度和侧重提出很多种不同的度量模型及方法。目前尚无统一的人力资本评价方法。

二、民营企业家人力资本评价机制建设的基本框架

企业家异质型人力资本的形成,不仅意味着企业家的个人能力得到了最充分的施展,而且也意味着企业家通过个人能力的发挥,为企业创造了较大的经济社会效益,在整体上促进了社会财富的增加。对企业家人力资本进行评估的主体有两个:一是企业家所在企业的评价体系,包括董事会、经营管理层、工会等;二是企业家市场对企业家人力资本的评价。两方面共同构成了民营企业家人力资本评价机制。其中,企业所有者对企业家的考核目的在于:作出相应的薪酬设定与人事安排。也就是说,如何对企业家人力资本进行定价,以及是否聘用该企业家。而企业外部对于企业家的评价主要目的在于为

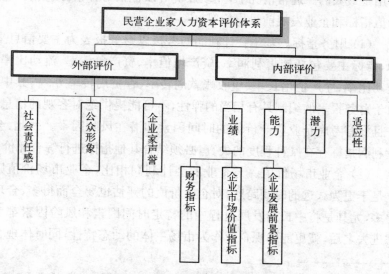

图 5-5 民营企业家人力资本评价体系

企业家能否进入人力资本市场提供依据,并为人力资本配置过程提供各种必备的相关信息。因此,民营企业家人力资本评价体系由外部评价与内部评价共同构成。特定的民营企业是民营企业家人力资本形成的最终环节,也是进行民营企业家人力资本定价的主要依据。民营企业的内部评价是整个评价体系的关键。尤其在外部评价体系严重缺失的形势下,民营企业家人力资本评价的主体依然是民营企业自身。

1. 民营企业家人力资本的内部评价

第一,业绩评价

业绩评价是对民营企业家以往经营管理行为的实际业绩的总体认知,一般采用分析法(AHP),尽管不能简单地将这些业绩都归结于民营企业家,但作为企业"不确定性"的主要承担者,民营企业家的作用是最大的。通常情况下,业绩评价可以包括财务指标、企业市场价值指标和企业发展前景指标等。

(1)财务指标。基于会计利润的考核以财务报表为主要信息来源,指标主要包括销售利润率、资产增值率、资产负债率、流动比率、速动比率、净产值增长率、应收账款周转率、存货周转率等。[①] 其中,由于财务报表的编制具有相当的弹性,不可能提供绝对客观的信息,并且没有考虑企业资产价值的时间因素和潜在风险因素。因此,会计利润指标存在某种程度的失真,必须结合其他指标进行综合评价。

(2)企业市场价值。与企业的会计利润相比,企业市场价值则立足于更为久远的时间跨度,对企业价值的评估也要全面得多、合理得多,尤其是将中长期发展过程中的特定时间因素和风险因素都考虑进去之后,就更能体现企业作为市场主体的动态特性,同时体现企

---

① 林慧丽:《企业家人力资本评价指标体系设计的思路与要点》,《中共伊犁州委党校学报》,2002 年第 2 期。

业家在企业发展中的特殊职能定位,能有效地避免企业家在经营管理过程中的短期逐利行为,真正将企业家人力资本价值与企业价值有机统一,形成有效的企业家定价机制。

(3)企业发展前景。在充分考虑企业短期和长期发展成果的基础之上,还需要对企业发展前景有充分认识。实际上,财务指标令人心仪、整体市场价值不菲的企业未必有良好的发展前景和长远的竞争优势。相反,一个有着宏大视域和长远发展规划的民营企业家,可能不会刻意追求暂时的会计利润或耀眼的企业市值,而会更为关注研发投入、市场开拓、产品结构、管理质量等层面,这恰恰是最为重要的。实际上,从 20 世纪 80 年代开始,很多跨国公司已经将诸如此类的非财务指标纳入了企业家业绩考核系统。20 世纪 90 年代以来,在全球市场化、经济知识化、传播信息化的过程中,核心竞争力成为企业追逐的核心目标,非财务指标的重要性进一步突出。这就需要结合企业发展的显性价值与潜在价值、长远规划与当前绩效、财务指标与非财务指标,形成更为综合、全面的评价系统。其中,卡普兰和诺顿(Kaplan & Norton,1992 年)提出的平衡计分卡 (The Balaneed Score Card, BSC)即是一套基于企业核心能力的较为完整的财务指标与非财务指标相结合的业绩评估体系。它从财务、顾客、企业内部业务流程、学习和成长四个角度将企业长期战略目标与短期行动联系起来,有助于经营者实现管理的长短协调,注重企业的长期发展潜力。

第二,能力评价

民营企业家能力评价是对其自身人力资本开发运用能力的评价。通过对其经营活动与管理活动中的能力体现进行测评,得出总体性的结论,通常集中在民营企业家的决策能力、管理能力、交往能力、心理承受能力等指标。这些能力是相对显性的,但必须借助于企业家的具体行为体现出来,属于间接的测评行为。

第三,潜力评价

在现有职务岗位上,企业家所体现出的工作能力未必是其全部潜力的体现。因此,在测评显性的能力要素的同时,还必须对某些至关重要的潜力因素进行评估,使其潜力显性化,充分实现企业家人力资本的价值。通常情况下,这些潜力主要集中在民营企业家对企业发展的认知和对市场前景的研判,以及对重大的企业发展决断的基本态度。

第四,适应性评价

这种考评是对企业家人力资本能否盘活的关键性评价。人力资本投资本身不是目的,能否及如何适应相应的岗位和市场需求,实现企业家人力资本的保值增值才是终极目的。对企业家适应性的评价主要包括以下几个方面:一是企业家对特定职位的适应性;二是企业家对工作团队的适应性;三是企业家对外部制度环境和社会氛围的适应性,对海归企业家来说,这一点尤为重要;四是对市场变化及各种"不确定性"的适应性,这是作为企业家所必须具备的基本能力,也是判断能否胜任企业家角色的关键性因素。

2. 民营企业家人力资本的外部评价

第一,社会责任感

企业是市场主体,企业家的行为不仅对特定企业、而且对整个市场都将产生一定的影响。社会责任感是对民营企业家进行评价的重要标准,主要包括:企业家能否充分认识到社会责任的重要性,在多大程度上认同社会责任的地位与作用,对社会责任的具体内容的了解程度,履行社会责任的情况如何。2006 年的数据显示:国内多数上市民营公司的公益责任尚不强,尤其是在慈善捐款方面。近九成接受调查的公司在 2006 年的捐款没有超过 100 万元,有 40 家上市民营公司的捐款数额为零。[①] 中小型民营企业家的问题就更为突出了。在经济转轨、社会转型的特殊历史背景下,民营企业家的社会责

---

① 尚福林:《和谐社会需要富有社会责任感的企业》,《上海证券报》,2007 年 11 月 19 日。

任感无论对民营企业自身的发展，还是对整个经济社会发展，都具有特殊重要的意义。正是通过提高民营企业家的社会责任，才能使之从社会发展的高度重新思考财富的价值、企业的使命和自身的角色定位，有助于民营企业家的最终成熟，进一步丰富民营企业家人力资本的内涵。

第二，公众形象

民营企业家是社会经济资源的整合者、开发者、使用者，在经济社会发展过程中，充当着特殊的"领导者"角色，能否具有良好的公众形象，无论是对所在企业的发展，还是对整个民营企业家群体的社会认同，都具有指标性的作用。尤其在现代媒体的"形象偏好"背景下，公众形象既是民营企业家巨大的无形资产，也可能成为压垮民营企业家的"最后一根稻草"。

第三，企业家声誉

如果说企业家的公众形象更多地体现在舆论层面，主要是关系到企业家的社会资本整合能力，那么，企业家声誉则更多地集中在业内，主要针对企业家在经营管理过程中所得到的认可度。因此，企业家声誉形成于企业经营过程之中，并被业内所看重，这往往直接决定着民营企业家人力资本能否进行有效的市场配置。事实上，越是成熟、完整的企业家市场，越重视企业家的声誉。

民营企业家人力资本评价机制是民营企业家人力资本形成的最后环节，也是最重要的环节。就目前而言，这一评价机制还远未形成。与民营企业家市场流动机制相应，需要尽快考虑在省级单位设立相对独立、权威的民营企业家评价中心，逐步形成较为系统、科学的评价标准和规范、客观的评价流程，为企业家人力资本价值的充分体现提供必要条件，最终促成科学、合理的民营企业家定价机制的形成。

结　束　语

　　改革开放首先是市场化的进程,市场主体的培育是建立健全市场经济体制的基本条件。民营企业和民营企业家形成于这一复杂的历史进程,并与持续性的经济制度变迁、社会文化发展相伴相生。换言之,民营企业家人力资本形成过程也是中国民营企业和民营经济成长的过程,是中国经济法律制度变迁的过程。在研究民营企业家人力资本形成问题时,无法将其与外部制度变迁相剥离,更无法对其外部市场条件进行所谓的"假定"。也正因此,在分析民营企业家人力资本形成过程时,面临着两个基本的理论问题:

一、民营企业家是人才吗?

　　看似简单的问题,实际上涉及方方面面,包括中国传统文化对企业家的定位、传统马克思主义意识形态对"资本家"的定性,"一部分人先富起来"后在"另一部分人"眼中的定格问题、现有人才学理论对"人才"的定义等。正是各种主客体因素交融,使这一本不是问题的问题成为一言难尽的大问题。

1. 中华传统文化对工商阶层的定位
　　中原深居内陆,地势平坦,雨水充沛,土地肥沃。自商朝时起,"能事本而禁末者,富"。(《商君书·壹言》)以农为本,男耕女织,绵延不已。时至秦汉,为了封建王朝长治久安的千秋大业,也为了黎民百姓的恪守本分,"重农抑商"政策逐渐形成,"安居乐业"成为了历代帝王对膝下子民的期许,和万世子民对千古帝王的祈求。士农工商,以家庭为单位的小农生产方式烙上了浓浓的宗法印记,也将工商人士定位在了社会主要阶层的末端,"无商不奸、无奸不商"进而将工商业者定位在社会道德的尽头。

农业文明以土地为主要劳动对象,而土地本身既不能流动,又不能叠加,光阴却可以无限轮回,四季也可以周而复始,"时间"成了圆形而不是线形概念,空间却趋于静止与停滞,"子又有子、孙又有孙、子子孙孙、无穷无尽也"是所有小农不灭的憧憬,千古江山、万世一系则成了自古帝王孜孜以求的梦。靠天吃饭、靠地过活是小农生产、生活方式的形象写照,工商阶层被无情地夹在了统治阶级与被统治阶级之间,既没有稳固的社会根基,又缺少稳定的经济生活。"流动性"是小农社会的大忌,而工商阶层则成了这一大忌的人格化身。在几千年的中华文明中,他们被定位在了社会的低端和末端。这样的文化心理至今没有得到彻底的扭转,因为小农经济的生产方式依然在很大范围内存在,小农文化的惯性也无时不在、无处不在。

2. 传统马克思主义意识形态对"资本家"的定性

自新中国成立以来,工业化进程在传统社会主义意识形态的包裹下,以赶超的方式和方法突飞猛进,但"工"与"商"却遭到了严格的剥离。在社会主义计划经济体制下,在全国经济一盘棋的大局之下,产供销一条龙,国家成为名义上唯一的所有者和经营者,企业的生产行为和经营行为也就成为日常行政工作中的重要环节,工厂的生产者和产品的经营者不是独立经济意义上的企业家,而只是政府命令的执行者。当物资可以直接调配和计划供给时,市场交换意义上的工商业者也就失去了本来的意义,中国的社会主义计划经济体制中没有也不需要企业家。

作出这一诠释的是传统马克思主义意识形态,而且是以非常严厉的态度和极其愤慨的言辞进行的:打倒雇佣劳动制度! 消灭剥削！消灭资产阶级！实际上，自道光以来，中国并未形成强大的资产阶级，甚至没有出现多少有足够实力的大资本家，充其量只能算是"男三号"，[①]但传统马克思主义意识形态长期"左"倾化，将"资本家"描摹成了万恶不赦、万世可诛的反动派和历史进步的绊脚石。尽管改革开放以来的表述方式趋于缓和，但日益拉大的贫富差距又将这"一部分人"推向了注定被"另一部分人"尽情"仇富"的对立面。

3. 贫富差距拉大后的民营企业家定格

自改革开放以来，为了改变单一的物资调配方式，首先在流动领域放松了管制，并造就了中国最早的民营企业家（胚胎）。但他们没有资金、没有文化、没有正式工作，甚至就是泥腿出身。结果是，尽管发财了，社会却只能给一个"暴发户"的封号，不难看出，愤懑、疑惑与不屑之情尽在其中。因为，在那个年代，正如列宁晚年的"耐普曼"一样，谁也说不清他们的前程与去路。恰逢苏联晚期，苏东地区的学者更是绘声绘色地把中国的这一新兴群体描成了东方的"耐普曼"。

但是，自20世纪90年代中期以来，随着民营经济的迅速崛起和民营企业家群体的初步形成（也有学者视之为一个阶层），他们与社会其他收入群体之间的差距渐趋清晰，而且差距稳步拉大。在社会弱势群体和公众媒体有所偏颇的描绘之下，民营企业家成为了最合适的"仇富"对象，甚至被赋予了所谓的"原罪"，似乎所有的民营企业家都参与了改制，也似乎所有的改制都有"原罪"。有失公允的舆论导向加上少数民营企业家的不检点，将贫富差距拉大后的罅隙进一步彰显，民营企业家一如既往地被定格成了"有罪之身"。

4. 传统人才学理论对"人才"的定义

人才学是中国少有的本土性学科之一。在长达2 000多年的文

---

① 吴小波：《寻找一个失落的企业家阶层》，《商学院》，2009年第8期。

化积淀中,关于人才的各种理论层出不穷,但与中国的经济社会形态演进进程相伴,中国的传统人才学也带有浓厚的农业文明气息,集中体现在神圣化、行政化和等级化三个方面。不仅如此,自管仲、子贡两人以来,中国封建社会的人才学很少涉足工商业者的问题。换言之,他们被排除在了中国传统人才学的视域之外,长达几千年。无论在道德层面,还是在职业划分方面,他们始终处于"体制外",进不了三教九流,也就与神圣化、行政化和等级化无缘。无论朝代如何更替,帝王之术如何圆润,工商业者始终算不上是"人才"。

在社会主义计划经济条件下,尽管中国的工业化进程加快了,但如前所述,根本不存在所谓的真正意义上的"企业家",偶尔出现的个别私营工商业者也时常要背负着来自意识形态和政治体制的重重问罪。因此,传统社会主义虽然将中国的人才学演进到了人事人才理论阶段,却依然没有"企业家"的身影,也就谈不上企业家是否属于"人才"的问题。

改革开放之后,人事人才理论迎来了春天,严格意义上的人才学却渐趋式微。1982 年,国家人事部对"人才"进行了标准设定:中专以上学历,或者初级以上职称。无疑,大多数的民营企业家(当时的"暴发户")与此无缘。事实上,一直到今天,无论是在学术界,还是在官方文件中,包括"暴发户"在内的民营企业家从未被正式列为"人才"系列,这不仅与享受处级、厅级待遇的国有企业家形成了鲜明的对比,跟满嘴洋文的三资企业家更是相差甚远。在 2003 年的全国人才工作会议上,"人才"的标准进一步拓宽,将获得各种职业资格证书的专业技能人才纳入,但与多数的民营企业家依然没有任何联系。导致的直接结果是:大批民营企业家不能被视为"人才引进政策"的对象,也不能纳入体制内的社会保障体系详见下图①。

---

① 　中国企业家调查系统:《中国企业家成长 15 年:1993～2008》,机械工业出版社 2008
年版,第 238 页。

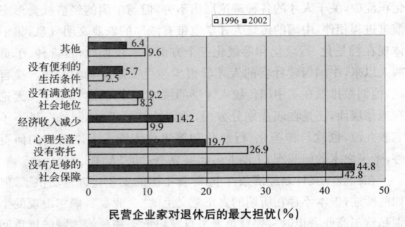

民营企业家对退休后的最大担忧(%)

　　尽管一些职业经理人成长起来,不仅有学历和职业资格,而且属于高层次经营管理人才,但民营企业家的主体却只能作为"非公人士",被挡在了体制外,历史定位依旧,京沪穗等地曾偶尔出现的拿钱换户口的政策也如过眼烟云。尤其是对自主创业型的农民企业家而言,除了有一定的经济实力之外,无论是社会身份,还是政治地位,以及媒体和公众对他们的角色定位,都是不折不扣的农民! 而又枉谈人才!

二、民营企业家能撑起中国民营经济的明天吗?

　　民营企业家是中国经济制度转型过程中的特定产物,与成熟的市场条件下的企业家具有完全不同的人力资本形成路径和形态。但是,问题在于:经过风风雨雨的"一次创业"之后,备受争议甚至备受不公待遇的民营企业家能否一手撑起中国民营经济的明天? 在社会主义市场经济体制初步形成之后,我们可以对外部制度环境进行一如往常的"假定",从而改变以往探究民营企业家人力资本形成路径时对外部制度环境过多的倚重,不再将制度变迁进程作为中国民营企业家人力资本形成的最重要变量,而是就事论事地分析这一问题。与"一次创业"不同,能否以及如何促进民营企业家的成长、成才、成功与成熟,是我国"二次创业"中民营企业家人力资本形成的关键所在,也是测试中国民营企业家发展前景的主要考量。

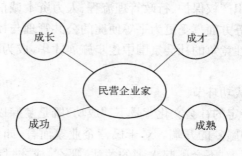

"二次创业"中的民营企业家人力资本形成模式

第一,在成长环节。

现有的高等教育和专业培训体系必须实现真正意义上的结构性调整,在企业家人力资本投资中充当主角,改变目前民营企业家主要借助于"干中学"不断成长的路径依赖。实际上,在成熟的市场经济条件下,企业家的培育是教育培训领域的重要使命,但迄今为止,中国的企业家培训系统远未真正形成。如前所述,建立省级企业家培训系统理应成为今后工作中的一个优先任务。

同时,必须改变第一代民营企业家成长中的"经费自理、责任自负"局面,形成国家、企业和个人(家庭)等多方出资、分担成本、分摊风险的人力资本投资体系,为民营企业家的成长创造良好的社会条件。

第二,在成才环节。

成才机制建设是我国民营企业家队伍建设的重要环节,这就需要形成一个完整的企业家评价机制,基于信息对称,对民营企业家人力资本进行尽可能的量化或精准描述,为民营企业家的成才提供必要的衡量标准。就目前而言,需要尽快建立相对独立、权威的省级民营企业家评价中心,并减少民营企业家人力资本流动与配置的制度性障碍,逐步形成优质的企业家人力资本市场。

同时,需要为民营企业家的成才提供必要的创业环境和社会氛围,使之在知识产权保护、行政管理流程、人力资本诚信流动、风险投资、融资渠道等方面享受更为平等便捷的公共管理与社会服务,并在积极向上、良性竞争的社会氛围中逐步施展才华,成为真正意义上的企业家。

第三,在成功环节。

在中国特定的社会文化背景下,"成功"既是梦寐以求的境界,也可能成为种种噩梦的开端。对于民营企业家而言,如果说成长过程主要是个体行为,不会引起太多的关注,那么,成才过程也不会从根本上改变已有的社会地位格局,也不会导致社会舆论的过多关注。但是,一旦成功之后,不仅原有的社会地位会发生改变,舆论导向也成为重要风向标。另一方面,一旦创业失败,现有的社会文化导向必须形成双向宽容的格局,对失败的企业家预留足够的发展空间和重新崛起的机会,形成鼓励成功、宽容失败的良好文化氛围和经济制度环境。

如何面对成功,这是衡量企业家能力的重要标准。实际上,大批的民营企业家在面对成功时,不仅心态改变过快,而且往往难以妥善处理好已有社会关系格局衍生出的各种问题,这恰恰反映了中国社会对企业家的一些特殊甚至过高的要求,但也折射出中国民营企业家群体的另一个特点:不成熟。

第四,在成熟环节。

民营企业家的成熟,集中体现在民营企业家人力资本内涵的完整。在特定的外部制度环境中,中国的民营企业家人力资本在很大程度上是"残缺"的,比如:经济地位、社会地位和政治地位不均衡,从而导致他们与外部世界之间的某种隔膜。一个成熟的民营企业家群体应该是与其他所有社会群体一样，享受着同等的国民待遇，拥有着同等的发展机遇，处于同等的社会政治、经济地位。如今，无论是对中央党校的趋之若鹜，还是对政协、人大的过于热衷，只能从反面印证了中国民营企业家地位的不确定和自身的不成熟。

同时，成熟的民营企业家应该能够熟练地应对市场风险，灵活地应对社会舆论，尤其是公众媒体的近乎刻意尖酸的盘剥，自觉承担起应有的社会责任，成为社会道德层面的现代公民，而不是标新立异、追求某种特权或特殊地位的特殊群体，更不能成为公众视之可诛的怪类。

* *

民营经济是中国未来经济格局中的主力军，民营企业是中国最主要的市场主体，民营企业家是民营企业和民营经济的领头羊。按照"二次创业"的基本要求，从企业家精神和企业家能力两个维度着手，建设一支视野开阔、能力超群、阅历深厚、创新与创造能力强的民营企业家队伍，是未来中国经济增长中不可或缺的重要议题，也是我国从人力资源大国升级为人力资本强国的重要步骤。

参 考 文 献

第一部分　论著

1. 熬带芽：《私营企业主阶层的政治参与》，中山大学出版社，2005。

2. 陈惠湘：《中国企业批判》，北京大学出版社，1998。

3. 陈志宏：《企业家的新观念》，上海社会科学院出版社，1993。

4. 程承坪、魏明侠：《企业家人力资本开发》，经济管理出版社，2002。

5. 邓国政、尹良荣：《社会主义企业家论》，湖北人民出版社，1998。

6. 丁栋虹：《企业家成长制度论》，上海财经大学出版社，2000。

7. 丁栋虹：《制度变迁中企业家成长模式研究》，南京大学出版社，1999。

8. 董明：《政治格局中的私营企业主阶层》，中国经济出版社，2001。

9. 冯筱才：《在商言商：政治变局中的江浙商人》，上海社会科学院出版社，2004。

10. 费英秋：《管理人员素质与测评》，经济管理出版社，2004。

11. 甘德安等：《中国家族企业研究》，中国社会科学出版社，2002。

12. 甘德安：《成长中的中国企业家》，华中理工大学出版社,1997。

13. 葛操主编:《公民社会能力素质研究》,郑州大学出版社,2005。

14. 黄文夫:《民营在中国》,中国城市出版社,2003。

15. 贾挺、秦少相:《社会新群体探秘——中国私营企业主阶层》,中国发展出版社,1993。

16. 焦斌龙:《中国的经理革命——企业家的政治经济学分析》,经济科学出版社,2003。

17. 李路路:《转型社会中的私营企业主:社会来源及企业发展研究》,中国人民大学出版社,1998。

18. 李鼎新:《现代企业家》,陕西人民出版社,1996。

19. 李华刚:《民营企业为何难长大:中国民营企业"短命现象"原因分析及扭转对策》,民主与建设出版社,2004。

20. 李连进主编:《私营企业在中国的再生》,天津社会科学院出版社,1992。

21. 刘培峰:《私营企业主:财富积累的轨迹》,社会科学文献出版社,2005。

22. 刘伟:《中国私营资本》,中国经济出版社,2000。

23. 吕福新:《企业家行为格式:对角色人格管理的探究》,经济管理出版社,2002。

24. 陆三青:《社会主义市场经济条件下企业家成长机制的实证分析与理论研究》,西安交通大学出版社,2000。

25. 王世荣主编:《民营企业家的成功之道》,地震出版社,2000。

26. 向洪、谢圣赞、游勇等编著:《零度起飞——中国民营企业家的成长之路》,西南财经大学出版社,1999。

27. 辛向阳:《谁能当中国的企业家》,江西人民出版社,2001。

28. 徐井岗:《民企老板管理突围》,上海三联书店,2005。

29. 杨大跃:《职业经理人:企业领袖与管理精英》,中国发展出版社,2003。

30. 杨文轩:《审视中国的民营企业》,中国三峡出版社,2000。

31. 应焕红:《家族企业制度创新》,社会科学文献出版社,2005。

32. 郁建兴等:《在政府与企业之间:以温州商会为研究对象》,浙江人民出版社,2004。

33. 袁红林:《小企业成长研究》,中国财政经济出版社,2004。

34. 张维迎:《企业的企业家——契约理论》,上海人民出版社,1995。

35. 张维迎、盛斌:《论企业家:经济增长的国王》,生活·读书·新知三联书店,2004。

36. 张厚义主编:《中国民营企业家列传》,经济管理出版社,1995。

37. 张厚义主编:《走向成熟的民营企业家》,经济管理出版社,2002。

38. 张厚义:《中国的私营经济与私营企业主》,知识出版社,1995。

39. 张玉利:《小企业成长的管理障碍》,天津大学出版社,2001。

40. 张建君:《商者无域:中国民营企业家与职业经理人》,经济科学出版社,2005。

41. 章敬平:《权变:从官员下海到商人从政》,浙江人民出版社,2004。

42. 章达友:《MBA 教育质量控制系统研究》,厦门大学出版社,2002。

43. 郑江淮:《企业家行为的制度分析》,人民出版社,2004。

44. 郑秉文《企业家领导艺术》,中国经济出版社,1986。

45. 赵丽江:《中国私营企业家的政治参与》,中国经济出版社,2006。

46. 中国企业家调查系统:《企业家价值取向——中国企业家成

长与发展报告》，机械工业出版社，2004。

第二部分　期刊文章

1. 陈宏辉、贾生华：《企业利益相关者的利益协调与公司治理的平衡原理》，《中国工业经济》，2005(8)。

2. 陈其勇、赵温：《西方企业家理论的发展简述》，《运城高等专科学校学报》，2000(4)。

3. 戴林：《企业家行为与企业家精神研究》，《企业经济》，2002(5)。

4. 戴建中：《中国私营企业主研究》，《新华文摘》，2001(6)。

5. 邓春玲：《借鉴西方企业家理论与实践构建中国企业家成长机制》，《东北财经大学学报》，2003(1)。

6. 丁栋虹：《专家型企业家的兴起及其主导下的当代企业制度变迁》，《当代财经》，2000(9)。

7. 丁栋虹：《企业家理论研究的历史回顾与世纪发展》，《南京大学学报》，2000(6)。

8. 段文斌：《西方企业家理论述评》，《经济学动态》，1997(11)。

9. 董临萍：《企业家魅力的内涵剖析》，《华东理工大学学报》，2005(1)。

10. 樊耘：《企业家能力与企业可持续发展》，《经济管理·新管理》，2002(11)。

11. 方敏：《二十一世纪民营企业家成长问题》，《生产力研究》，2002 (3)。

12. 冯子标、焦斌龙：《中国企业家人力资本定价制度变迁》，《山西财经大学学报》，2001(1)。

13. 甘德安：《现代企业制度下的企业家成长之路》，《中国科学院研究生院学报》，1997(5)。

14. 高勇：《企业家职能：理论的演进与发展》，《华东经济管理》,2001(2)。

15. 管文杰:《私营企业家的性质问题》,《南方经济》,2001(3)。

16. 何涌:《企业家理论及其对发展中经济的适用性》,《经济研究》,1994(7)。

17. 胡万钦:《论民营企业家的"人本"创业精神》,《零陵学院学报》,2005(3)。

18. 胡连荣:《知识经济条件下企业家应具备的素质和能力》,《河北能源职业技术学院学报》,2005(1)。

19. 黄泰岩:《卡森企业家理论述评》,《经济学动态》,1997(8)。

20. 黄泰岩:《郑江淮企业家行为的制度分析中国工业经济》,1998(2)。

21. 黄群慧:《西方经济理论中企业家角色的演变和消失》,《经济科学》,1999(1)。

22. 贾小明、赵署明:《成功企业家内在素质研究》,《现代经济探讨》,2005(6)。

23. 简章琼、张佳林:《论以人为本的企业家行为》,《湖南大学学报》,2000(3)。

24. 李德祥:《建立职业企业家成长机制》,《经济论坛》,2000(8)。

25. 李芳青:《西方国家中企业家形成模式》,《价值工程》,2000(4)。

26. 李力:《浅析民营企业文化建设的误区与对策》,《科学学与科学技术管理》,2007(12)。

27. 李路路:《私营企业的个人背景与企业的成功》,《中国社会科学》,1997(2)。

28. 李少斌、高鸿祯:《企业家形成过程的进化博弈分析》,《厦门大学学报》,2003(3)。

29. 李义平:《关于民营企业二次创业的深层思考》,《热点研究》,2001(7)。

30. 李志：《对我国"企业家能力"研究文献的内容分析》,《重庆大学学报》,2003(3)。

31. 刘平青：《企业家成长三维机制与家族企业家》,《经济管理》,2002(2)。

32. 刘石林：《私营企业家队伍的培养建设问题应该引起重视》,《创造》,2001(6)。

33. 刘益：《企业家选择过程中的成本——效益分析》,《数量经济与技术经济研究》,1998(8)。

34. 毛蕴诗：《现代公司理论及其形成背景——兼论企业家与职业经理人的区别》,《学术研究》,2000(11)。

35. 苗青：《企业家能力：理论、结构与实践》,《重庆大学学报》,2002(1)。

36. 钱士茹：《转轨时期企业家成长的基本模式及战略性定位》,《安徽大学学报》,2004(1)。

37. 任荣、熊鹏：《企业文化的分类研究》,《现代管理科学》,2003(7)。

38. 史易际：《企业家特征之认识》,《经济师》,1998(12)。

39. 石秀印：《中国企业家成功的社会网络》,《管理世界》,1998(6)。

40. 石束：《我国私营家族企业成长困境及对策》,《兰州商学院学报》,2001(2)。

41. 宋冬林：《高新技术产业投资、沉淀成本与补偿制度创新》,《当代经济科学》,2006(1)。

42. 宋养琰：《中国民营企业家沉浮录》,《经贸导刊》,2001(7)。

43. 宋克勤：《国外企业家理论》,《首都经济贸易大学学报》,2001(4)。

44. 孙早：《从政府到企业：关于中国民营企业研究文献的综

述》,《乡镇企业、民营经济》,2003(7)。

　　45. 完世伟:《中国企业家成长的制度分析》,《郑州煤炭管理干部学院学报》,2000(3)。

　　46. 汪丁丁:《企业家的形成与财产制度:评张维迎〈企业的企业家——契约理论〉》,《经济研究》,1996(1)。

　　47. 王诚:《增长方式转型中的企业家及其生成机制》,《经济研究》,1999(5)。

　　48. 汪丁丁:《企业家的形成与财产制度》,《经济研究》,1996(1)。

　　49. 王德章:《民营企业家能力与企业成长》,《商业研究》,2001(12)。

　　50. 王烈:《企业家能力结构的社会学分析》,《华东经济管理》,2001(3)。

　　51. 王来斌:《关于民营企业家恪守诚信的理论思考》,《泉州师范学院学报》,2005(3)。

　　52. 汪岩桥:《论企业家精神的系统模式》,《华中师范大学学报》,2005(2)。

　　53. 吴艳花:《浅谈企业家的伦理素质》,《理论探讨》,2000(4)。

　　54. 吴泗宗:《企业家功能、能力与企业家精神》,《江西社会科学》,2001(12)。

　　55. 谢俊豪:《中国民营企业家成长的因素探析》,武汉理工大学硕士论文,2004。

　　56. 谢扬松:《论企业家培养机制》,《湘潭大学学报》,1999(2)。

　　57. 徐志坚:《创新利润与企业家无形资产》,《经济研究》,1997(8)。

　　58. 徐庆玉:《政府在培养优秀民营企业家过程中的作用》,《中国民营科技与经济》,2006(6)。

　　59. 姚展雄:《关于"民营企业家"的思考》,《经济师》,2000(9)。

60. 殷建平：《企业家的选拔和培养》，《管理现代化》，1998(2)。

61. 余沿福、劳兰珺：《我国民营企业文化的形成与变革分析》，《科技进步与对策》，2009(22)。

62. 张宏军：《民营企业发展历程与成长机制研究》，《商业时代》，2007(21)。

63. 张建君、张志学：《中国民营企业家的政治战略》，《管理世界》，2005(7)。

64. 张宪定、李垣：《企业家职能、角色及条件的探讨》，《经济研究》，1998(8)。

65. 张腊娥：《乡镇企业家成长的条件分析》，《农业经济问题》，1998(11)。

66. 张惠忠：《论民营企业家族制再创新》，《运城高等专科学校学报》，2000(4)。

67. 张书军：《企业家资源配置能力与企业成长》，《经济体制改革》，2003(5)。

68. 张兵：《当代中国民营企业家精神的特点》，《中外企业文化》，2003(8)。

69. 张维迎：《企业家与所有制》，中国经济体制改革研究所：《经济体制改革研究报告》，1986(30)。

70. 赵葆梅：《论建立企业家人力资本市场》，《华东经济管理》，1998(5)。

71. 郑健壮：《"企业家"理论的综述与启示》，《哈尔滨学院学报》，2003(5)。

72. 郑江淮：《企业家警觉和激励——柯兹纳企业家理论述评》，《上海经济研究》，1999(4)。

73. "浙江民营企业家研究"课题组：《浙江民营企业家问题研究》，《嘉兴学院学报》，2001(5)。

74. 周长城：《企业家与企业家精神：机遇、创新与发展》，《新华文摘》,2001(5)。

75. 周新平、周龙:《企业家人力资本的产权及其激励》,《山东大学学报(哲学社会科学版)》,2006(6)。

第三部分　译著

1. 〔美〕科莱纳:《新生代企业家》),宋健健译,中国社会科学出版社,2004年版。

2. 〔日〕荒合雄:《家族企业的优势与劣势》,褚先忠译,台北建宏出版社,1995年版。

3. 〔美〕克林·盖尔西克著,贺敏译:《家族企业的繁衍——家族企业的生命周期》,经济日报出版社,1998年版。

4. 〔美〕彼得·F. 德鲁克:《革新与企业家精神——实践与原理》,张遵敬译,上海翻译出版公司,1988年版。

5. 〔德〕托马斯·海贝勒:《作为战略群体的企业家:中国私营企业家的社会政治功能分析》,吴志成译,中央编译出版社,2003年版。

6. 〔美〕彼得·德鲁克:《创新与企业家精神》,蔡文燕译,企业管理出版社,1989年版。

7. 〔日〕池本正纯:《企业家的秘密》,姜晓民等译,辽宁人民出版社,1985年版。

8. 〔日〕清成忠男:《企业家革命的时代——提倡创业权经济》,蒋建平译,北京大学出版社,1987年版。

9. 〔美〕戴维·雷:《创业企业家》,董成茂译,中国对外翻译出版公司,2000年版。

10. 〔美〕苏珊:《企业家的素质》,北京工业大学出版社,2002年版。

11. 〔美〕特雷斯·E. 迪尔、阿伦·A. 肯尼迪著:《企业文化——现代企业精神支柱》,唐铁军、叶永青、陈旭译,上海科学技术文献出版社,1989 年版。

12.［美］史蒂文・F.沃克、杰弗里・E.马尔著,赵宝华、刘彦平译:《利益相关者权力》,经济管理出版社,2003 年版。

第四部分 外文资料

1. Backer, Gary, "Investment in Human Capital: A Theoretical Analysis," The Journal of *Political Economy*, 1962, Vol. 70(2): 9 – 49.

2. Baum J R, Locke E A, Smith K G., "A Multidimensional Model of Venture Growth," ［J］. *Academy of Management Journal*, 2001, 44(2): 292 – 303.

3. Coase, R. H., 1988, *The Firm*, *the Market and the Law*, University of Chicago Press, pp. 35 – 36.

4. Kirzner, I. M., 1973, *Competition and Entrepreneurship*, Chicago: University of Chicago Pess.

5. Holmstrom, B., P. Milgrom, "Aggregation and Linearity in the Provision of Intertemporal Incentives," ［J］. *Econometrica*, 1987, 55: 303 – 328.

6. Fama, Eugene F., "Agency Problems and the Theory of the Firm," ［J］. The Journal of *Political Economy*, 1980, 88, 288 – 307.

7. Krueger N. and Brazeal D., "Entrepreneurial Potential and Potential Entrepreneurs," *Entrepreneurship Theory and Practice*, 18, 1994.

8. Lee D. Y., Tsang EW K., "The Effects of Entrepreneurial Personality, Background and Network Activities on Venture Growth," ［J］. Journal of *Management Studies*, 2001, 38(4): 583 – 602.

9. Man TW Y, Lau T, ChanK F., "The Competitiveness of Small and Medium Enterprises: a Conceptualization with Focus on Entrepreneurial Competencies," [J]. Journal of *Business Venturing*, 2002, (17): 123 - 142.

10. PapadakisVM, Lioukas S, Chambers D., "Strategic Decision-making Processes: The role of Management and Context," [J]. *Strategic Management Journal*, 1998, 19(2): 115 - 147.

11. World Bank, "China's Management of Entreprise Assets: the State as Shareholder," *World Bank*, 1997.

后 记

日出而作，日日作，日落依然作。仰望星空，屏口气，朴实耕耘多。进入上海社会科学院后，总是感觉水平低，还想再读几本书。喧嚣之中能取静，的确屈指可数。早已忘却了来回奔波与寒暑，豁出去，跌跌绊绊，磕磕碰碰，到头来，居然是：成少败更多。不知该走何路，该读何书。

深幸恩师左学金教授鼎力相携，适时点拨，恍恍然才看清了来路。只不过，意兴大发，难免粗浅；雄心在在，文弱才疏。不同的话语，不同的路；不同的方法，不同的书。书是生书，路是生路，于是乎枕着书，探着路；整着路，探着书。两年来，成绩虽少，心定志笃。

加之贤妻在侧，总能底气十足。少不了叨叨叨提醒，多的是咣咣咣打气。气小了，继续气，总有足够的底气。否则，怎能半夜三更开灯读，哪来多快好省加速度！

书生读书，书山寻路。纵使书比风轻，必将迎风求索：由纹理到脉络，由风格到风骨，转换话语，切换思路，一字一句，一步一步，倾心尽力，矢志突破，作为下部。

书还多多，路还多多。是以为念，谨作后记。

—— 2009 年 6 月 28 日

图书在版编目(CIP)数据

民营企业家人力资本形成研究/高子平著. —上海：
上海社会科学院出版社，2010
ISBN 978 - 7 - 80745 - 727 - 5

Ⅰ.①民… Ⅱ.①高… Ⅲ.①私营企业－人力资本－
研究－中国 Ⅳ.①F279.245

中国版本图书馆 CIP 数据核字(2010)第 134220 号

民营企业家人力资本形成研究

作　　者：高子平
责任编辑：位秀平
封面设计：闵　敏
出版发行：上海社会科学院出版社
　　　　　上海淮海中路 622 弄 7 号　电话 63875741　邮编 200020
　　　　　http://www.sassp.com　E-mail:sassp@sass.org.cn
经　　销：新华书店
印　　刷：上海新文印刷厂
开　　本：890×1240 毫米　1/32 开
印　　张：7.75
字　　数：191 千字
版　　次：2010 年 8 月第 1 版　2010 年 8 月第 1 次印刷

ISBN 978 - 7 - 80745 - 727 - 5/F · 131　　　定价：25.00 元

版权所有　翻印必究